貴女 1

文創風 215

油燈 著

目錄

自序

油燈

自穿越文出現之始，穿越文中的女主頭上便戴上了一道足以灼傷眾人眼睛的光環。

不管穿越前是怎樣的不起眼，一朝穿越之後，穿越女必然成為人見人愛、花見花開，無所不能的存在，利用各種「超前」數千年的學識，活得滋潤無比。

穿越女總是全世界的中心。上有慈祥的、對她愛護到了極致的長輩，下有一群總是用星星眼看她的擁躉，身邊更有一眾出色到令讀者垂涎的追求者，當然，陰暗處還有一群嫉妒她、一再找她麻煩卻總是自嘗苦果的失敗者……

穿越女總是最後的贏家，不管怎樣的出身，不管怎樣的困苦，穿越女總是能笑到最後的那一個。嫁一個最出色、最有身分，一心一意愛著她的丈夫，生一堆又活潑又可愛又聰穎又懂事又孝順的孩子，雙胞胎、三胞胎、四胞胎……穿越女高人一等的不只是擁有領先數千年的文化學識，還有超然的生育能力……

只是，穿越女真的就那麼能嗎？

穿越女最大的依仗便是「超前」數千年的學識，可是，她的學識真的就是超前的嗎？就算是，能不能與當時的社會環境相融呢？穿越女都有一手或者幾手讓「古人」嘆為觀止的絕活，總能一展絕活讓人嘆為觀止，可是那些絕活，「古人」真的就聞所未聞了嗎？穿越女總有滿腹的唐宋詩詞，總有滿腹的各種小說話本，總有讓人嘆服的各種見聞，可是一個只會說白話文的人，忽然出口就是足以流傳千古的詩篇或者傳記話本，真的能折服人，而不會讓人生疑嗎？

穿越女這麼能，那麼本土女呢？

穿越女身邊的本土女無非幾種——她的擁躉，這一類人總能在穿越女的光環下生活得不錯；穿越女的閨蜜，這類人總能活得很滋潤；穿越女的敵人，那些原本有著好出身、好相貌、好腦子的本土女一旦遇上了穿越女就什麼都不是了，原本引以為傲的東西總能被穿越女輕而易舉的比到塵埃之中。

只是，本土女真的就那麼無能嗎？在穿越女的身旁，除了成為她的附庸之外，難道本土女就沒有自己的生存空間了嗎？

就在這樣的念頭之下，燈的筆下出現了一個名叫敏瑜的本土女。

敏瑜只算得上是一個普通的侯門姑娘。天真、可愛、備受家人寵愛的她，沒有美絕人寰的容顏，沒有聰明絕頂的天資，而她人生第一個挑戰，是來了一個才華洋溢、處處將她比下去、想要取代她的穿越女表姊，最大的轉折則是遇上了穿越女姑母，而後遇上了一個又一個不同的穿越女，她的生活從此不同……

第一章

這是什麼地方？怎麼這麼荒涼啊！

看著那半掩半開的小院門，看著上面那已經剝落的漆，還有那伸出牆外、透著一股死氣沈沈的枯樹枝，敏瑜驚訝地瞪大了眼睛，她從來沒有見過這麼荒涼的院子，更沒有想過就在自家侯府居然還有這樣的地方。

裡面會有什麼呢？一院子比人還高的雜草？塵土和蜘蛛網滿布的屋舍？或者還有老鼠肆虐？鬼靈精怪的敏瑜在心裡描繪出了那種志異中才有的「鬼屋」的樣子，她帶了三分好奇七分忐忑地走進院門，輕輕地一推——

意外的，門「吱呀」一聲被推開了，一點障礙的感覺都沒有，敏瑜嚇了一跳，不等她有別的反應，便聽見裡面傳出一道聲音——

「誰啊？」

那聲音嘶啞難聽，彷彿是被人在嗓子上劃了一刀，又彷彿是個臨終的老嫗無力卻又掙扎著發出聲音，敏瑜被唬得不輕，本能就想逃離。

「來了就進來坐坐吧！」那個聲音似乎知道敏瑜會被嚇跑，出聲挽留道：「我這無花苑已經十多年沒有客人了。」

十多年沒有人來過？住在這裡的人一定像自己一樣，讓所有的人都不喜歡了！心裡委屈才躲到這邊的敏瑜，心裡升起同病相憐的情緒，讓她不顧一切地跨進了院門……

院子裡沒有想像中橫生的雜草，沒有死氣沈沈的空寂，也沒有到處出沒的老鼠，相反地，整個院子種滿了金黃色的菊花，開得十分燦爛，讓人有一種炫目的感覺，院子當中還有一棵因為沾染了風霜，變成了金黃色的銀杏樹，除了牆腳那棵葉子已經掉光了的、不知道是什麼品種的樹以外，整個院子充滿了勃勃的生機。

銀杏樹下放了一把搖椅，一個身著青灰色衣裙的女子躺在搖椅上，一邊輕輕地搖晃著，一邊看著天上悠悠飄過的白雲。

「妳是誰啊，小姑娘？」雖然察覺到敏瑜靠近，但丁漣波卻沒有動，而是輕輕地問了一聲，不等敏瑜回答又道：「是受了什麼委屈，不願意見任何人，想到我這裡躲一躲，還是走錯了，走到我這裡來了？」

「我是敏瑜，是耒陽侯府的二姑娘，您又是誰啊？」雖然女子的話說中了敏瑜的心思，讓她心中不知不覺有了一種親近的感覺，但她還是沒有忘記眼前的這個人她並不認識，甚至也沒有聽說過，因此沒有走得很近，而是保持了適當的距離。

「耒陽侯府的二姑娘？這麼說，妳是我那哥哥的嫡女了？」丁漣波輕輕地嘆了一口氣，道：「要是我記得沒錯的話，妳今年應該八歲了，對吧？」

哥哥？這麼說她是姑母嘍？可是為什麼從來沒有聽爹爹和娘提起過有一個姑母留在家中

沒有出嫁呢？敏瑜心中奇怪，她的父親耒陽侯，庶出的弟弟只有一個，但庶出的姊姊妹妹可不少，足足有七個，她們都已經嫁了出去，怎麼這裡還有一個呢？

「您是我姑母？可是我不認得您啊！」想了想，敏瑜問道，心裡卻在揣測，眼前這個自稱她姑母的女子是不是惹了夫家厭棄，被強行送回來，而後禁足在這裡。

「我當然是妳姑母，還是妳唯一的嫡親姑母，至於說妳不認識我……」說到這裡，丁漣波搖了搖頭，道：「我在這院子裡已經整整十年沒有出去過了，妳自然不認識我，而這府裡恐怕也沒有幾個人還記得我這個人了。」

嫡親姑母？她有嫡親姑母？敏瑜更疑惑了，問道：「您是做了什麼錯事了嗎？為什麼會被關在這裡十年？那可是好久好久啊！」

做了什麼錯事？敏瑜的童言童語讓丁漣波苦笑起來，如果她是做了錯事被關在這裡的話，她也認了，可問題是她連做錯事的機會都沒有啊！

「您怎麼了？」聽著丁漣波那比哭聲更讓人覺得悲慟的笑聲，敏瑜忍不住上前一步，關心地問了一句，然後很認真道：「是不是我說錯什麼了？如果是的話，我向您道歉，還請您不要這麼難過了。」

「和妳沒關係，只是我自己心裡難過而已。」丁漣波搖搖頭，她這是寂寞太久了吧，畢竟這些年她除了那個沈默寡言、彷彿啞巴一般的婆子之外，基本上就沒有接觸過別人，她笑笑，道：「妳真的想知道我為什麼會被關在這裡十年嗎？」

「如果您願意說的話，我會好好地聽的。」敏瑜確實是很好奇，她不知道眼前的這個姑母到底犯了什麼錯會被關在這裡，她說她是自己的嫡親姑母，也就是說她是祖母的親生女兒，雖然祖母對另外的那些姑母從未有過什麼好臉色，但對自己的親生女兒應該會好吧！敏瑜不確定地想。

「十年前，府裡失火，我在那一場大火中受了傷，嗓子啞了，臉也被燒傷了，找了好多大夫都沒有治好，我現在人不像人鬼不像鬼的，為了避免出去嚇到人，也丟了侯府的臉面，就只能待在這院子裡了。」丁漣波苦笑著，情不自禁地撫上自己的臉頰，感受著臉上那硬硬的、坑坑窪窪的肌膚，嘆了一口氣，如果不是因為這張臉的話，她何至於被困在這個小院中，看著巴掌大的天過了整整十年？還有那該死的宿命，她想死都不行！

「您現在還疼嗎？」敏瑜關心地問了一聲，然後又道：「我前些日子不小心被剛沏好的茶燙了，可疼了，現在想起來都覺得疼。您是被燒傷的，一定更疼吧！」

「我已經習慣了，不覺得疼了！」丁漣波搖搖頭，冰冷的心卻因為敏瑜這句話有了些許的暖意，她維持著原本的姿勢，重複之前的問題，道：「孩子，妳怎麼來這裡了？是受了什麼委屈？還是迷路了？」

「我……」被丁漣波問到了心頭最委屈之處，敏瑜眼眶一紅，道：「我剛剛被祖母訓斥了，心裡難過，不想理任何人，就跑到這裡來了……」

「妳犯了什麼錯了嗎？」丁漣波問道，腦子裡卻在回想那個已經記不清長相的「母親」，那是個愛的時候恨不得將全世界都給你，可以容忍你所有的缺點和任性，也可以為了你和全世界的人作對；恨的時候卻也能狠下心來不管不顧不理會，甚至恨不得你從來就沒有存在過的人。

「我就只是推了愛裝模作樣的秦嫣然一把，誰讓她拿著那對泥偶在我面前炫耀，敏柔說了我一向喜歡泥偶，她就故作大方的要讓給我……那原本就是我求了哥哥給我找來卻被她半路給劫走的！」

想到今天被罵的原因，敏瑜就是一陣難過。

她恨恨地道：「我不過是輕輕地推了她一把，哪可能就摔倒了，祖母不分是非，說我器量小、心狠手辣，連自家姊妹都下得去狠手，她就沒有看出來秦嫣然是裝出來害我的嗎？」

「秦嫣然？那是什麼人？」丁漣波皺了皺眉頭，不知道這家中什麼時候又冒出一個姓秦的甥女出來，她的那些個姊妹好像沒有嫁到姓秦的人家的啊！

「是祖母堂姊的孫女！他們一家除了她以外都死光了，她的祖母臨終前將她託付給了祖母。」敏瑜先說了秦嫣然的身分，而後又仔細地講述了一番。

秦嫣然是侯府老夫人堂姊的孫女，也是那位唯一留在世間的血脈親人。

她的曾祖父曾是首輔大臣，其祖父是家中獨苗，可惜的是被家人寵溺，沒什麼出息，在其父亡故之後，無力在京城立足，便帶著一家老小回故里。好在秦家家底不錯，即便風光不再，也依舊過得逍遙。

但天有不測風雲，人有旦夕禍福。四年前秦嫣然的父親帶著妻兒在去岳家的路上翻了車，除了命大的秦嫣然倖免於難之外，其他的人都死了。其祖父受不了白髮人送黑髮人的刺激，一病不起，熬了兩個月撒手歸西，只剩下秦家老夫人和秦嫣然相依為命。

秦家老夫人一年之內，一再失去親人，身體也垮了，看看自己不知道能夠熬多久的身子，看看年幼懵懂的孫女，再看看那些虎視眈眈、巴不得自己早點死好接手秦家家業的親戚，秦家老夫人寫了信給素來親密的堂妹、耒陽侯府的老夫人，希望老夫人在她死後能夠給秦嫣然一個棲身之所，護著她長大成人。

看了信，老夫人很是傷心地哭了一場之後，便派心腹嬤嬤去了秦家的老家江城探望秦老夫人，讓她安心養身子，要是真的到了那一天，一定會好好地照顧秦嫣然，不讓她被人欺負。

早已油盡燈枯、硬撐著的秦家老夫人看了信之後，再也撐不住了，不到半年便也去世了，她的後事也是老夫人派人督促著辦理的。

後事一完，老夫人就想接秦嫣然到侯府。秦嫣然年紀雖然小，卻是個極懂事的，說自己有重孝在身，不能給侯府帶來晦氣，堅持在秦家為長輩們守完孝，半年前才進了侯府。

大難不死？是她命大還是另有玄虛？丁漣波的眉頭緊緊地皺了起來，十分肯定地問了一句：「她很得老夫人的寵愛，是吧？」

「嗯！」敏瑜點點頭，道：「秦嫣然長得好看，嘴巴甜，還十分的聰明。她只比我大半歲，但卻已經認識很多字，那種厚厚的史書都能看得懂，會彈琴、會畫畫，還會跳舞唱歌，說起話來也總是頭頭是道的樣子……」

「什麼？」丁漣波腦海沸騰起來，如果剛剛只是起了疑心，那麼現在就能夠確認這個未曾謀面的「甥女」的來歷了，她按捺不住心頭的激動，騰地一下坐了起來，問道：「她是不是天資聰穎得不像一個正常人？」

敏瑜被丁漣波激烈的動作嚇了一跳，本能地往丁漣波的臉上看去，卻只見她滿臉凹凸，眼睛、鼻子和嘴巴都已經變形，只剩下四個洞洞，那模樣真如她說的，人不像人鬼不像鬼。

敏瑜知道自己應該要被嚇得尖叫，應該立刻躲得遠遠地，但不知怎麼的，她卻靠近了丁漣波，伸手握住她的手，道：「姑母，您一定很疼吧！」

老實說，敏瑜的聲音並不算很好聽，不像有的女孩那般清清脆脆、稍微說快一點就有種大珠小珠落玉盤的明快；也不像有的女孩溫溫柔柔的，就連發脾氣都透著溫婉；更不像有些女孩，天生就帶著嬌嗲，天生就會賣癡撒嬌。

但是，敏瑜的聲音天生就有股安定人心的力量，丁漣波驟然之間有些暴戾的情緒因為這麼簡單的一句話而稍稍平復下來。

丁漣波驚訝地看了一眼滿臉都是關心的敏瑜，瞧她的小臉皺巴巴的，一副很疼的樣子，似乎這樣就能為自己分擔一些疼痛一般，丁漣波冰冷的心微微一暖，被人丟到這個偏僻的小院中，自生自滅多年，她都已經不記得被人關心的滋味了。

她輕輕地搖了搖頭，摸著敏瑜的頭，道：「早就不疼了！敏瑜，把那個秦嫣然的事情和姑母好好的說說。」

「嗯！」敏瑜點點頭，或許是因為血脈中流淌著相同的血緣，敏瑜這會兒不但沒有被丁漣波形同厲鬼的模樣給嚇壞，反而多了一種親近的感覺。

丁漣波躺回搖椅上，而敏瑜則坐在搖椅邊，將她和秦嫣然幾次衝突的事情竹筒倒豆子一般全部說了出來。

「聽起來妳好像也不是很討厭她啊，怎麼說的都是她的好呢？」丁漣波笑了，敏瑜雖然說著對秦嫣然如何如何的不喜，但是卻沒有一個勁兒地詆毀秦嫣然，相反，還說了秦嫣然很多的優點。

「娘教過我，看一個人要先看到她的好，然後再看她的不好，不能只看一面。」敏瑜頗有些老氣橫秋的樣子逗笑了丁漣波，而後她又氣餒地道：「原本我是一點都不討厭她的，相反，我真的是很喜歡她，覺得她比家裡的姊妹都好，長得漂亮，又會說話，很歡喜有這麼一個姊姊來府裡和我作伴，可是，剛來的時候倒不覺得，時間稍長就好像有點不對勁了。」

說到這裡，敏瑜就帶了些委屈，道：「我總覺得表姊和表面上看起來的不一樣，她總是有意無意的和我做比較，想把我給比下去，但凡我會的她也都會，還要比我更好。這就算了，更讓我受不了的是，只要我喜歡、想要的東西，不管她喜歡不喜歡，她都會想辦法和我搶。祖母養的波斯貓兒生了小貓，我可喜歡了，軟磨硬泡好不容易才讓祖母鬆口，說給我一隻小貓，一轉眼，她就在一旁說什麼她祖母以前也最是喜歡養這波斯貓兒了，她每次一看到波斯貓就會想起最疼她的祖母……讓祖母掉了眼淚不說，還把答應給我的貓給了她。

「我當然不樂意，她就說什麼她不要了，她能夠在侯府、在祖母面前承歡已經很開心了，不應該要不該屬於她的東西，讓祖母把我罵了一頓，說我欺負她不是侯府的姑娘，搶她的東西。」

「還有嗎？」丁漣波看著敏瑜的眼光中充滿了憐惜，她心裡已經肯定了秦嫣然的身分，自然覺得敏瑜很可憐，她再怎麼聰慧也不過是一個八、九歲的孩子，又怎麼可能是一個兩世為人的人的對手呢？

敏瑜點點頭，道：「我最不喜歡的是她假意為我好的模樣，祖母要是訓斥我，說我刁蠻任性，她就會在一旁說什麼妹妹年紀還小，任性一點也是應該的，慢慢地教，以後長大了自然就不會這樣了。每次都讓祖母更生氣，說我只比她小半歲，卻那麼的不懂事……

「要是娘唸我的話，她就會說什麼妹妹這樣挺好，一看就知道是被家人嬌寵的孩子，多好啊！娘每次都會嘆氣，然後說我讓她費心，說我要是有她那麼懂事就好了。還有哥哥，我都不知道她和哥哥說了些什麼，以前哥哥最是疼我，可是不知道從什麼時候開始，哥哥就總是說我，說我要有容人之量，不要總是針對她，每次我們兩個有什麼矛盾，哥哥總是護著她，每次我託哥哥找來的東西，她都會想方設法的截走，要是我不甘心，找她討要，她就會一副十分捨不得、但卻又會大方的拿出來還我，弄得好像那東西原本就該是她的，是我無理取鬧，非要搶她的一樣。」

手段不算很高明，但是對付一個八、九歲的孩子卻是綽綽有餘了，眼前的小姑娘定然已經被這些小手段惹惱了，什麼都不管只顧著和秦嫣然對著幹，而在大人眼中，這個小姑娘是越來越不懂事、越來越任性妄為，那個秦嫣然則相反，越看越好，越看越出色，完全把小姑娘給比下去了。

「姑母，我也知道，有的時候我是有些胡鬧、有些不講理，可是……我真的也不想這樣啊，只是每次想要忍一忍的時候，她就會用那種很奇怪、很得意、讓我很生氣的眼神看著我，然後我就會忍不住地找她的麻煩了。」敏瑜哭了起來，道：「我真的不知道我這是怎麼樣了？」

「敏瑜乖，不哭了！」丁漣波輕輕地拍著敏瑜的背，卻在思索著秦嫣然這些舉動背後的真正目的，她一個小孤女，沒有什麼依仗，照理來說應該和敏瑜這個家中的嫡出姑娘交好，為自己找一個同盟才對，但是她卻反其道而行，把敏瑜推到了自己的對立面去，這是為什麼呢？或者她是天真的以為，只要自己把敏瑜給比下去了，她就能得到敏瑜的一切？

很有可能是這樣的，只是難道她不明白，血緣是怎麼都無法取代的嗎？她再優秀也終究只是一個外人啊！或許，她也想到了這一點，所以才會明裡暗裡的針對敏瑜，不光是想把敏瑜比下去，還想將敏瑜逼得易躁易怒，變得人見人厭，然後她再順利地取而代之。

想到這裡，丁漣波心裡就是一陣冷笑，不管她是不是有這個打算，自己都不會讓她如願，說她自己得不到就不想別人得到也好，說她心理變態扭曲也罷，反正既然有緣和敏瑜相識，又從敏瑜嘴裡知道了這麼一個人的存在，那麼她就一定要想方設法讓她的陰謀詭計不能得逞——

憑什麼大家都是穿越女，她一穿越過來就身在火場，只看了一眼熊熊燃燒的火焰便暈了過去，等到醒過來就變成了這副人不人鬼不鬼的樣子，然後被原主的家人囚在這裡十年，想死都不成，只能慢慢地熬日子？她可以認命，但絕不能坐視別的穿越女春風得意，卻什麼都不做！

想到這裡，丁漣波幽幽地嘆了一口氣，道：「敏瑜，妳相信這世間有妖孽嗎？」

「妖孽？」敏瑜的臉上帶了好奇的神色，問道：「是志異上面寫的那種狐狸精、花精一類的嗎？我以前最喜歡纏著三哥哥給我講這些故事了，可是秦嫣然總說什麼子不語怪力亂神，說得哥哥現在都不和我講這些了，真是討厭死了！」

「不，我說的是另外一種妖孽，這種妖孽名字叫做穿越女……」丁漣波搖搖頭，在敏瑜驚訝的眼神中慢慢的講述著一個她從未聽說過的妖孽傳說……

她會是姑母說的那種妖孽嗎？

琴藝課上，敏瑜什麼都沒有聽進去，一直用好奇的眼神打量著秦嫣然，這會兒她正在向黃先生請教，黃先生的臉上帶著毫不掩飾的讚許，顯然秦嫣然的問題問得恰到好處。

「二姊，妳看什麼呢？」怯懦的聲音屬於敏瑜的庶妹敏柔，她只比敏瑜小了兩個月，因為出身差，生母荷姨娘又不得寵，她在侯府的地位也不高，只有敏瑜因為兩人年紀相仿，願意帶著她玩，在別的庶女欺負她的時候也會護著她一點。

「我在看秦表姊，她長得挺好看的。」敏瑜笑笑，她的表情卻算不上和善。

敏柔微微縮了縮，她知道敏瑜最近和秦表姊不對盤，時有爭吵，不過秦表姊性情好，總是讓著敏瑜。

「她長得是挺好的，可是那又怎麼樣？除了一副好模樣之外，她還有什麼值得炫耀的？」一旁的敏心撇撇嘴，帶了些怨恨的瞟了秦嫣然一眼，她是敏瑜的庶姊，雖然同樣是姨娘生的，但是性格、地位卻和敏柔完全不一樣。

敏心的生母桂姨娘以前是在老夫人身邊侍候的，為人圓滑，說話做事都很有分寸，老夫人喜歡，侯爺和夫人對她也還不錯，肚子更爭氣，不但生了敏心，還生了庶子敏文，在侯府也算有分量、有體面。

敏心是長女，原來在老夫人面前也是個得寵的，但秦嫣然進府後，老夫人眼中只看得見秦嫣然，連敏瑜都靠邊了，她又哪能例外？如果說敏瑜只是看秦嫣然不順眼，想從她身上奪回原本屬於自己的關注，那麼敏心就是怨恨著秦嫣然，恨不得除之而後快了！

「大姊，妳怎麼能這麼說呢？」一向膽小怕事的敏柔一反常態地反駁了一聲，然後又在敏心的瞪視下蔫了，吶吶地道：「表姊不光是人長得好看，還很聰慧，每位先生都是那麼的喜歡她，都說表姊是她們教過最聰明的學生……」

「還有呢？還有什麼也說出來啊！」敏心惡狠狠地看著敏柔，然後恨恨地道：「再聰明又怎麼樣？還不是個寄人籬下、依附著侯府的孤女？整天只會討好這個、拉攏那個的，分明就是個心機鬼！」

敏柔被敏心的反應嚇了一跳，秦嫣然到侯府之後對她就十分的和善，不但在人前護著她，不讓她被隨意欺負，人後也總是鼓勵她，說她就算是庶出也是耒陽侯府的姑娘，也是千金之軀，應該抬起頭挺起胸，堂堂正正的做人，而不是像個受氣的小媳婦一般，逆來順受，什麼都不敢說。

敏柔膽小，卻比旁人更渴望得到眾人的尊重及父親的寵愛，秦嫣然這些話算是說到了她的心坎上，在秦嫣然的鼓勵下，敏柔努力的克服天生的膽怯，努力讓自己不再被人忽視。但天性是刻在骨子裡的，不是想改變就能改變的，被敏心這麼一凶，剛剛鼓足的勇氣立刻消失得一點都不剩，不但躲到了敏瑜身後，眼眶也紅了，一副垂淚欲滴的樣子。

「別裝出一副委屈的樣子，像是我把妳給怎麼樣了似的。」敏心越發氣惱，她對這個同樣庶出的妹妹倒也沒有多少惡意，只是喜歡不起來而已，尤其不喜歡她一有風吹草動就膽戰心驚的小家子氣。

「好了，大姊妳少說兩句。」敏瑜勸阻了一句，她微微的側了側身子，擋住敏柔，道：「妳聲音這麼大，小心黃先生不高興。」

被敏瑜這麼一說，敏心才想起來還在上課，她立刻往黃先生那裡看過去，果然見黃先生正皺著眉頭看著她，而她身邊的秦嫣然則是一臉的擔憂，似乎很擔心她的處境一般。

假惺惺！敏心在心裡罵了一聲，她可不是敏柔，吃秦嫣然這一套，要真是好心的話，她應該拉著黃先生提問，讓黃先生無暇管這裡發生了什麼事情，而不是假模假樣的裝出一副關心的模樣。不過，敏心也知道黃先生現在定然在生氣，立刻垂下頭，裝出乖巧的樣子來。

「大姑娘，如果妳對琴藝不感興趣的話，可以回了夫人，不用過來了。」黃先生是出了名的嚴厲，她不好拿敏瑜開刀，便將所有不被人尊重而生的怒氣朝著敏心去了。

「對不起，先生，敏心以後會小心的。」雖然心裡忿忿，但敏心也知道不能和先生對著幹，立刻低眉順眼地向黃先生道歉。

「以後？最好不要再有以後！」敏心的道歉讓黃先生的臉色緩了緩，沒有那麼難看了，但是該說的話卻還是要說，這是一種態度。

「先生，敏心姊姊也不是故意的，她以後不會再犯的，您就原諒她這一次吧！」秦嫣然一向很會做人，這個時候自然也不例外。

「看在嫣然為妳求情的分上，這次就算了。」自從秦嫣然跟著侯府的幾個姑娘學琴，黃先生就喜歡上了這個聰慧的學生，便順勢放過敏心。她看看時間，揮揮手，道：「今天就到這裡吧，妳們私底下有時間要多練習，這一點嫣然做得最好，進步也最大，妳們都要向她學著點。」

「那是因為先生教得好。」秦嫣然笑著奉承了一句。

黃先生心裡舒暢，笑容浮上臉，又誇獎了秦嫣然兩句，才讓丫鬟收拾了她自己的那把琴，帶著丫鬟慢慢地離開。

第二章

「敏心姊姊，妳剛才是怎麼了？」等黃先生離開之後，秦嫣然便帶了幾分關心地道：「黃先生一向嚴厲，妳這不是找不自在嗎？」

「要妳管！」秦嫣然的好意是真是假敏心不在乎，反正真的也好假的也罷，她都不準備理會，她冷冷地道：「妳管好妳自己就是，別多事！」

「大姊，妳怎麼能這麼說話呢？表姊也是好意。」敏柔忍不住地為秦嫣然抱了一句不平，道：「剛才要不是表姊為妳求情，黃先生還不知道會怎麼責罵呢！」

「我說錯什麼了嗎？誰稀罕她求情，要不是因為她，我也不會惹了先生不高興。」敏心狠狠地瞪了敏柔一眼，語帶警告地道：「還有妳，別整天傻乎乎地跟在她屁股後面，小心不知道什麼時候被她給賣了還幫她數錢。」

「大姊，妳怎麼能這麼說表姊呢？」或許是因為在秦嫣然面前，敏柔的膽子大了不少，不但沒有被敏心嚇得躲閃，還帶了些許責怪的看著敏心。

「敏柔妹妹——」秦嫣然拉了敏柔一把，阻止她再說下去，臉上卻帶了些了然的神色，輕輕地瞟了敏瑜一眼，道：「敏心姊姊，我不知道是不是有人在妳面前說了什麼，讓妳誤會了，才會這般的對我……敏心姊姊，我不知道要怎麼說才能消除妳的誤會，但我是真的很想和妳親近的。」

或許是早有了心理準備，這一次，敏瑜沒有被秦嫣然那種懷疑的眼神和意有所指的話給激怒，她笑盈盈地道：「表姊，妳說會是誰看妳不順眼，在姊姊面前說妳的壞話呢？」

一向像個爆竹一點就炸的敏瑜居然沒有被激怒，這讓秦嫣然有些意外，但她終究不是八、九歲的小孩子，意外的情緒一閃而逝，笑著道：「我不過是順口那麼一說，妹妹不要誤會，我不是說妳。」

「不是就好！」敏瑜撇撇嘴，她已經很習慣秦嫣然在姊妹中故意用話擠兌自己了，她上前牽著敏心，道：「要不然我一定會以為表姊是想離間我和姊姊，讓我們不和呢！」

「我怎麼會做那樣的事情呢？」秦嫣然暗暗咬牙，沒想到，每次被她一撩撥就不管三七二十一胡鬧一通的敏瑜忽然不好對付了，她笑笑道：「再說，就算妳們嫡庶不同，但終究還是親姊妹，豈是外人能夠挑撥的？」

敏心聽到「嫡庶不同」的字眼，心裡很有些不舒服，對敏瑜忽然也生出了些許的抗拒，本能的將敏瑜牽著的手抽了出來。

敏瑜也有些生氣，但卻不是針對秦嫣然，而是對敏心的，敏心比自己還大兩歲，怎麼自己都看破了秦嫣然的伎倆，她卻還會上當？

在秦嫣然含笑的注視下，敏瑜主動又拉住敏心的手，道：「表姊說的對，就算我和姊姊不是一個娘生的，也終究還是親姊妹，哪是外人可以挑撥的。」

敏心想要掙脫，卻又想起桂姨娘總說讓她和敏瑜好好相處的話，她忍了又忍，勉強擠出一個笑容，嗔道：「敏瑜，妳怎麼能這麼說話，要是讓表姊誤會了妳說她是外人，又到祖母面前告狀怎麼辦？我還好，妳可不止一次被人家告了黑狀了！」

「愛告就去告唄！反正秦表姊來了之後，我們兩個被祖母數落已經是家常便飯了！」敏瑜縮縮鼻子，滿不在乎的回了一句，然後道：「我要去找三哥哥，姊姊，妳陪我一起去吧！」

耒陽侯子女眾多，長子敏彥、次子敏惟、三子敏行和敏瑜均是正室高氏所出，幼子敏文和長女敏心則是桂姨娘所出，三姑娘敏柔為荷姨娘所出，四姑娘敏玥是青姨娘青齊眉所生。

「好！」敏心很配合地點點頭，然後轉過頭問一臉不知所措的敏柔，道：「妳要不要一起去？」

「要！」敏柔也很喜歡去找敏行，他是侯府幾個少爺中最和氣的，對敏瑜固然是千依百順，對其他的姊妹也很好，敏柔最喜歡他。她拉著眼神飄移不定的秦嫣然，道：「表姊，我們去找三哥吧！他那裡一定又淘了好玩意兒。」

「好。」秦嫣然不知道到底出了什麼事情，讓敏瑜忽然間長進了，變了一個人似地，但是她相信不管怎麼變，等見了敏行那個傻小子湊上來口口聲聲叫「嫣然妹妹」的時候，敏瑜一定會翻臉，所以欣然的答應了。

「表姊還是不要去了！」敏瑜最不喜歡秦嫣然一個勁兒的纏著敏行，道：「男女七歲不同席，我們親兄妹之間不用忌諱，但表姊還是避一避的好。要不然，知道的說三哥哥把表姊當成了親妹妹一樣疼愛，不清楚的還真不知道會怎麼嚼舌根子呢？」

敏心也不是個完全蠢的，立刻配合道：「能怎麼嚼舌根子？頂多說有人人小心大，小小年紀就盤算著攀高枝了！」

秦嫣然恨得咬牙，一夕之間一個、兩個都變了樣，要不是她們沒有什麼異狀的話，她定然懷疑這侯府出了個「老鄉」。就這麼打退堂鼓不是她的風格，但跟著去卻又沒面子還落人口實，她只能帶了七分委屈的咬著下唇，等著敏柔為自己仗義執言。

可惜的是她所託非人，敏柔被兩人這麼一說，又看著兩人不善的態度，吶吶地道：「妳們怎麼能這麼說？」

「我們又說錯什麼了？」敏心狠狠地白了敏柔一眼，道：「我們要去了，妳愛來不來隨妳的便！不過，醜話說在前頭，妳可以來，但某些人最好別厚著臉皮過來。她的名聲無所謂，敏行的名聲可不能被她給壞了！」

被敏心那麼一瞪，又這麼一說，敏柔嚇得退了三步，道：「表姊不去的話我也不去，我留下來陪表姊好了。」

「哼，我們走！」敏心再狠狠地瞪了秦嫣然一眼，牽著敏瑜就離開，她們身邊的丫鬟連忙跟上……

手牽手的兩人走遠了一點，卻又不約而同的把手放開，她們素來關係一般，從未嘗試過這般親近，剛剛是做給秦嫣然看的，現在已經離開了秦嫣然的視線，自然沒有必要這般親密了。

「大姊姊，我有些話想要單獨和妳說。」敏瑜不急著去找敏行，反正他這會兒應該還在先生那裡上課。

「有什麼話直說就是，又沒有外人。」敏心不明白敏瑜能有什麼話非要和自己單獨說，她可不覺得自己有什麼事情得避開自己的丫鬟。

「我只想和妳單獨說！」敏瑜強調道，心裡拿定了主意，要是敏心還是堅持的話，那麼自己就沒有必要和她說什麼了──她想提醒敏心，那是看在自家姊妹的情分上，也想找一個人和她一起對付秦嫣然，但如果對方不開竅，那她也沒有必要多事。

「好吧，妳們退遠一點！」敏心無可無不可的撇撇嘴，揮揮手，她的那兩個丫鬟遲疑了一會兒才退下，而敏瑜的丫鬟卻還待在那裡沒動。

「妳們也退下吧！」敏瑜皺眉，她是越來越不喜歡身邊的這兩個大丫鬟了，說話的時候臉色也有些難看起來，兩個丫鬟遲疑了一下，無奈退下。

「妳說吧！」敏心直接道，她覺得敏瑜有些小題大做，她們能有什麼話要避開自己的丫鬟說的嗎？真是的！

「大姊姊是不是覺得我多此一舉？」敏瑜不用看就知道敏心心裡在想什麼，不是她能夠讀心，而是以己度人，換成別人這樣做，她也會這樣想。

「難道沒有嗎？」敏心反問一句，道：「夏荷、夏葉在我身邊已經侍候了三年，妳身邊的秋露、秋霜也侍候妳兩年，她們可都是信得過的人，有什麼話至於連她們都不讓聽嗎？」

「信得過？以前是信得過，但現在卻未必！」敏瑜哼了一聲，道：「我可不想這頭才和妳說了話，那頭她們就把話傳到秦嫣然的耳朵裡去了。」

「妳什麼意思？」敏心微微一愣，立刻省悟過來，道：「妳是說她們吃裡扒外向著秦嫣然？」

「我不知道夏荷、夏葉是不是這樣，但我身邊起碼有一個是向著秦嫣然的。」敏瑜哼了一聲。

得了姑母的提點，她自己再仔細一琢磨，自然知道自己身邊的丫鬟可能已經有了別的心思，要不然也不會看著自己一再吃虧，知道自己心裡厭惡秦嫣然，卻還為秦嫣然說話了。

敏瑜恨恨地道：「她們總在我面前說著秦嫣然的好話，哪怕是我剛剛因為秦嫣然被祖母責罵，哪怕是秦嫣然剛剛從三哥哥那裡把我要的東西騙走都一樣……哼，彷彿秦嫣然才是她們的主子。」

敏心的眉頭緊緊地皺了起來，敏瑜說的情況她身邊也有發生，她的大丫鬟夏葉也總是在她面前說秦嫣然的好話，說她對自己是善意的，自己只要多和她相處就會明白她的好……

敏心或許沒有敏瑜那般聰穎，但也不是個蠢的，敏瑜說完之後，她細細想了想，想到最後，恨得咬牙，道：「我明白了，妹妹，謝謝妳提醒，我知道該怎麼做了！」

「既然大姊姊心裡有底，那我也就不多說了。我要去找三哥哥，妳呢？」敏瑜看著恍然大悟的敏心，不認為她現在還有心思陪自己去找敏行。

「我想一個人好好的靜一靜、想一想，就不陪妹妹了。」果然，敏心現在根本就沒有了旁的心思，她擠出一個笑容，道：「等我想通了以後，一定會多陪陪妹妹的。」

「嗯！」敏瑜點點頭，笑了，道：「雖然我們不是一個娘，但我們終究是親姊妹，總不至於不和自家的親姊妹親卻和外人近乎，我們應該同進退才是。」

「妹妹說的沒錯，我們不能像敏柔那個傻子，和外人親近卻和自家姊妹生分。」敏心點點頭，相互給了一個會心的笑容。

「三哥哥！」看見敏行進院門，一直無聊的坐在院子裡喝蜜水的敏瑜就歡快地跳著衝了上去。

「小心摔跤！」敏行無奈地扶穩她，然後牽著她的手一邊往裡走，一邊道：「都這麼大的姑娘了，還像個孩子一樣，一點都不穩重。」

「我才不要穩重，我只要哥哥們疼我就好了。」敏瑜縮著鼻子，然後快快樂樂地道：「三哥哥，你想啊，要是我都一副老成的模樣，這家裡該多無趣啊！」

「就妳有理！」敏行被敏瑜的話逗得笑了起來，伸手捏了捏她的鼻子，又問道：「我昨天給妳買了一對胖娃娃的泥偶，正準備給妳送過去呢，妳來了正好，我把它拿過來給妳。」

「嗯！」敏瑜連連點頭，她最喜歡那些不算貴重卻充滿了趣味的小玩意兒，但是她是侯府的姑娘，不能隨意的出門，想要什麼只能讓哥哥們給帶了。

敏行牽著敏瑜的手進了房，然後從他放在顯眼位置的泥偶中拿了一個穿紅色肚兜的過來，笑著問道：「妳看這個，這小胳膊、小腿都胖乎乎的像藕一樣，和妳小的時候一模一樣。」

「你才胖乎乎的呢！」敏瑜頂了一句，卻滿心歡喜的搶過泥偶，笑嘻嘻的道：「這女娃是我，那個男娃娃就是三哥哥，一樣都是胖乎乎的。」

「是。」看著敏瑜滿心歡喜的樣子，敏行的臉上也滿是笑容，覺得自己左挑右選的功夫沒有白費，他笑問道：「喜歡吧？」

「喜歡！」敏瑜用力的點點頭，然後把手裡的泥偶放到一邊，拿了另外穿了紅色襖裙的泥偶，笑著道：「這個稍微瘦了一些，看起來像我現在的樣子，是不是啊？」

「這個比較像嫣然妹妹。」敏行搖搖頭，而他的話立刻讓敏瑜臉上的笑容消失了大半，他卻恍若不覺地道：「這一對是給嫣然妹妹買的，她上次不是說她也很想要嗎，我就買了兩對，剛好妳們一人一對，不用搶了。」

敏瑜將手上的泥偶放下，嚴肅地看著敏行，道：「三哥哥覺得是我在搶秦嫣然的呢，還是她在搶我的？」

「呃……」看著敏瑜認真的樣子，敏行微微噎了一下，老實說，他是覺得敏瑜沒有容人之量，只是這話一定會讓妹妹跳起來，但要說秦嫣然的壞話他又不願意，只能用哄小孩的口氣道：「都是自家姊妹，不用那麼認真。」

「三哥哥！」敏瑜氣壞了，道：「東西是我和你說了想要，讓你給我買回來的，結果被她得去了，自然是她搶我的。」

「好了好了，就算是她搶妳的好了。」敏行只想著把像隻被踩了尾巴的小貓一樣的敏瑜給安撫好，不管怎麼說，她都是自己最親愛的妹妹。

「什麼叫就算！」敏瑜一點都不滿意敏行的回答，她恨恨的道：「明明就是她故意想要搶我的東西，但凡是我的，不管她喜歡不喜歡都想搶了去，明明是我受委屈，你們還一個一個的都向著她。」

「敏瑜，都是自家姊妹，妳就不能讓著她一點嗎？」敏行很想嘆氣，他真不明白，到底是什麼讓妹妹對秦嫣然那麼排斥，她們以前明明很好的。

「我讓著她一點？為什麼要我讓著她，不是她讓著我，明明是她比較大好不好！」敏瑜板了臉看著敏行，雖然心裡知道他是被秦嫣然那個妖孽給迷惑了，但是敏瑜還是很生氣他那般向著秦嫣然。

「敏瑜，嫣然妹妹一個親人都沒有了，她孤苦無依需要我們的關懷。」敏行拉過敏瑜的手，道：「而妳不一樣，妳什麼都有，讓著她一點也沒什麼啊！」

「讓著她一點也沒什麼？」敏瑜忍不住的冷笑起來，道：「我以前什麼都讓著她，可是她呢？理所當然地接受了之後，不但沒有半點感激，還變本加厲的想要更多，三哥哥，你說我還要怎麼讓她，難道將我所有的一切都讓給她嗎？」

「妳怎麼會這麼想呢？」被敏瑜這麼一說，敏行也有些生氣，他心疼妹妹不假，但是他也很喜歡秦嫣然，這麼一個既漂亮又聰慧還知書達禮的表妹，哪個當表哥的會不喜歡呢？

「是你們逼著我這麼想的！祖母現在最喜歡的是她，娘現在最愛誇的是她，你嘴邊上掛著的也是她，就連她們……」敏瑜惱怒地指著一旁的丫鬟，忿忿地道：「也一個勁兒的說她好。這個我能忍受，可是你們往往誇完她之後，就要埋汰我一句，說她懂事的下一句就是說我長不大，說她講道理的下一句就說我無理取鬧……」

妳本來就無理取鬧！敏行看著暴怒的妹妹，將這一句話給嚥了下去，道：「敏瑜，妳不要胡思亂想。」

「我沒有胡思亂想！」敏瑜努力的讓自己冷靜下來，她看著敏行，道：「三哥哥，你是我親哥哥，我的性子你應該是最清楚的，你說說，我是那種容不得人的、是那種無理取鬧的嗎？」

敏行微微怔了怔，他也只比敏瑜大了一歲半，又是幼子，打小也是被寵慣的，一時之間還真的想不到太多，但他不是笨人，被敏瑜這麼一說，倒也覺得敏瑜不見得就是胡鬧了。

「三哥哥，你再想一想，秦嫣然沒來之前，我是什麼樣子的，她剛來的時候我又是什麼樣子的，而現在，我又成了什麼樣子。」敏瑜說這話的時候眼中閃爍著淚光，道：「你們總是說我變了，但是你們卻沒有想到你們也變了，變得都向著她，都不喜歡我了。而她呢，在你們都沒有察覺的時候想著法子的挑釁我……我衝動地衝著她大吼大叫，不是因為她搶了什麼，也不是因為她受了誇獎，而是被她給惹怒了，可是你們不但不理解我，還總是說我……嗚嗚，要是二哥在的話，一定不會像你這樣的。」

想到被送去學武的二哥，敏瑜更傷心了，忍不住抹著眼淚哭了起來。

敏行馬上手忙腳亂的安慰著她，為她擦著眼淚，哄著她道：「好了，敏瑜不哭了，這兩對泥偶都給妳，好不好？」

「不是泥偶的問題。」敏瑜搖搖頭，想起姑母的提點，她抹了一把眼淚，道：「三哥，這泥偶既然是專門給秦嫣然買的，那就給她好了，我不會搶她的東西。我只希望你以後多留意一下，別被她牽著鼻子走，別總以為是我無理取鬧，也看看她是怎麼做的。」

「好，好！」只要能哄住敏瑜，讓她別哭，哪怕是要天上的星星，敏行都會迭聲答應，更不用說她這個小小的要求了。

「那我先回去了。」敏瑜的目的達到，便戀戀不捨地向敏行告辭，她想快點回去，這會兒秦嫣然一定在老夫人面前給她上眼藥，她可不能一直這樣被動的讓她暗算。

「這麼著急幹什麼，再玩一會兒吧！」敏行不知道她心裡在想什麼，立刻挽留。

「還是不了。」敏瑜搖搖頭，道：「剛剛我過來沒讓秦嫣然跟，她現在一定在祖母面前抹眼淚，說我的壞話，我可不能讓她埋汰，我得回去和祖母說清楚，不能總是被人冤枉。」

「妳怎麼不讓嫣然妹妹一起來呢？」敏行一聽這話，衝口而出的就是淡淡的埋怨。

「三哥哥，男女七歲不同席，你和秦嫣然可不是親兄妹，為了她的閨譽，還是避諱著一點得好，免得讓人笑話我們侯府沒規矩。」敏瑜把剛剛堵秦嫣然的話又說了一遍，成功的看到敏行訕訕的樣子。

看著敏瑜離開的背影，敏行微微的皺了皺眉頭，看來以後嫣然妹妹一定不能像以前一樣，經常過來找他，而他也不好總往後宅鑽，這麼一來他就無法時時見到嫣然妹妹了，這可不好啊……

第三章

「孫女敏瑜給祖母請安！」敏瑜恭恭敬敬的向坐在上首的老夫人請安。

她才從敏行那裡回房，就看到老夫人身邊的大丫鬟依霞等著她，說老夫人有事情召喚，找她什麼事情依霞卻沒有說。

哼，不說她也知道，一定和秦嫣然脫不了干係。想到這裡，她飛快地瞟了一眼坐在老夫人身邊的秦嫣然，她的眼睛微微的有些紅腫，剛剛一定在這裡哭過一場。

「嗯……」老夫人微微地一點頭，算是受了這一禮，她也沒有直接為難敏瑜，讓她坐下，才問一旁還等著回話的依霞道：「怎麼耽擱這麼一大會兒才回來？」

「回老夫人，奴婢到二姑娘的聽雨閣的時候，二姑娘不在房裡，奴婢又等了一會兒才等到二姑娘的。」依霞中規中矩地回答著，她自然是清楚老夫人叫敏瑜過來的原因，對此，她心裡很不以為然，哪有為了一個甥孫女為難親孫女的，看來老夫人真的是老了！

「是這樣啊！」老夫人微微點頭，然後明知故問地道：「瑜丫頭，妳去什麼地方了？怎麼不和姊姊妹妹們一起到我這裡來，是覺得祖母這裡悶得慌嗎？」

「祖母這裡怎麼會悶呢？」敏瑜被人提醒過，自然不會像以前一樣老實的點頭，撒嬌說這裡不好玩了，她笑嘻嘻地道：「三哥哥今天給我買了泥偶回來，我擔心去遲了又被人給搶走了，就去找三哥哥了。祖母，三哥哥給我買了一對很可愛的泥偶，胖乎乎的，我可喜歡了！」

「是嗎？」老夫人也呵呵地笑了起來，刻意忽略了敏瑜話中的意有所指，道：「我就說怎麼不過來呢，原來是急著找行哥兒要新玩具去了。瑜丫頭，以後這樣的事情叫著妳姊姊妹妹們一起去，這樣熱鬧一些。」

「我叫了啊！」敏瑜瞪大了眼睛，道：「柔妹妹自己不去，說是要陪秦表姊，姊姊原本要陪我去，半路上卻又想起還有別的事情沒去，可不能怨我啊！」

「柔丫頭自己不去？」老夫人故作不解地道：「可為什麼我聽說是妳故意擠兌嫣然，不要嫣然跟妳們一起去，柔丫頭這才沒去的。這是怎麼回事？」說到最後，老夫人臉上的笑容微微一斂，顯然很是不悅。

「我擠兌秦表姊？」敏瑜滿臉愕然地看著老夫人，連聲叫起冤來，道：「祖母，這是誰說的，是誰冤枉我的？我怎麼會擠兌秦表姊呢？我又怎麼擠兌她了？」

「妳這孩子，沒有就沒有，這麼著急做什麼？」老夫人變戲法一般地又露出了笑容，卻不放鬆，問道：「那為什麼不叫上嫣然一起去呢？」

「姊姊沒說嗎？」敏瑜訝異地看了一旁臉色不大好、極有可能在她來之前就被老夫人責罵過的敏心，故意不滿地道：「姊姊，妳怎麼不幫我在祖母面前說說話呢？」

「抱歉。」敏心平淡地道歉，沒有說老夫人連話都不讓她講，就責怪她故意和敏瑜合夥擠兌秦嫣然，然後把她狠狠地罵了一頓。

敏瑜朝著敏心縮縮鼻子，一副嬌嗔的樣子，其實她也知道，不見得是敏心不想說，極有可能是老夫人不願聽，說不定還不由分說的罵了敏心一頓，姑母說了，這人心偏了，做什麼都是偏的。

敏瑜滿臉認真地看著老夫人，道：「祖母，不是我擠兌表姊，不讓她去，我這樣也是為了她好啊！先生說了男女七歲不同席，秦表姊總是往三哥哥跟前湊可不好，於她的名聲有礙。」

老夫人心裡不悅，但還是笑呵呵地道：「妳這丫頭，真是死腦筋，嫣然是自家人，哪裡有那麼多的講究？」

「當然得講究了！」敏瑜越發認真了，她看著老夫人道：「大哥哥七歲就搬去外院了，二哥哥、三哥哥也一樣，就連身子不大好、今年才滿七歲的四弟弟，也都已經搬到外院去住了，娘說過，這樣做不光是為了避免男孩長在內帷之中沾染了女子的陰柔，沒了男兒該有的樣子，也是為了家中姊妹的聲譽考慮。要是哪家的男兒長在內帷，不但會被人笑話，說男兒充做女兒養，渾身脂粉氣，就連家中女兒的名聲也會不好，會影響以後的婚嫁的。連我們這種親姊妹都要避諱一二了，秦表姊就更應該避諱，這不單是為了三哥哥的名聲考慮，也是為了秦表姊啊！」

自家人？哼，她才不會把秦嫣然當自家人呢！姑母說了，這種名為穿越女的妖孽根本就是養不熟的白眼狼，你要是看重血緣就該倒楣了，因為她根本就不會在乎什麼血緣不血緣的。對她來說，你要是對她好，她就會意思意思的考慮一下血緣關係，對你好一點；要是你對她有半點不好，她就會把血緣拋得遠遠地。

敏瑜的話讓老夫人更不悅了，她極喜歡秦嫣然，不光因為秦嫣然是已逝堂姊留下的唯一血脈，更重要的是秦嫣然小小年紀卻很會討好她，每一句話都說到了她的心坎上，人長得漂亮，又聰慧早熟，很想把她一直留在身邊。

要將她一直留在身邊最好的辦法，就是在自己的孫子中挑一個合適的對象，讓他們一起長大，培養青梅竹馬的感情，等年紀差不多了，再將她變成自己的孫媳婦，而她選中的自然是三孫兒敏行。

這兩個人年紀相差不大，秦嫣然到侯府這半年來和他相處得也頗好，湊在一起真的很合適。當然，最主要的是敏行上頭有兩個嫡親哥哥，身上的責任和義務都不是那麼重，對侯府而言也不是那麼重要，要不然，以秦家已然沒落也沒其他人的情況，就算有這層血緣關係，秦嫣然也不配嫁到侯府來！

不過，這件事情老夫人也只能暗自打算，沒有說出來，想著等兩個人相處得久了，有了深厚的感情，年紀也差不多的時候再和兒子、兒媳提，怎知敏瑜忽然來了這麼一齣，不讓秦嫣然和敏行見面相處，那這件事情豈不是又要生變數？

心裡不悅，但老夫人最後卻只是笑笑，道：「妳說的也不錯，但是事情也得看情況，以後別用這樣的理由把嫣然撇到一邊去。」

「祖母，您老人家是想讓秦表姊長大了嫁給三哥哥嗎？」敏瑜定定地看了老夫人一會兒，說了一句讓在場的人都驚訝的話──這是姑母給她分析的，她算是現學現賣。

「年紀小小的說這樣的話也不嫌害臊！」老夫人笑罵了一句，沒有承認但也沒有否認，這樣的事情說破了就沒什麼意思了。

「有什麼好害臊的？又不是說我自己！」敏瑜不以為然地頂了一句，然後看著微微一驚、恍悟過來的秦嫣然，又道：「祖母，我知道您是喜歡秦表姊，才有這樣的念頭，可是您的好意人家可不一定願意接受啊！」

「這又是什麼話？」老夫人眉頭一皺，心裡也微微一動，輕輕地瞟了秦嫣然一眼，果然看見她臉上那絲來不及掩飾的厭惡。

「祖母，您這樣做是好意，可您有沒有想過秦表姊可不一定就願意啊！三哥哥什麼都好，可他不是長子，以後不能承爵，秦表姊又是個心高氣傲的，她能願意嗎？」這也是姑母說的，她說穿越女都是些心比天高的，不是想著當皇后、皇妃獨寵後宮，就是想著嫁給王侯將相，像三哥哥這種雖然是嫡子卻不能承爵，如果不是特別優秀，就只能當一輩子富貴閒人的，從來都不是她們的第一選擇，秦嫣然真要想嫁進耒陽侯府的話，一定是衝著大哥哥去的。

都已經看到了秦嫣然那來不及掩飾的厭惡，人老成精的老夫人哪裡還用問她才知道她的心思，老夫人心裡暗嘆一聲，對秦嫣然的不識好歹多了些氣惱，但也只是笑笑，把話岔開了去，沒再糾結這個問題。

敏瑜也沒有揪著不放，能夠把老夫人堵回去，不讓她因為自己故意擠兌秦嫣然而責問自己，對她來說已經夠了，別的可以慢慢來，反正她多的是時間，唔，姑母也說了，和穿越女鬥爭，任重道遠，不是一朝一夕就能看到成果的，她需要有耐心，慢慢地瓦解秦嫣然在他人眼中的美好形象，然後才能把她打回原形。

「敏瑜妹妹，妳還在因為上次的事情生我的氣嗎？」敏瑜作罷，但秦嫣然卻不願意就此甘休，雖然老夫人可能有的心思讓她起了戒備——就如敏瑜說的一樣，她對敏行真沒什麼心思，敏行是挺好的，樣子不錯、性格不錯，對自己也是千依百順的。可是，他不是長子，她才不要嫁一個需要仰人鼻息的沒出息的男人，除非他能夠一飛沖天，而那樣的可能實在是太小了，她沒精神、也沒心思在他身上耗費太多的時間精力，她更喜歡找一個各方面都比較成熟的男人。

但是，她卻不能什麼都不說、什麼都不做，她對老夫人的性情已經很瞭解了，老夫人就是一個養尊處優的，日子過長了，喜歡聽人巴結奉承、喜歡掌控別人，卻容不得別人有半點不對她心思的，自己要是不及時消除她的疑慮，她心裡一定會有根刺，自己以後的日子定然沒有現在這般的自在了。

想到這裡，秦嫣然的臉上就帶了幾分委屈，略顯得有些可憐地看著敏瑜，道：「敏瑜妹妹，妳怎麼就不願意聽我的解釋呢？我是真的不知道那泥偶是三哥哥給妳買的，要是知道的話，我再怎麼喜歡，三哥哥拿給我的時候我也不……不會接著的。」

敏瑜臉色沈了沈，卻又及時地打住，不讓自己被秦嫣然帶到陰溝裡，她嘻嘻一笑，道：「表姊，說實話，之前我真的是很介意這件事情的。不管怎麼說，那東西是我磨了好久三哥哥才買的，結果他只顧著討好妳，把我這個親妹妹都丟到一邊去了，真是讓人傷心難過。妳也是，也不問問那泥偶是不是專門給妳買的，三哥哥給了就接著，一點都不像平日裡萬事周全、什麼都想得到的性子。不過，現在，我不介意了，真的不介意了。」

敏瑜話裡的意思讓秦嫣然心裡暗恨，她什麼好玩的東西沒有見過，那泥偶雖然看起來挺可愛的，但還真進不了她的眼，她特意裝出一副十分喜歡的樣子，是想要敏行用它們來討好自己，然後惹敏瑜吃醋生氣來找自己的麻煩，好再一次讓護著自己的老夫人訓斥敏瑜。這本不是什麼大不了的事情，但有些事情做得說不得，被敏瑜這麼一說……她都能感覺到旁人投在自己身上的目光中多了些猜忌。

不過，秦嫣然從來就不是被動挨打的人，以前不是，現在更不是，她滿臉誠懇，眼巴巴的看著敏瑜，帶著苦澀意味地道：「敏瑜妹妹，我真的不是故意的，真的……我再給妳道歉。」

「別！」敏瑜努力的不讓自己被秦嫣然給影響，她皺皺鼻子，笑道：「表姊，妳這是怎麼了？我都說了不介意了，妳還要搶著跟我道歉？妳要再這樣的話，祖母又該責怪我，說我不知道心疼表姊了！」

真是越來越會說話了！秦嫣然咬牙，不能翻臉，只能訕訕地笑著道：「敏瑜妹妹怎麼總是誤會我呢？」

「是啊，二姊，妳怎麼總是誤會表姊呢？」敏柔立刻在一旁幫了一聲腔，她知道老夫人現在的心頭肉是秦嫣然，不是別人，在她面前幫著秦嫣然多說說話，她一定會對自己多幾分好感的。

「有嗎？」敏瑜心裡嗤了一聲，撲到老夫人身邊，撒嬌道：「祖母，您評評理，我是不是像表姊和妹妹說的那樣，總是誤會表姊的好心好意？」

「妳這個淘氣丫頭！」老夫人對唯一的嫡出孫女還是疼愛的，立刻把她摟進懷裡，捏了捏她紅撲撲的小臉，中肯地道：「以為撒撒嬌，就能掩飾妳經常誤解嫣然的事情了？」

「聽您這麼一說，我還真的是經常那樣做了。」敏瑜也不生氣，她原本就沒有指望偏心眼的祖母向著自己說話，她也不起身，就那麼窩在老夫人懷裡，而後看著秦嫣然，大大方方地道：「表姊，真是對不住啊，我以後會小心的，不再隨便誤會妳了。」

這樣的敏瑜讓秦嫣然有些陌生，但對其他人來說，這才是曾經讓侯府上下都喜歡的那個敏瑜，大方、可愛、有禮，老夫人都忍不住暗自點點頭，覺得孫女終於又懂事了。

「敏瑜妹妹別那麼說，我擔待不起。」秦嫣然勉強笑笑，臉上很自然的就帶了些淒楚，眼眶微微一紅，似乎想到了什麼傷心事一樣，低聲嘆息道：「我……」

不好！她又要來那麼一招了！敏瑜心頭警鐘大響，那可是秦嫣然的殺手鐧，眼眶一紅，臉上帶了悲色，說什麼她一個寄人籬下的孤女，能夠吃得飽穿得暖就應該知足，不應該計較那麼多……哼，真是不計較的話，就不會說出來了！

「表姊！」敏瑜微微顯得有些急促的打斷了秦嫣然即將出口的自怨自艾，她臉上帶著疑惑，道：「只是，我不明白，為什麼我從來不曾誤解別人，卻一次又一次的誤解表姊妳呢？」

被敏瑜這麼一打斷，秦嫣然要是再在那裡自怨自艾的話，就顯得有些刻意了，她心裡發狠，卻只能勉強的笑笑，什麼都沒說。

「祖母，您老人家一向聰明睿智，又有一雙洞察世事的眼睛，您說說看這是為什麼？」敏瑜也不指望秦嫣然有什麼答案，她回過身去鬧著老夫人。

「妳這猴子！」老夫人已經有一段時間沒有和這個打小最喜歡的孫女這麼親近了，不但不生氣，反倒親暱的刮了刮她的鼻子，笑罵道：「還能是什麼，不就是因為嫣然讓人喜歡，個個都護著她，妳這個小猴兒吃醋了唄！」

「您說得很有道理！」敏瑜煞有介事的點點頭，然後又道：「這家裡以前最喜歡我的人，現在都變了，都最喜歡表姊……表姊啊，妳還真是很會討人喜歡呢！」

這話敏瑜說得很自然，聽者卻覺得頗有些意味，感覺上像是秦嫣然很有手段，很會巴結討好人一樣，要不然為什麼這些人不喜歡嫡親的孫女、女兒和妹妹，卻偏偏最重視她。

「妹妹這是說哪裡的話啊……」秦嫣然咬牙，臉上卻只能陪著笑臉。

「實話啊！」敏瑜臉上的笑容卻忽然收斂了，帶了幾分冷淡地道：「就連我身邊侍候的丫鬟也都只會說妳的好，不知道的還以為換了主子了呢！」

「敏瑜妹妹，妳是不是又誤解什麼了？」敏瑜的態度驟變反倒讓秦嫣然鬆了一口氣，總是笑呵呵的敏瑜讓她有些拿不準，但是情緒外露的敏瑜卻再好對付不過了。

「誤解？我可不認為是誤解。」敏瑜冷嗤一聲，突然轉身對老夫人道：「祖母，我身邊的秋霜我不想要了，讓她去侍候表姊吧！」

「這又是鬧什麼？」老夫人臉上的笑容微微一凝，剛覺得懂事了些的人怎麼又任性起來了？

「她整天在我面前誇表姊好，說她知書達禮、善解人意、與人為善，說得好像這府裡除了秦表姊以外，就沒有誰是個好的一樣……我還不能反駁，要反駁了，就是惡人！既然她那麼喜歡表姊，就讓她去侍候表姊好了，圓了她的心願，也讓我耳根清淨一些。」姑母讓她找機會，將那些心有別念的丫頭攆走，現在就是個好機會。

老夫人人老成精，一聽就知道，秋霜定然受了秦嫣然的好處，才會向著秦嫣然，處處為她說好話，這個其實很正常，老夫人年輕的時候也做過類似的事情，但這會兒老夫人心裡卻不舒服了，誰知道秦嫣然有沒有收買她身邊的丫鬟婆子？收買別人身邊的丫鬟婆子沒什麼，但是自己身邊的人被收買可就不是一件愉悅的事情了。

不等老夫人開口，一旁沈默了好一會兒的敏心就道：「表姊，恭喜妳了，身邊又多了一個侍候妳的大丫鬟。唔，好事成雙，我身邊的夏葉也一併給了妳吧！她嘴上也總是掛著妳的好，不知道有多羨慕妳身邊的丫鬟，有多想去侍候妳呢！」

秦嫣然心裡微微一沈，看來這姊妹倆早就商量好了算計自己，自己卻還將她們當成了黃毛丫頭，沒有當回事，看著老夫人微微有些陰沈的臉，她就知道，老夫人這心裡已經生了芥蒂，要是想讓她像之前那般喜歡自己、護著自己，又得花功夫去哄了……

「讓秋霜、夏葉到嫣然身邊侍候？」耒陽侯夫人高氏的眉毛輕輕一挑，神色卻沒有什麼變化，看著一臉堅決的愛女，問道：「可是秋霜讓妳不合意了？要是那樣的話，娘給妳換一個稱心如意的大丫鬟便是，怎麼能把自己不中意的塞給嫣然呢？」

既然將秋霜讓給秦嫣然的話說出口了，敏瑜自然不想錯失這個把秋霜從身邊攆走的機會，在全家人聚在一起等候用晚膳的時候，把這件事情向母親高氏說了，老夫人對此沒有發表任何意見，沒有說好，也沒有說不好，她只能找母親來解決了。

對於敏瑜的發難，秦嫣然並不意外，換了她也一樣會乘勝追擊，她只是委委屈屈的看了一旁神色不明的老夫人一眼，什麼話都沒說。

「娘，不是我和大姊姊不中意她們，而是她們不中意我們，我們不想勉強她們，又想成人之美，乾脆讓她們到表姊身邊侍候了。」敏瑜打小就被丁夫人高氏捧在手心裡嬌養，對她自然不像敏心、敏柔那般畏懼，脆生生地便將剛剛在老夫人面前說的話又說了一次。

「哦？這又是怎麼個說法？」丁夫人眼中飛快地閃過一絲了然，臉上卻帶了疑惑，輕輕的掃了一眼垂著頭侍立一旁的秋霜和夏葉，笑盈盈的看著女兒，一副洗耳恭聽的樣子。

「秋霜和夏葉整天在我和姊姊面前說表姊好、表姊溫柔、表姊善解人意、表姊對下人寬容和藹……我和姊姊在她們眼中，連表姊的腳趾頭恐怕都比不上，既然這樣，那就順了她們的心意，讓她們去侍候表姊好了，我和姊姊也能落個耳根清淨，倒也算是兩全其美。」敏瑜撇了撇嘴，然後眼巴巴地看著丁夫人，道：「娘，您就准了吧！」

「是這樣嗎？」丁夫人臉色微微一沈，目光再一次掃過秋霜和夏葉，那帶著冷意的目光讓兩個原本就惴惴不安、有些顫慄的丫鬟腳底發軟，要不是知道若軟倒在地失了體統會讓夫人更生氣的話，她們恐怕都已經跪下告罪了。

「女兒不敢對娘說半句胡話！」敏瑜似模似樣地保證著，帶了幾分嬌憨的小女兒姿態，讓丁夫人心裡一片柔軟，看向秋霜、夏葉的目光卻更凌厲了。

「敏心，妳說說看，敏瑜有沒有誇大其詞？」丁夫人轉向端著笑容的敏心，狀似隨意的問了一聲。

「母親，妹妹說的一點都沒有誇張！」敏心這個時候自然是和敏瑜站在一起的，她帶了些憤恨的道：「秋霜怎樣女兒不是很清楚，但夏葉……她除了整天在女兒面前說表妹好，也沒少說二妹妹任性……我和二妹妹是親姊妹，聽不得這種離間我們姊妹的話，還是把她送遠一些的好。」

夏葉確實在敏心面前誇過秦嫣然，也確實說過敏瑜的不是，但多是敏心抱怨時順著她的話說的，但被敏心這樣一說，卻彷彿是夏葉故意拿秦嫣然和敏瑜作比較一樣，不光夏葉聽得渾身直冒冷汗，秦嫣然也心底著慌。

「真有這樣的事？」丁夫人將目光停留在夏葉身上，冷冷地問了一聲。

夏葉撲通一聲跪了下去，連連叩頭，道：「夫人明鑑，奴婢冤枉啊！」

「冤枉？妳是說我冤了妳？」敏心冷笑著看著夏葉，從老夫人的慶禧院出來之後，她找了桂姨娘討主意，桂姨娘很贊成她和敏瑜站到同一陣線，還教了她一番，她一邊回想著桂姨娘的話，一邊冷冷地問道：「那麼說說看，冤了妳什麼？是妳沒有在我面前整天的說表妹的好，還是沒有說過二妹妹任性胡鬧？」

「夫人明鑑！夫人明鑑！」夏葉不能也不敢辯駁，怎麼辯駁到了最後都是她的錯，她只能一個勁兒地磕頭，翻來覆去的就是那麼一句話。

能夠當上大丫鬟的都不是笨人，夏葉不過是受了秦嫣然的好處，又看到老夫人和夫人處處護著秦嫣然，對她比對任何姑娘都好，想著說她的好話對自己沒壞處，這才整天在敏心面前說秦嫣然的好。這原本也沒什麼大不了的，可犯了主子的忌，就成了大錯。

「明鑑？」丁夫人冷笑一聲，她心裡透亮，卻沒有理會夏葉，而是將目光轉向雙腿也開始打顫的秋霜，淡淡地道：「妳有什麼話要說？二姑娘說的可是實話？」

「二姑娘說的都是真的，可奴婢也是為了姑娘好才那樣說話。」秋霜也撲通一聲跪下，她比夏葉更聰明，力持冷靜的為自己辯解道：「奴婢是看姑娘整日和表姑娘置氣，才說那些話的，原是希望姑娘聽進去之後能夠和表姑娘和睦相處……」

「可惜二姑娘不明白妳的苦心，是吧？」丁夫人冷嗤一聲，轉過來對敏瑜、敏心姊妹道：「都鬧成這樣子了，讓她們侍候也不合適了，就換個讓妳們稱心如意的吧！」

「好耶！」敏心、敏瑜一起歡呼起來，在她們眼中，能夠將這兩個心已經不在的丫鬟攆走，就是戰勝秦嫣然的第一步，而第二步……

「那她們倆呢？娘，就讓她們去侍候表姊吧！」敏瑜就不相信，秋霜、夏葉到了秦嫣然身邊之後，還能把秦嫣然當成世上最好的主子。

「這個啊……」丁夫人心裡已經有了處置這兩個丫鬟的決定，但敏瑜這麼一說，她還是順著敏瑜的話將目光轉向帶了些不安神色的秦嫣然，和藹地道：「嫣然是什麼意思？妳若是覺得她們兩個還算可心的話，就讓她們到妳身邊侍候吧！」

丁夫人這話一出，秋霜和夏葉都忍不住的將目光投向秦嫣然，眼中滿滿的祈求之色，希望一向和善的秦嫣然能夠點頭。

秦嫣然心裡恨極，這不是把她架到火上烤嗎？真要了不就是擺明了告訴所有人，這兩個人就是得了她的好處，才整天說她的好話，導致得罪了原該小心侍候的主子嗎？不要，卻又不免讓人對她寒了心。要不要是個難題，而要了之後安置又是個難題。她身邊已經有了兩個大丫鬟，還都是從秦家帶過來，更讓她信任的，讓她們兩個留下，讓誰降等？誰降了等心裡都可能心生怨懟，如果都不降的話，就連敏瑜這個侯府的嫡出姑娘都只有兩個大丫鬟，她身邊卻有四個，那更扎眼！

可是，看丁夫人的神色，她也知道，她必須回答，她仔細想了又想，斟酌著語氣道：「舅母，秋霜和夏葉都是好的，要是甥女身邊缺人的話自然是巴不得有這麼兩個伶俐的丫鬟……」

「要是？」敏瑜嗤了一聲，看著眼神驟然黯淡下去的秋霜、夏葉，冷笑道：「看來不光是我和姊姊嫌棄妳們、不想要妳們，表姊也一樣不願意要妳們。娘，既然表姊不要的話，她們該怎麼處置呢？」

秦嫣然咬了咬下唇，知道這個時候自己說什麼都可能犯錯，便忍住了什麼都沒說，但是眼中委屈的神色卻更深了些。

「讓她們的老子娘把人領回去，以後不再進府侍候就是！」等了一下，見秦嫣然沒有說話的意思，丁夫人才淡淡地說了對兩人的處置，然後順口對身邊的嬤嬤道：「得喜家的，妳現在就去，讓人叫她們的老子娘到二門外領人，也讓人看著她們立刻把自己的東西收拾了，等姑娘們用過晚膳回房之前，務必處理好了，別讓姑娘們再為她們心煩。」

「是，夫人！」得喜家的恭恭敬敬地應聲，將目光投向臉色灰敗的秋霜、夏葉，心裡嘆息一聲。真是自作孽，看著一副聰明相，怎麼就沒有眼光呢？只看老夫人和夫人對表姑娘和顏悅色的，就連到底誰才是主子都分不清了，真真是蠢人！心裡不管怎麼想，得喜家的都沒有表現出來，冷淡地道：「妳們還不謝過夫人跟著我過去？」

進府也有三、五年，好不容易從小丫鬟一步一步熬到今天，卻落到這樣的地步，秋霜和夏葉心裡都是一片悽楚，但這已經是最好的下場了，最不濟還能找個良人嫁了。

秋霜和夏葉砰砰砰地朝著丁夫人磕了幾個響頭，又朝著各自的姑娘磕了頭，然後跟在得喜家的身後，頭也不回地離開了，心裡除了對未來的惶然之外，還有對秦嫣然的淡淡怨懟，她們落到這個地步，和她不無關係，可她卻只是那麼故作為難的說了一句……唉，她們不該怨別人，只能說自己傻！

看著秋霜、夏葉離開，秦嫣然輕輕地咬住下唇，一臉的不忍，心裡卻在翻騰著，她知道自己好不容易在侯府營造出來的好勢頭，會因為這件不起眼的小事而有了翻天覆地的變化……

「娘，就這樣？」敏瑜卻想不到那麼多，她失望地看著母親，沒有想到一貫嚴厲的母親這一次卻這般的寬容。

「妳還想怎樣？」丁夫人瞪了愛女一眼，訓斥道：「這件事情到此為止，妳不准再拿這件事情和嫣然爭吵……」

「娘，我也不想和她吵，可是她……」面對的是母親，敏瑜自然沒有留什麼心眼，本能的就想要為自己辯駁。

「沒有可是！」丁夫人卻不想聽她的辯駁，半句都不想，她輕斥道：「嫣然是客人，妳怎麼能整天和她爭吵呢？一點禮貌都沒有！娘要是再看到妳針對嫣然的話，一定會重重的罰妳！」

丁夫人這話一出，有心人的心裡都是一片透亮，是啊，夫人再怎麼欣賞喜愛表姑娘，那也只是一個客人，怎麼能和親生女兒相比呢？

秦嫣然心裡暗恨，看來自己這半年來的努力雖然讓丁夫人更欣賞自己，卻並沒有就此更偏愛自己，看來很有必要再更加把勁，相比起來，丁夫人可比老夫人更重要。

「娘……」敏瑜卻沒有聽出其中的奧妙，氣得眼眶都紅了，猛地站起來，指著秦嫣然，脫口而出道：「憑什麼我要讓著她這個妖孽……」

「越來越沒規矩了，連這種話都敢說出口了！」敏瑜的無禮讓丁夫人真的生氣了，她喝斥一聲，然後對身邊的大丫鬟姚黃道：「妳現在把姑娘送回她的院子，讓她好好的反省，什麼時候想明白了，知道自己錯了，什麼時候才能出房間！」

這算是變相的禁足嗎？敏瑜不敢置信地看著母親，不敢相信她居然為了秦嫣然這樣對自己，她的眼淚嘩地一下就流了下來，不等姚黃靠近，就一邊哭著一邊跑了出去。

「這孩子……」看著女兒離開，丁夫人心裡不是不心疼，但現在不是心疼女兒的時候，她天生聰穎卻一直被自己嬌寵著，什麼都不懂，如果不趁著她還年幼，好好地教導的話，以後不知道還要受多少的苦。

丁夫人輕輕地搖搖頭，和顏悅色的對帶了幾分無助的秦嫣然道：「嫣然，真是對不住，敏瑜被我寵壞了，這般任性，還總是給妳難堪，舅母一定會好好的教訓她的，妳可別往心裡去啊！」

秦嫣然滿是惶恐的站了起來，手足無措地道：「舅母千萬別這麼說，您這麼說的話，嫣然真的是無地自容了……」

說到最後，她便哽咽起來，一旁一直冷眼看著的老夫人終於輕輕地咳了一聲，道：「好了，都別說了，吩咐傳膳吧！」

第四章

「姑母，娘怎麼能這樣呢？我才是她生的，才是她的女兒，她怎麼能護著秦嫣然卻喝斥我呢？嗚嗚，娘以前總說我是她的心肝寶貝，總說我們兄妹四個她最心疼的就是我，可是自從秦嫣然來了之後，她就不疼我了……」

一路哭著奔到小院裡，傷心難過的敏瑜撲進正坐在樹下喝茶的姑母懷裡，彷彿找到了主心骨一樣，一邊嚎哭一邊傾訴著心裡的委屈。

「發生什麼事情了？怎麼讓我們敏瑜傷心成了這個樣子？」丁漣波輕輕地拍著敏瑜的背，聽著她的哭訴，看她傷心成這副樣子，丁漣波只覺得好笑。

敏瑜一邊哭著，一邊含糊不清的將剛剛在花廳發生的事情說了一遍，她說到傷心處，幾度哽咽的說不下去。

丁漣波好不容易才聽清楚她說的話，等弄清楚了到底是怎麼一回事，更覺得好笑了，果然是孩子，這麼一點點小事，就彷彿天都塌了一般。

「好了、好了，不哭了！」丁漣波一邊拍著她的背，一邊哄著她道：「再哭的話，就成小花貓，就不好看了。」

敏瑜胡亂地擦了一把臉，一臉的狼藉，更像隻被遺棄的小貓了，她可憐巴巴地看著丁漣波，道：「姑母，為什麼娘會喜歡秦嫣然那個妖孽，卻那麼喝斥我呢？」

「妳娘可不見得喜歡秦嫣然。」丁漣波搖搖頭，高氏可不是糊塗的，秦嫣然的那些個小手段恐怕都落在她眼中，一直不聞不問，估計只是想藉這個機會讓從小就順風順水的敏瑜吃點小苦頭。

「可娘總是誇她，總是說她好，還總是說我不懂事，說我任性……」敏瑜的聲音悶悶的，將她極其低落的情緒表露無疑。

「這不過是虛應罷了！」丁漣波笑笑，輕輕的拍了拍敏瑜的小臉，道：「妳沒聽妳娘說嗎？秦嫣然是客人，對她自然要客氣……客人，哼，說得好聽點是客人，但說白了也就是外人，別說她確實是很出眾，就算她一無是處，妳娘也決計不會說她不好的，這是禮貌問題。」

「是哦！」敏瑜也不傻，不過因為年幼，沒有什麼心眼，沒有聽出其中的意思來而已，被丁漣波這麼一說，立刻恍然大悟，點頭道：「我知道了！娘不是因為要護著秦嫣然才喝斥我的，而是因為把秦嫣然當成了外人，不願意讓我在外人面前失了禮貌，所以才喝斥我。姑母，我知道我錯了，我不該沒想清楚就和娘鬥氣，我這就回去找娘，向娘道歉。」

「還有呢？」敏瑜的乖巧讓丁漣波越發的喜歡起來，她知道敏瑜是侯府唯一的嫡女，高氏最心疼這個女兒不過，她沒有養成嬌蠻的性子已經不容易了，還能這般的懂事乖巧，知道錯了就該去道歉。

敏瑜咬咬牙，道：「我會給秦嫣然道歉……唉，我心裡真的不痛快，真的不想給她道歉，可要是那樣的話，娘一定會失望的。」

「傻孩子，姑母想說的不是這個！」丁漣波心裡更喜歡了，她笑著道：「我想說的是，在場那麼多的人，聽了妳娘的話之後會有什麼想法？」

「這個啊……」被丁漣波這麼一說，敏瑜也認真地思索起來，想著想著她的眼睛就亮了，嘴角忍不住的挑高，道：「他們會知道，娘或許喜歡秦嫣然，但卻不見得就把她當成了自己人，娘對她那麼好，不是因為喜歡她喜歡到了不得了，而是不想讓人說耒陽侯府對投奔來的表姑娘不好。」

「就是這個理！」稍一提醒，敏瑜就能想到這些，讓丁漣波覺得欣慰的同時也有些驚心，敏瑜說是八歲，但那是她的虛歲，真要算實際年紀不過是個六歲的孩子，卻能想到這些，看來古人還真是不能小覷。

不過，這樣的念頭丁漣波只在腦子中一轉就沒了蹤影，更多的還是起了看好戲的心情——不知道自己的那位同鄉秦嫣然有沒有這樣的認知，要是沒有……那麼別看她現在似乎很風光，日後的日子可長著呢，誰知道未來會成什麼樣子?!

「還有府裡的那些丫鬟婆子……」被丁漣波這麼一誇獎，敏瑜的思維就更活躍了，她揚起笑容，道：「秋霜、夏葉本是我和大姊姊的丫鬟，卻吃裡扒外的向著秦嫣然，她們的下場所有人都看在眼中了，不想像她們被攆出門去的，就得恪守本分，再加上娘的這番話……

嘻嘻，我倒要看看，府裡的丫鬟婆子以後還會不會總在嘴邊上掛著表姑娘，總是說她的好了！」

「敏瑜真是聰明。」丁漣波不知道是該感慨古人早慧，還是眼前的小女娃其實也是個妖孽？雖然稍微衝動任性了些，但這份心智卻真的不簡單。

「姑母，我知道我該怎麼做了。」敏瑜被這麼一誇，頓時有了勇氣，道：「我這就回去給娘道歉，向娘認錯！」

「不著急。」丁漣波搖搖頭，道：「姑母不是和妳說了嗎，秦嫣然極有可能是妖孽，這種妖孽中，道行高深的可是有妖術的，萬一秦嫣然就是那種道行高深的，見妳這麼快轉過彎來，覺得那些小手段沒用了，便施展妖術，那可就不妙了。」

丁漣波這麼說也是有緣由的，雖然她夠倒楣，沒有任何的金手指，但誰知道秦嫣然是不是和她一樣的？萬一人家帶了異能呢？不能不防啊！

敏瑜連連點頭，志異之中的那些精怪都有法術，穿越女也是一種妖孽，身懷法術也很正常，萬一她正好懂法術，翻臉施展了法術的話，那可就真的糟了。

想到這裡，敏瑜眼巴巴的看著丁漣波，道：「那麼，姑母說我該怎麼做？裝著繼續和娘賭氣，過兩天再給娘認錯，還是私底下給娘認錯，別的以後再說？」

「妳想怎麼做？」丁漣波很想看看敏瑜心裡到底是怎麼個想法，最想知道的還是她的本性。

「我想私底下先跟娘認錯……」敏瑜很認真地道。「娘每天都有很多的事情，每天都很忙碌，已經很累很累了，我不應該再給娘添麻煩了……唉，我想，我這段時間那麼不懂事，整天的和秦表姊鬥氣爭吵，一定讓娘煩心了。」

都說女兒是娘的小棉襖，這話說的還真是不錯！丁漣波在心裡輕嘆了一聲，點點頭，鼓勵道：「那就照妳說的去做吧！」

「嗯！」敏瑜用力地點點頭，整理了一下自己的衣裙，道：「姑母，我就那麼哭著跑出來，娘一定不放心，肯定讓人找我了，這麼半天還沒找到，不知道急成了什麼樣子，我先回去，給娘認錯。等明、後天有了時間，我再過來看您，陪您說話！」

「去吧、去吧！」丁漣波點點頭，敏瑜不再遲疑，就像來的時候一樣，跑著離開了。

看著敏瑜離開後，頓時冷清空寂的院子，丁漣波幽幽地嘆了一口氣，就算看在敏瑜為她掃去這一院子的冷寂，她也應該指點敏瑜，別讓她被那個秦嫣然給毀了，不是嗎？

「娘，我錯了！」敏瑜規規矩矩地跪在母親面前，老老實實地認錯。

自打她懂事起，在母親的教養下她就明白了一件事情，錯了就是錯了，乖乖的認錯才是上策，千萬別想著狡辯。

「知道錯了？」丁夫人臉色冷峻地看著女兒。

敏瑜哭著跑開之後，姚黃和秋露就緊跟著出來，但卻還是跟丟了。敏瑜房裡不見人，院子裡也不見人，將整個侯府全都翻了一遍，仍不見蹤影，這可把兩個大丫鬟給嚇壞了，不敢隱瞞，更不敢擅作主張，連忙回稟丁夫人。

丁夫人也嚇了一跳，但是她素來沈得住氣，就算心裡著急，也只是讓姚黃、秋露帶著人再仔細地找找，而她自己則平靜的和家人用著晚飯。可是，直到用過了晚飯，還沒有找到女兒，丁夫人便坐不住了，正在猶豫著要不要多派人手去找的時候，敏瑜便自己出現了，還規規矩矩的過來認錯。

丁夫人大大鬆了一口氣，懸著的心這才放下，臉色卻怎麼都好不起來，她冷冷地看著女兒，道：「妳說說看，錯在何處？」

敏瑜在心裡吐了吐舌頭，知道母親這次是真的生氣了，她看著丁夫人，目不斜視地道：「女兒不該質疑娘的決定，不該和娘頂嘴，不該沒有禮貌的那麼說表姊，更不該哭鬧著跑去躲起來，讓娘擔心。」

敏瑜的態度不錯，話也說到了點子上，顯然是認真想過的，這讓丁夫人的臉色稍微緩和了一些，但卻還是沒有好臉色。

「娘，女兒向您保證，以後一定不會像今天這樣，當著祖母、當著姊姊妹妹，當著那麼多人的面質疑您、和您頂嘴，也不會再這麼任性地哭著跑去躲起來，讓您擔心。」見母親的臉色稍稍好看了些，但卻還是冷著臉，敏瑜便乖乖地表決心，當然也還是留了小心眼。

丁夫人對兒女的教養一向很嚴格，言出必行是最起碼的要求，表了決心就一定要做到，所以敏瑜並未把話說死，也半句不提她以後會和秦嫣然和睦相處，那是她做不到的事情。

敏瑜的小心眼怎麼可能瞞得過丁夫人，她心裡莞爾，臉色卻緊了緊，淡淡地道：「那麼嫣然呢？妳以後能不能和嫣然和睦相處，能不能以禮相待呢？」

「娘，我不喜歡她……不，我是很討厭她，十分十分的討厭！」敏瑜很認真地看著丁夫人，道：「娘，我也不想和她爭吵，不想讓人以為我容不得人，不想讓人以為我嫉妒她，更不想因為和她吵鬧讓您操心。但是，娘，我真的很討厭她，尤其是她總是有意無意的挑釁我，讓我忍不住地和她起爭執。娘，我做不到和她相安無事，更不可能和她和睦相處……」

敏瑜的認真取悅了丁夫人，她終於繃不住，露出了些許的笑容，道：「瑜兒，嫣然是客人。」

「我知道她是客人，但是，娘，她也是個妖孽啊！」見丁夫人臉上帶了笑，敏瑜也就放鬆了一些，妖孽一詞再一次脫口而出。

丁夫人剛剛浮現的笑容立刻斂住，輕斥道：「什麼叫妖孽？誰教妳這麼說的？」

壞了！敏瑜再一次在心裡吐了吐舌頭，不想違背答應過姑母的，不將和她相見的事情告訴別人，卻又不願意欺騙母親，她只能道：「娘，秦嫣然不過比我大半歲，卻懂那麼多東西，那般的八面玲瓏，不是妖孽是什麼？」

「那是因為嫣然敏而好學，不像妳，整天總惦記著玩耍，讓妳學什麼都不認真不上心！」丁夫人誇了秦嫣然一句，也輕責了女兒一聲，但也就只是說說而已，她從來沒有想過將女兒養成琴棋書畫無不精通的才女，和所有精明的主母一樣，她清楚琴棋書畫不過是妝點門面的，只能怡情養性，博個名聲。女兒喜歡，多學學自然不錯，但若是不喜歡，也沒有必要強求。

「娘就只會誇她，可是娘可曾想過，她再怎麼聰慧也只比我大半歲，怎麼就能懂那麼多，又是跟著誰學的？」雖然知道丁夫人誇秦嫣然不見得就是欣賞、喜歡她，但，敏瑜心裡還是泛酸，順口就反駁了一句。

說者無意聽者有心，敏瑜的話讓丁夫人微微一怔，丁夫人雖然沒有刻意地關心過秦嫣然，但她投奔侯府的前因後果也了然於心，甚至連老夫人派去的那幾個管事和婆子的脾性都清清楚楚。

老夫人在挑選管事和婆子的時候頗費了些心思，挑出來的都是那種老實本分、從不偷奸耍滑的，不求他們能把秦嫣然教得有多好，但求他們忠心做事，好好地護著秦嫣然。秦嫣然懂得那些東西也好，滿肚子的小心眼也罷，都不可能是他們教的，但如果不是他們又會是誰呢？秦家的老僕？秦家幾個僕人丁夫人也瞭解過，忠心有餘、見識不足，顯然也不是他們教的。那麼，秦嫣然懂的那些東西是什麼人教的呢？或者女兒說的沒錯，秦嫣然是個妖孽？

「這世上天生不凡、才華絕豔的人雖然極少，但也並非沒有，或許嫣然便是那樣的人。」雖然心中有了別的想法，但丁夫人卻半點聲色都不露，還為秦嫣然找了一個理由，然後看著女兒，道：「什麼妖孽不妖孽的，以後不准再提。」

敏瑜癟癟嘴，很不情願地點點頭，她心裡認定了秦嫣然就是姑母口中的那種妖孽，但現在不是和母親爭辯的時候，不過，她也打定主意，一定要抓到秦嫣然的小辮子，然後向母親證明自己說得沒錯。

看敏瑜的樣子，丁夫人就知道她腦子裡在想什麼，搖搖頭，沒有說破，讓跪了好大一會兒的敏瑜起身，然後問道：「秋霜、夏葉被打發走了，妳們兩個也算是如願以償了，妳們身邊現在缺了一個大丫鬟。敏心想把她身邊的二等丫鬟雙福提拔上來，雙福那丫頭在敏心身邊也侍候了一年多，不但機靈，和敏心相處得也好，我就同意了。妳呢？有沒有什麼打算？是想從現在侍候的丫鬟中提拔一個，還是有別的想法？」

雙福也是侯府的家生奴才，生母和桂姨娘一樣，都在老夫人身邊侍候過，對桂姨娘和敏心來說，她是比旁的丫鬟更值得信任，敏心想要將她提拔上來，丁夫人一點都不意外。丁夫人原本覺得雙福稍微小了些，才十二歲，當大丫鬟未免嫩了點，沒有威望，鎮不住其他的丫鬟，但敏心都那麼說了，知道她定然和桂姨娘商量過，便也點了頭。

敏瑜沒有想到能這麼順利的把秋霜趕走，自然也沒有想過趕走她之後該做什麼，丁夫人這麼問了，她認真地想了想，卻還是不知道自己應該怎麼辦，她也不糾結，直接看著丁夫人道：「娘，女兒還真沒有想過這個，您說該怎麼辦，女兒聽娘的！」

「小滑頭！」丁夫人笑罵一聲，敏瑜的樣子讓她明白，將秋霜攆走這件事情她也有可能是臨時起意，不一定是有人在她耳朵邊說了什麼，這讓她稍稍放心，她笑著道：「既然妳這麼說了，那娘就把身邊的大丫鬟給妳一個就是，妳想要哪一個？」

丁夫人身邊有四個大丫鬟，分別是姚黃、魏紫、緋桃、瑞蓮，是侯府丫鬟中拔尖的，相貌、心計、手段更是秋霜、秋露拍馬都比不上的，如同自己的親生女兒，換成別的人，根本就別想從她這裡要走一個。

「娘身邊的大丫鬟啊？」敏瑜自然知道那四個大丫鬟不僅是母親的心腹，還是得力的管家助手，她搖搖頭，道：「姚黃她們都是娘身邊缺不得的，女兒怎麼能要她們？這樣吧，娘從您身邊的二等丫鬟中挑一個拔尖的給我就好，娘身邊的姊姊個個都很能幹，就算是二等丫鬟也比秋霜、秋露能幹很多了。」

「就妳會說話！」丁夫人用指頭點了點敏瑜的鼻尖，女兒的貼心讓她心裡暖暖的，她想了想，女兒是很重要，但將姚黃那樣的大丫鬟調到女兒身邊侍候卻還是大材小用了些，還不如像敏瑜自己說的，給她一個二等丫鬟。

敏瑜縮縮鼻子，順勢賴進丁夫人懷裡撒嬌，丁夫人也樂呵呵地由著她，心裡把身邊的二等丫鬟濾了一遍，思索著哪個丫鬟放到女兒身邊更合適……

「二妹妹，妳昨晚沒有被母親責罰吧？」看到敏瑜進繡坊，敏心立刻挨了過來，她和敏瑜的關係原本只是一般，但昨天的事情讓她驟然之間對敏瑜有了幾分親近之感，敏瑜昨晚哭著跑出去之後，她還真有幾分擔心。

「姊姊不用為我擔心，妳看我這不是好好的嗎？」敏瑜給了敏心一個笑臉，然後刻意地看了看敏心身邊的大丫鬟，故作驚訝地道：「姊姊，雙福今天怎麼跟在妳身邊，還穿了和夏荷一樣的青色褙子？」

「夏葉那個吃裡扒外的被攆走了之後，我身邊不是少了一個大丫鬟了嗎？我求了母親，格外提拔了雙福，母親也同意了。」敏心笑著解釋，眼角輕輕地瞟了秦嫣然一眼，話裡有話地道：「我就不信雙福還能被什麼人給蠱惑了，做些吃裡扒外的事情！」

秦嫣然臉色微微一僵，知道敏心是故意說給自己聽的，說實話，她還真的沒有想過算計敏心什麼，她不過是侯府的庶女，生母又是個賤婢出身的，有什麼值得自己算計的？給她身邊的丫鬟婆子施些小恩小惠，讓她們為自己說話，不過是順手就做了的事情，當然，要是能夠讓敏心像敏柔一樣對自己就更好了。誰知道弄巧成拙，不但沒有讓敏心改變對自己的態度，反倒被敏瑜利用，兩個人一起合謀將了自己一軍。

「姊姊，過去的事情就讓它過去吧！」敏瑜隨意地安撫了敏心一句，然後對雙福道：「妳娘和桂姨娘的情分不一般，要不然的話妳也不可能一進府就到大姊姊身邊侍候。這次能夠被提拔上來，是姊姊對妳信任有加，也是衝著桂姨娘和妳娘的交情，妳可別辜負了姊姊的信任啊！」

「二姑娘放心，奴婢一定會好好地當差，好好地侍候大姑娘的。」敏瑜的話一落，雙福立刻向她表忠心，而後又道：「府裡能當上大丫鬟的姊姊，哪個不是熬上三、五年，奴婢進府不到兩年就成了大丫鬟，都是姑娘的恩典和信任，奴婢絕對不會辜負大姑娘的。」

敏瑜點點頭，道：「妳明白這道理就好，可千萬別像夏葉那麼糊塗，連自己的主子是誰都分不清了。」

「二姑娘放心，奴婢不會那麼蠢的。」雙福明白，不管是敏心還是敏瑜，都不是單純地借著夏葉的事情敲打自己，而是故意給秦嫣然難堪，因此她把姿態放得很低，還配合著她們說話。

「那就好。不過，我還是提醒妳一句，千萬別被某些人的小恩小惠給收買了。」敏瑜點點頭，說完這句話卻又將臉轉向秦嫣然，直接道：「表姊，妳可別誤會，我說的可不是妳。表姊妳那麼好，一定不會做那種用小恩小惠賄賂下人的事情，對吧！」

敏瑜來這麼一齣，讓敏心一點都不給面子地嘲笑起來，秦嫣然的臉色又僵了僵，手捏得死死的，勉強地笑笑，不糾纏這個話題，而是做出關心的樣子，道：「敏瑜妹妹，妳昨晚就那麼哭著跑了出去，我們大家可都很擔心呢！」

她是故意的！敏瑜心裡提醒著自己，臉上卻帶了笑容，道：「昨晚是我不對，不該罵妳是妖孽，也難怪娘昨晚會那麼喝斥我了……表姊，對不起，我知道錯了，就算妳比所有的姊妹都更聰明、更博學、更讓人喜歡，也不該因為這個就說妳是妖孽。」

妖孽？秦嫣然的心突地一跳，她昨晚將注意力放在老夫人和丁夫人身上，並沒有聽清楚敏瑜這般稱呼她，乍聽到這個詞，難免有些驚慌、有些心虛，不知道是自己的表現太過優異，讓人懷疑了，還是……

「二姊姊，妳怎麼能這麼說表姊呢，表姊……」一旁的敏柔立刻為秦嫣然抱不平。

「妳多什麼事？」敏心瞪了敏柔一眼，看她將未說完的話嚥下去，才罵道：「表姊、表姊！整天把她掛在嘴邊上，我看妳和秋霜、夏葉也沒有什麼區別，都被這個妖孽迷住了心竅，連誰親誰疏都不知道了！」

「姊姊……」等敏心把話都說完了，敏瑜才意思意思地阻止了一下，然後對被敏心一通話罵得往後縮的敏柔道：「妹妹也是，聽話怎麼聽不到重點呢？我是在向表姊道歉，可沒有說表姊不好。」

敏柔看看敏瑜，再看看還是一張臭臉的敏心，弱弱地道：「我……我錯了。」

敏瑜看了敏柔一眼，轉向恢復了鎮靜的秦嫣然，笑著道：「人人都誇表姊大度寬容、善良可親，一定會原諒我失言之過，是吧？」

秦嫣然一向以大度示人，心裡縱然不高興，也只能笑著道：「都是自家姊妹，我怎麼會怪敏瑜妹妹呢？只求敏瑜妹妹不要再為昨晚的事情生氣，我就已經很滿足了。敏瑜妹妹，舅母昨晚那麼喝斥妳也是為了妳好……」

「我知道！」敏瑜不想聽秦嫣然把話說完，打斷她的話，笑著道：「那是我娘，喝斥我也是愛之深責之切，換了別人的話，娘還不一定有心思理會呢！」

「那是自然，二妹妹在母親心裡最是重要，旁人可比不得，母親再怎麼誇旁人，再怎麼喝斥二妹妹，心裡最心疼的也都是她，這個是怎麼都不會變的。」敏心笑盈盈地點頭，卻又故意看了秦嫣然一眼，道：「某些人還是滅了在母親面前賣乖弄巧、把二妹妹比下去的心思才好，別到時候討不得母親的歡心，卻反而遭了母親的厭惡就不好了。」

「某些人？不知道表姊口中的某些人指的是誰？」秦嫣然臉上的笑容蕩然無存，以她的心智和城府倒不至於連這幾句話都承受不住，但是她卻知道，一味的忍讓不是上策，那只會讓敏心越發的囂張，也會讓侯府的下人漸漸地輕慢了她。

「表妹心裡應該清楚我指的是誰！」敏心可一點都不怵她，哼了一聲，一臉挑釁地看著秦嫣然，很有大鬧一場的架勢。

「妳……」秦嫣然腦子裡轉了好幾個念頭，覺得和敏心鬧一場也不見得是壞事，最好能鬧到老夫人面前，讓她以為在她看不見的地方自己受了很多委屈，自己對家中的下人施恩不過是為了少受些排擠罷了。

「好了，好了，都別吵了！」敏瑜不知道秦嫣然腦子裡轉什麼樣的念頭，但她昨晚才被丁夫人說了一通，要是秦嫣然和敏心鬧起來的話，讓丁夫人對她失望可就不好了，她立刻上前擋了擋，然後對敏心道：「大姊，娘昨晚都說了，表姊是客人，我們可不能整天的和表姊爭吵。」

「哼！」聽到敏瑜這麼說了，又想到昨晚連敏瑜都被喝斥了，敏心也只能忍了下來，但還是重重地哼了一聲，道：「二妹妹這麼說了，那就這樣吧！」

「時間不早了，師傅也快來了，我們先繡著吧！」沒有了那種劍拔弩張的氣氛，敏柔也終於敢說話打圓場了，她上前拉著秦嫣然，笑道：「表姊，我總覺得我繡的蘭花有些怪怪的，妳來幫我看看到底是哪裡不對？」

秦嫣然知道敏柔這是想和緩一下氣氛，而她也知道敏瑜打了圓場，敏心也暫時退讓了，自己要是不依不饒的話，會影響自己往後的形象，也就順著敏柔，讓她將自己拉到她的繡架前。

「三妹妹，妳找錯人了吧？表妹琴棋書畫都比我們好沒錯，但繡活可是表妹的弱項，妳這不是問路於盲嗎？」敏心冷嗤了一聲，也不管這話會造成什麼影響，便轉頭對敏瑜道：「二妹妹，妳身邊也缺了個大丫鬟，想好讓誰補這個缺了嗎？」

「娘從她身邊的二等丫鬟中挑了一個給我。」敏瑜點點頭，笑嘻嘻的道：「就是那個做事很麻利的靳黃，大姊應該有印象吧！」

「嗯嗯！」敏心點點頭，靳黃她自然知道，那是丁夫人身邊二等丫鬟中最能幹的一個，比雙福更好了。

「娘給她改了個名字……」敏瑜笑嘻嘻地看著敏心，故作神秘地道：「姊姊猜猜，娘給她改了什麼名字？」

「我怎麼知道？」敏心搖搖頭，知道敏瑜這樣說是故意的，立刻追問道：「她現在叫什麼，快點告訴我吧！」

「秋霜！」敏瑜沒有再賣關子，笑呵呵地道：「娘說，她補的是秋霜被攆走空出來的缺，還是叫秋霜。我覺得也挺好的，不是嗎？」

敏瑜原本很討厭這個名字，是母親說，讓靳黃沿用此名能夠警示其他人，讓他們睜大眼睛，看清楚誰才是主子，誰才能夠決定他們前程和命運，別因為某人的小恩小惠就忘了本分。這個某人指的是誰，不言而喻。

和敏瑜一樣，敏心一時之間也沒有想到這個名字有什麼好，只是看敏瑜似乎很喜歡，便沒有說什麼不好聽的話，沒有給她潑冷水，而和敏柔站在一起豎著耳朵聽她們說話的秦嫣然心卻驟然一沈……

第五章

「上前敲門！」丁夫人站在滿是斑駁痕跡的大門前，淡淡地吩咐了一聲，她身邊的姚黃立刻上前，不輕不重地叩了幾下。

門很快就開了，一個滿臉摺子的婆子探出頭，臉上滿是意外，但看到門外站的是丁夫人之後，嚇得一個激靈，忙不迭地把門打開，恭恭敬敬地道：「奴婢見過夫人！」

丁夫人微微地一頷首，沒有說什麼，抬腿就往裡走，那婆子雖然不知道今天颳的什麼風，把夫人給颳來了，卻半點遲疑都沒有，麻利地讓開路，等丁夫人一行進了院子之後，又麻利地將大門關上。

「誰在外面敲門啊？」聽到腳步聲，丁漣波卻還是躺在躺椅上沒有起身。

「是我。」丁夫人淡淡地應了一聲，目光打量著躺椅上的小姑，看著她一身的寂寥，一時之間也不知道應該怎麼形容自己再見她的心情。

她的小姑丁漣波，耒陽侯府老侯爺唯一的嫡女，老夫人捧在手心裡養大的寶貝女兒，打小就比一般的姑娘更聰明，可惜的是被不會教養兒女的老侯爺和老夫人給寵壞了，驕縱得不得了，人人避讓不及，就連她這個長嫂，剛剛進門的那些年也都要讓她三分。

十年前，年僅十四的丁漣波女扮男裝出門玩，無意中認識了一個男子，而後瘋狂地喜歡上了那個男人，起了非君不嫁的念頭，回家之後便和老侯爺、老夫人鬧了起來，要他們退了那樁她三歲時定下的親事。

婚姻大事從來都是父母之命媒妁之言，老侯爺、老夫人再怎麼不著調，也不會在這件事情上和她一起胡鬧，更何況和她定親的也是侯門嫡子，而她喜歡上的那個男人卻不知道是什麼人。

所以，老侯爺和老夫人一反常態地斥責了她，還將她關在院子裡，讓她好好反省。從小沒有受過任何挫折的丁漣波哪裡受得了，當天晚上就用火燭點著了帳子，想用這樣的招數來嚇唬老侯爺和老夫人，讓他們妥協。

意外發生了，那原本就是天乾物燥的季節，等丫鬟婆子們驚覺的時候，火勢已經蔓延開來，丁漣波則被困在火勢熊熊的房間裡……

緊要關頭，有婆子頂著用水浸濕的棉被衝進火場，將被熏暈過去的丁漣波救了出來，又請了太醫為她治療，總算是保住了一條性命，但是她原本如花似玉的一張臉卻被大火灼傷，形似厲鬼。

丁漣波這頭還沒有下病床，和她定親的祁陽侯府就上門了，他們是來退親的——他們不但知道了丁漣波在火災中受傷、毀了容貌的事情，更知道火災之前，她被禁足的前因後果，祁陽侯府不介意為了兩家的關係、為了誠信娶一個被毀容的兒媳婦，但是他們卻很介意娶一個和男人私相授受的兒媳婦。

老侯爺和老夫人自然不同意，但是事情到了這一步，勉強結親的話也只是結一門仇家，最後和祁陽侯府暗中商議，暗地裡取消了婚事，對外宣稱丁漣波不治身亡，甚至還辦了一場簡陋的葬禮取信世人。

丁夫人只在丁漣波身上的傷剛剛好的時候見過她，之後就再也沒有和她打過照面，這麼算起來兩人最後一次見面已經是九年前了。

聽到丁夫人的聲音，丁漣波很意外，她慢慢地坐起身來，她對丁夫人沒多大印象，看了丁夫人的裝束、氣勢，還有和敏瑜有七、八分相似的五官，才猜到了來者的身分，她微微一笑，道：「原來是侯爺夫人，真是稀客啊！」

丁漣波臉上本來就凹凸不平，猙獰得嚇人，這麼一笑，更是恐怖，丁夫人神色未變，但她身邊的姚黃和得喜家的卻雙雙往後退了一步，臉上都帶了驚恐和厭惡。

「嚇到了吧！」丁漣波眉毛輕輕一挑，嘲弄道：「怎麼？來之前沒有打聽清楚，不知道我就一副人不像人、鬼不像鬼的樣子？」

「不請我坐下嗎？」丁夫人彷彿沒有聽見丁漣波的話，平靜地看著丁漣波，她身上沒有半點讓她覺得熟悉的氣息，如果不是肯定丁漣波絕對沒有機會離開這院子，她會以為眼前的人不過是一個有著和丁漣波一樣不幸遭遇的陌生人。

「請自便！」丁漣波隨意地道。

其實不用丁夫人說什麼，一直侍候她的那個婆子就已經搬來了凳子，丁夫人坐下，對姚黃等人道：「妳們先出去外面等著。」

「是，夫人。」姚黃等人隱約知道丁漣波的身分，卻不敢多話，聽到丁夫人這麼吩咐，立刻出去，小心關上院門，守在了外面。

丁漣波靜靜地看著丁夫人，丁夫人的來意她不能肯定，但也知道定然和敏瑜有關，想必是小丫頭異常的行為舉止引起了丁夫人的注意，這才把丁夫人給引來了。

丁夫人也不賣關子，直接道：「我今日來是為了瑜兒。」

「侯夫人想要說什麼？要我以後不要和她接觸，還是怎樣？」丁漣波揚起一個嘲諷的笑容，淡淡地道：「如果是讓我不要和她有什麼接觸的話，那麼妳算是白來了。我被困在這個小院子裡，連門都不得出，想避也避不開啊！」

「更何況妳還不想避開，對吧？」丁夫人看著丁漣波，她理解，被關在這個院子裡十年，每天就那麼待著，這樣的生活對任何人而言都是一種折磨，敏瑜的出現對她來說就像是為她的生活打開了一扇窗，雖然不能走出去，但卻能夠透過這扇窗，看到外面的世界，她怎麼捨得將這扇窗關上呢？

丁漣波沒有說是或者不是，只是靜靜地看著丁夫人。

丁夫人輕輕地搖搖頭，道：「看來這十年古井般的生活把妳的性子都給磨平了。」

「沒有磨瘋已經不錯了。」丁漣波看著丁夫人道：「妳想做什麼或者想讓我做什麼就直接說吧，這麼多年來，我幾乎沒有和人接觸，沒有和人打交道，腦子已經僵硬了，猜不出來妳的心思。」

「我不會阻止妳和瑜兒見面，如果我想那樣做的話，我今天就不會來了。」丁夫人看著丁漣波，簡單地表明自己的態度。

她原本是不打算讓敏瑜和丁漣波接觸的，丁漣波就是個被寵壞的，她可不希望女兒變成她那樣。但是，轉念一想，卻又改變了主意，丁漣波因為自己的任性妄為，誤了自己一輩子，她對自己曾經做過的事情應該是追悔莫及才對。就算沒有，也能用她的過往經驗來教導女兒，讓女兒明白，就算集萬千寵愛於一身，也不能毫無顧忌的任性妄為。

也就是因為想到這一點，所以丁夫人才會親自來見丁漣波，而不是找一個理由將她安置到敏瑜這輩子都可能找不到的地方，現在，她覺得自己這一趟沒有白跑。

「那麼妳想讓我做什麼？」丁漣波看著丁夫人，這十年她接觸的只有那個侍候她的婆子，腦子裡想的就是前世的一切，以及如果她早一步穿越過來，沒有身陷火場、沒有毀容，能夠用怎樣的手段和本事逍遙自在。而如今幾乎從未和人接觸，就如她自己說的，腦子都已經僵硬了。

「我不想讓妳做什麼，只希望妳別和敏瑜說什麼妖孽不妖孽的就好。」丁夫人淡淡地提了一個要求。

「敏瑜告訴妳，那個投奔來的秦嫣然是妖孽了，是吧！」丁漣波肯定地看著丁夫人。

看來丁夫人來這裡也是對妖孽感興趣了，她心裡有些興奮，更多了些惡意，如果丁夫人出手的話，那個秦嫣然真的就只有死路一條了。她就算是那種帶了外掛的穿越女，也不一定能夠鬥得過丁夫人這樣的女人。

想到這裡，丁漣波直接道：「秦嫣然確實是妖孽，這並非我在危言聳聽，如果她不是已經活過一世，一個五歲就死絕了親人的孤女可能懂那麼多嗎？如果妳是為了敏瑜好，就應該早點把這個妖孽給除了！」

丁夫人能夠察覺到丁漣波的興奮，她微微有些詫異，不明白丁漣波為什麼有這麼強烈的情緒，卻不想在這個時候深究。

她看著丁漣波，道：「不管嫣然是不是妖孽，我都不會把她給怎麼樣的，妳可以和瑜兒在閒暇的時候說一說妳口中的妖孽有些什麼本事，但僅此而已，更多的，希望妳能管住自己的嘴。」

「為什麼？聽敏瑜說，秦嫣然事事和她相爭、相比，給了她很大的壓力，難道妳就不怕敏瑜被她比得一無是處，然後一輩子被她死死地壓著？」丁漣波不解地看著丁夫人，難道她就不關心敏瑜，那可是她唯一的女兒啊！或者她也起了將秦嫣然留下來當兒媳婦的心思？

「她是我的女兒，豈能連這麼一點點壓力都挺不過去？」丁夫人嗤了一聲。

「秦嫣然可不像看起來那麼年幼，她是妖孽，她身體裡藏著一個不知道活了多少年的靈魂，敏瑜就一個八歲的孩子，怎麼可能比得過她？妳就不擔心壓力太大，敏瑜承受不起？」

丁漣波聽出來了，丁夫人將秦嫣然當成了一塊磨刀石，也為她的大膽而驚訝。秦嫣然可是穿越女啊，她的見識、學識都可以把敏瑜比到塵埃中去。

「有志不在年高，無志空活百歲，只要瑜兒勤奮，就算嫣然是多活了一世又如何？」丁夫人傲然一笑，敏瑜是她的女兒，她會給她最好的教養，也會將自己所懂的一切盡數教給她，而秦嫣然卻不可能有這樣的條件，短時間內敏瑜自然會被秦嫣然給比下去，但是時間久了可就不見得了。

丁漣波微微一怔，將丁夫人的話細想了兩遍，而後咂摸出了一些滋味，點點頭，道：「既然妳這麼說了，那麼如妳所願。」

「妳身邊就那麼一個婆子侍候也不是一回事，明天我會給妳再派一個婆子過來。」丁漣波的回覆丁夫人很滿意，但卻不是很放心。

「隨妳。」丁漣波知道，丁夫人派的人與其說是侍候自己，還不如說是監視自己，但她沒有拒絕，她哪有拒絕的餘地啊！

「敏瑜妹妹，我有什麼不妥嗎？」秦嫣然將自己的衣著檢查了一遍，確定沒有什麼不妥之後，直接問向一整個早上都盯著自己看的敏瑜。

這已經不是第一次了。自從那次她不知道是受了什麼人的指點還是忽然開竅了，不但不再輕易地被自己激怒，還學會了迴避和反擊之後，她就總用一種奇怪的眼神看著自己，這讓秦嫣然感覺很不自在的同時，心裡也有些發毛。

「沒有！」敏瑜不能也不會說自己想從她身上找一找證明她是妖孽的證據——她這幾天難得努力地把空閒時間都花在了書本上，咳咳，看的都不是什麼正經的書，都是志異。什麼狐仙啦，什麼花精啦，書上都有，也都敘述了它們是怎麼露出破綻的，不小心掉出來的狐狸尾巴啦、身上帶有異香啦、害怕正午的太陽等等，每一種精怪都不一樣。

敏瑜不知道「穿越女」這種妖孽的破綻是什麼，但卻堅信只要自己盯緊了秦嫣然，就一定能夠抓到她的把柄，所以，但凡有秦嫣然在，敏瑜的視線就繞著秦嫣然轉悠。

沒有？秦嫣然惱怒地看著敏瑜，冷冷地道：「那敏瑜妹妹能告訴我，妳這兩天為什麼總是盯著我看嗎？難不成妹妹忽然覺得不認識我了？」

「我哪有？」敏瑜咬死不承認，她帶了幾分無賴地看著秦嫣然，道：「是表姊妳盯著我看吧，要不然的話妳怎麼知道我看妳？」

「妳以為一定要看著妳才知道妳總盯著我看嗎？」秦嫣然沒有了一貫的好臉色，她也有些沈不住氣了，自打從那日被姊妹倆聯手反將一軍之後，她發現一切都不一樣了。

以前見到她十分殷勤、十分客氣尊重的丫鬟婆子們都變了，雖然不敢怠慢自己，但也沒有了以前的親熱勁，甚至還帶了淡淡的嘲弄和敬而遠之，似乎自己身上帶了什麼髒東西，唯恐給沾惹上一樣。秦嫣然無法忍受，使出了渾身的解數，想要挽回這一切。但是，她的努力都是徒勞的，她越是想要和她們拉近關係，她們就越是避讓不及，稍有體面的丫鬟、婆子甚至說了讓她別為難下人的話。

這讓秦嫣然又羞又惱，恨透了敏瑜，也恨透了造成這一切的丁夫人——如果不是敏瑜、敏心鬧了那麼一場，如果丁夫人沒有縱容著她們胡鬧，甚至還給了敏瑜一個改名為「秋霜」的大丫鬟，自己何至於落到這樣的境地？

甚至因為敏瑜的挑撥，老夫人對她也不一樣了，她費盡了心思，也沒有將老夫人哄得和以前一樣。這都讓穿越之後一直順風順水的秦嫣然心裡煩躁，對敏瑜也沒有了好臉色——反正都已經鬧翻了，反正就算是哄也不一定能夠哄回來，反正她遲早都要下臺一鞠躬給自己讓路的，對於一個注定要成為炮灰的人，她沒有必要浪費太多的精力和耐心，不是嗎？

「哦？」敏瑜眨了眨眼，不看就知道？是用法術嗎？她看著秦嫣然，帶了幾分探究和興味地問道：「難不成表姊後腦勺也長了眼睛？」

這話聽著怎麼這麼彆扭？秦嫣然立刻想起了幾天前敏瑜說自己是「妖孽」的事情，她臉色一沈，冷冷地道：「敏瑜妹妹這話是什麼意思？如果敏瑜妹妹心裡懷疑什麼，不妨直說，用不著又是緊盯著我，又是用話試探的，這樣做很沒意思！」

「懷疑？我沒有懷疑什麼啊？」敏瑜自然是矢口否認，還不忘記反問一句，道：「難道表姊覺得我應該懷疑什麼嗎？」

果然長進了！秦嫣然恨得咬牙，看來她以前是太小看這個丫頭了，她恨恨地看著敏瑜，道：「既然敏瑜妹妹不願意說，那就算了，但是我希望妳不要再整天的盯著我看，那可不是什麼有禮貌的舉止。」

「原本是覺得表姊生得好，所以才多看了幾眼，但表姊既然不願意，那就算了。」敏瑜撇撇嘴，看來用緊迫盯人的方法找她的破綻是不行的了，得找別的法子，她心裡還真不知道應該怎麼去抓秦嫣然的痛腳，心裡也有些煩躁。

敏瑜才一說完，一旁的敏心就嘖了兩聲，然後道：「表妹就是嬌貴，連多看幾眼都不行。二妹妹，妳喜歡看長得好看的還不簡單嗎？聽姨娘說，管事嬤嬤們這些天正在挑今年進府聽差侍候的丫鬟和媳婦子，媳婦子就不用說了，大多是成年放出去成親再回府侍候的舊人，不是看膩了就是年紀大了，不怎麼好看了。但是丫鬟可不一樣，聽說有好幾個和我們年紀差不多的丫頭長得都極為出挑，妳要是感興趣的話，我們就去看看，說不定還能發現一個特別漂亮的呢！到時候，讓管事嬤嬤們教好了規矩，撥到妳院子裡侍候，想什麼時候看就什麼時候看，肯定不敢跟妳瞎嚷嚷。」

敏心的話讓秦嫣然再也忍不住地跳將起來，她冷冷地看著敏心，直接道：「表姊這話是什麼意思？是覺得嫣然和侯府的丫鬟其實沒有多大區別嗎？」

秦嫣然其實並不覺得受了多大的侮辱，只是不想服了軟之後讓敏心一而再、再而三的欺上頭，府裡的下人對她已經不如之前那麼客氣恭敬了，要是再忍氣吞聲的話，會讓她們覺得自己是好欺的。

就算和敏心、敏瑜徹底鬧翻，就算將事情鬧得不可收拾，就算鬧到最後她得離開耒陽侯府，她也得鬧上一場。至於離開耒陽侯府之後會怎麼樣，她並沒有想太多——她又並非真的是八歲的稚兒，離開侯府對她來說雖少了一個大靠山，但也說不定會有更大的機遇和造化。

想到這裡，秦嫣然的心裡更安穩，態度也更強硬了，道：「表姊不知道為什麼總是針對我，我總想著大家都是姊妹，再三忍讓，但是現在……如果表姊不解釋清楚的話，那麼我只好請老夫人作主了！」

「解釋？表妹需要我怎麼解釋？」敏心沒有想到秦嫣然會擺出這樣強硬的態度，她原以為秦嫣然要麼像以前那樣，擺出一副雍容大度的樣子，輕描淡寫地化解了自己的刁難，要麼就是忍氣吞聲的吃了這個虧，畢竟她現在在老夫人眼中、在這侯府的地位都有些微妙。但既然是她先挑釁的，要是秦嫣然一強硬她就退縮，豈不是讓兩個妹妹看笑話？以後又怎麼能在她們面前擺出長姊的架子來？

敏心的態度並沒有讓秦嫣然覺得意外，當即冷冷一笑，道：「既然這樣，就請表姊和我一起到老夫人面前，請她老人家評評理！」

敏瑜有些傻眼，不明白怎麼會鬧到這一步，敏柔更是被嚇得縮到了一角，而秦嫣然卻不想讓她們置身事外，和敏心說完之後便對兩人道：「勞煩兩位妹妹一道前去。」

「我不去。」敏瑜頭一甩，在秦嫣然看不見的地方拚命地朝著敏心使眼色，讓她別上這個當，去祖母面前，以祖母的性子和對秦嫣然的偏愛，一定會將她們兩個責罵一頓，說不定還要懲罰她們，可不能去！

秦嫣然雖然看不到敏瑜在那裡擠眉弄眼，但也並不意味著她不知道敏瑜在做小動作，她也不點破，而是用一種高高在上的眼神看著敏心，道：「敏瑜妹妹不去，那麼表姊呢？也不去嗎？」

不用敏瑜提醒，敏心也知道，到了老夫人面前不管自己是對是錯，都不會有好果子吃，但和敏瑜以前總是受激而發怒一樣，她也被秦嫣然的眼神刺激到了，咬咬牙，道：「去就去，有什麼大不了的！」

「姊姊……」敏瑜急了，她最近和敏心還真的是養出了姊妹之情，自然不願意看她上當。

「二妹妹，妳什麼都別說了！」敏心搖搖頭，看著敏瑜道：「表妹是要和我到祖母面前對質，和妳無關，妳別牽扯進來。」

秦嫣然冷眼看著她們姊妹情深，什麼都沒說，更沒有出言刺激敏瑜，她要是去了，極有可能會被一起訓斥，要是不去……哼，敏心現在嘴上說得倒是好聽，心裡定然會生芥蒂，姊妹倆以後就有得鬧了。

「事情因我而起，我能不去嗎？」敏瑜悶悶地看著敏心，卻又揚起一個笑，道：「這樣也好，起碼挨罵也好、被責罰也罷，我們都能做伴了！姊姊，我們這也算是共患難了吧！」

第六章

這算是一語成讖嗎？敏瑜捧著手讓秋霜給她上藥，她被打了十多下手心，不但又紅又腫，甚至還滲出血來，她從小就沒有受過這樣的罪，就算秋霜萬分小心，也疼得倒吸好幾口氣，眼眶中盈滿了淚水。

和她一般姿勢的敏心比她還慘，她自己疼得眼淚嘩嘩的不說，給她上藥的桂姨娘也紅了眼，嘴巴閉得緊緊的，心裡已經將秦嫣然、敏柔甚至老夫人都咒了一個遍。

等上好了藥，丁夫人才姍姍而來，看著手包成了粽子的女兒，卻只淡淡地問道：「大夫怎麼說？」

「回夫人，大夫說只是些皮外傷，好生休養半個月就能痊癒。」桂姨娘實話實說完了，心有不甘地補了一句，道：「姑娘們身嬌肉貴，哪受過這樣的罪，沒有疼得暈過去，已經是強撐著了。」

「我知道妳心疼敏心，不過今天她們倆遭罪一點都不冤。」丁夫人知道桂姨娘心疼女兒，她何嘗不是這樣，卻沒有順著桂姨娘的話安慰她們，而是冷冷的看著兩人，喝道：「跪下！」

敏心、敏瑜沒想到丁夫人會發作，相視一眼，起身規規矩矩地跪到了丁夫人面前，桂姨娘嘴皮微微動了動，卻什麼都沒說。

「妳們知錯了嗎？」丁夫人冷冷地看著兩人，她今日一直在家，幾個小丫頭發生口角的時候她便已經得了消息，她們鬧到老夫人跟前之後，誰說了什麼、做了什麼，甚至每一個表情，丁夫人都很清楚，但是她沒有露面。就連老夫人身邊的依霞特意讓小丫鬟來報信，讓她阻止老夫人動家法，她也沒有出現，只是讓人請大夫上門等著為兩人診治。

「娘，女兒不知道錯在什麼地方。」敏瑜真不覺得自己錯了，手上雖然上了藥，沒有了那種火辣辣的感覺，疼痛卻沒有半點減弱，而母親沒有安慰，還興師問罪的樣子，讓她心裡更難受了，咬緊牙關才沒有讓眼淚落下來。

「不知道錯在什麼地方？那不是不覺得自己做錯了？」丁夫人冷哼一聲，看著敏心，道：「妳呢？是不是也覺得自己沒有錯？」

「女兒不敢！」敏心可不敢像敏瑜那樣對丁夫人說話，對這個嫡母她的畏懼之心更強過老夫人，她靜下心，仔細思索了一會兒，道：「女兒不該將表妹和丫鬟放在一起說事，這不僅僅對表妹不尊重，也讓自己顯得不夠端莊；其次，明知道到了祖母面前會受罰，女兒卻還是受不住激，不顧二妹妹勸阻，和她到祖母面前對質；第三，三妹妹說那些似是而非的話時，女兒應該在聽出不對勁的時候就為自己辯解，而不是由著她胡說，讓祖母誤會；最後，二妹妹和祖母頂嘴的時候，女兒應該及時勸阻，而不是放任，以至於祖母大怒，動了家法。」

「嗯。」敏心的話讓丁夫人的臉色稍微好看了一些，她點點頭，道：「那敏瑜呢？妳說說看，敏瑜錯在什麼地方？」

「這個……」敏心遲疑了一下，看看臉上滿是委屈的敏瑜，心裡嘆口氣，卻還是回答道：「首先，君子不立危牆之下，和表妹起爭執的是我，二妹妹根本就沒有必要一起跟著過去，受這一場無妄之災……」

「這點她沒有錯。」丁夫人淡淡地打斷了敏心的話，道：「妳們是姊妹，事情又是由她而起，怎麼說她都應該跟妳一起過去。真正的姊妹不是嘴上叫得好聽，更重要的是要能夠共進退，這一點妳們兩個今天都做得不錯，尤其是妳，不是每個人都有勇氣在姊妹被責罰的時候站出來一起同甘苦的。」

丁夫人對敏心今日的表現還是很滿意的，相比之下敏柔就實在是讓人失望。

丁夫人的話讓敏心的臉都紅了，丁夫人第一次對她說這樣的話，這種認可比誇獎更讓她開心，一旁的桂姨娘也滿心歡喜，不再覺得女兒站出來和敏瑜同甘共苦是件傻事了。

敏心心裡踏實，繼續道：「二妹妹不該和祖母頂嘴，應該順著祖母的話服個軟，就不會有後面的事情了。」

「這一點她是做錯了，但也不完全是錯的。」丁夫人點點頭，又道：「秦嫣然比妳們兩個加起來都要聰明厲害，她激著妳們把事情鬧到老夫人跟前的時候，應該已經打定主意讓敏瑜吃點苦頭，就算敏瑜服了軟，她也不見得會見好就收。」

秦嫣然鬧到老夫人跟前後，先把自己的委屈放大，在老夫人斥責敏瑜、敏心之後，寬容大度地表示願意和解，等到所有人以為事情就此平息時，接著提出離開侯府的請求……如果和老夫人一樣，也將她當成了八歲的稚女，丁夫人或許也會和老夫人一般，認為她在侯府受了天大的委屈，被逼無奈才作了離開的決定。但是現在，丁夫人卻只有一個結論——不管她是蓄謀已久還是順勢而為，這招以退為進都玩得很漂亮。

「我就說我沒有錯嘛！」聽了丁夫人的話，敏瑜小聲地嘀咕了一句。

「沒錯？」丁夫人的臉又冷了下來，道：「妳最大的錯是不該一個勁兒地盯著嫣然看，我問妳，妳這些天總是盯著她，是為了什麼？」

「娘，我……我……」敏瑜詞窮，她沒有忘記丁夫人說過，不准她再提什麼妖孽不妖孽的，她可不敢把自己想找秦嫣然的破綻、當一回捉妖大師的打算說出來。

「怎麼，不知道該怎麼回答了吧！」丁夫人冷冷地看著女兒，敏瑜這些天的舉動都在她眼皮子底下，她看了些什麼亂七八糟的書，丁夫人心裡清楚，一直裝作什麼都不知道，是想等她鬧出事情來再順勢教育她一番，沒有去救場而讓她挨了這一頓打，也是為了讓她對這個教訓記得更深刻。

「娘，女兒知錯了！」敏瑜在丁夫人面前可不敢強嘴，低下頭老老實實地認錯。

一旁的敏心不知道為何，忽然覺得很好玩，臉上也不禁浮現了笑意，饒有興致地看著。

「知道錯了？妳不是覺得自己沒有錯嗎？」丁夫人臉色卻沒有半點緩和，她知道這個時候不能給女兒一點點好臉色，要不然她定然會順勢撒嬌，自己狠著心讓她挨的這頓戒尺就白挨了。

「娘，女兒真的知道錯了，女兒不該對娘的話陽奉陰違，可是，女兒這樣做也是有原因的。」敏瑜心裡對秦嫣然是妖孽一事仍耿耿於懷，今天這一遭之後，她更懷疑秦嫣然就是個妖孽了，要不然祖母為什麼會那般的護著她，一定是她使了妖術把祖母給蠱惑了。

「什麼原因？想抓嫣然的小辮子，想向所有的人證明，她是個妖孽，是也不是？」丁夫人冷冷地看著女兒，一語道破她的小心思。

敏瑜知道丁夫人很生氣，沒敢接話，但是臉上的表情卻將她的心思表露無遺，丁夫人也不著惱，繼續冷冷地道：「就因為別人在妳耳邊說了些話？就因為嫣然比妳們姊妹都聰明，比妳們姊妹懂得更多，也比妳們姊妹更會討人歡心？」

敏瑜沈默不語，而一旁的敏心則皺緊了眉頭，仔細地琢磨著丁夫人的話。

「我問妳，如果真的有證據證明，嫣然比妳們姊妹更出色，確實是因為她就是妳認為的妖孽，妳想怎麼做？」丁夫人看著用沈默來表示自己態度的敏瑜，心裡輕輕地嘆氣。

「當然是把她攆出去，免得禍害我們家啊！」敏瑜衝口而出，而後有些懊惱地道：「她今天都已經主動說了要離開的話，可祖母卻不讓。」

丁夫人忽略了她最後那句滿是惋惜的話，冷冷地問道：「再然後呢？」

再然後？敏瑜愣住了，她只想著抓秦嫣然的小辮子，證明她是個妖孽，想著把秦嫣然攆出去，但是之後怎樣，她不過是個孩子，哪能想那麼長遠。

「沒有想過，是吧？」丁夫人瞭然地看著女兒，然後又淡淡地問道：「那麼，妳有沒有想過，就算把嫣然攆走了，要是又出現了個和嫣然一樣，方方面面都比妳們姊妹強，又和妳們姊妹不合拍的人，妳又該怎麼辦？還是像對付嫣然一樣，找她的不是，說她是妖孽，然後把她攆得遠遠的，眼不見為淨嗎？」

「女兒沒有想過那些，請娘教我。」敏瑜這回終於明白了，丁夫人並不是因為她針對秦嫣然而生氣，而是為她的行為舉止而惱怒，馬上老實虛心了起來。

「嫣然來了之後，家裡的變化我是看在眼裡的。」丁夫人心裡暗暗點頭，臉上的表情也舒緩了些，她簡單地道：「瑜兒不用說，除了剛開始的那一、兩個月之外，總和她一再的有小磨擦、起小矛盾，很多時候看起來是瑜兒任性，不能容人，但我清楚，幾乎每次都是嫣然先挑釁，而後才鬧起來的。

「瑜兒聰慧，幾次之後就明白嫣然不懷好意，但是卻沈不住氣，一再吃虧卻還一再上當，和嫣然鬧到無法相容。不得不說的是，嫣然很會做表面功夫，就算每一次都是她先挑起事端，但是到了最後，錯卻全部落到了瑜兒身上。

「至於心兒，嫣然還真沒有刻意地針對妳，妳討厭她最主要是因為她奪走了老夫人對妳的關注，讓妳覺得自己的地位受到威脅。我說的可對？」

敏心默默地點頭。

敏瑜衝口而出道：「娘，您都知道？那您為什麼還總是誇她？我還以為誰都不知道是她故意惹我生氣的呢！」

「娘要是連這點小手段都看不透的話……」丁夫人搖搖頭，沒有把話說完，而是話音微微一轉，道：「娘之所以故作不知，還總是誇獎她，是想藉此激起妳的鬥志，希望妳奮起，希望妳努力用功的學習，不被她比下去。但是，妳讓娘失望了。」

敏瑜咬住下唇，眼睛卻一眨不眨地看著丁夫人。

丁夫人繼續道：「前些天，妳忽然來了那麼一手，娘還以為妳明悟了什麼，那日妳向娘認錯的時候，娘心裡其實是很高興的，以為妳想通了，但是，妳還是讓娘失望了。」

「娘希望我怎麼做？」敏瑜不再沈默，她看著丁夫人，下決心似地道：「女兒不知道自己能不能做到，但只要娘說了，女兒一定會盡最大的努力去做，不讓娘再一次失望。」

丁夫人心裡點頭，神色卻沒有變化，道：「娘希望妳做到兩點，第一，不要再糾結嫣然是不是妖孽這個問題；第二，所有先生的課程，不管是琴棋書畫也好，女紅、中饋也罷，都認認真真地去學。娘知道嫣然比妳好太多，娘不指望妳忽然之間就勝過她，但是娘希望妳慢慢地拉近妳們之間的差距，慢慢地趕上她，而後有一天和她比肩，甚至超過她，將她拋在身後。」

「這個……」敏瑜不敢一口答應，秦嫣然一直以來的表現還是給了她極大的壓力，她真不知道她能不能把秦嫣然比下去。

「沒有信心？」丁夫人輕輕一挑眉。

「娘，我知道您不喜歡我說秦嫣然是妖孽，可她真的是妖孽啊！要不然她只比我大半歲，為什麼會比我多懂那麼多，我真的沒有信心能和一個妖孽相比。」敏瑜點頭承認。

「所以，妳連比的勇氣都沒有了，只想著抓到她的小辮子，然後把她攆得遠遠地？」丁夫人輕輕地搖搖頭，道：「妳真是讓娘太失望了。」

「可是她是個不知道活了多少年的妖孽啊！」敏瑜心裡很委屈，姑母說了，名叫穿越女的這種妖孽都是幾世為人的，她才八歲，怎麼和活了不知道多少年的妖孽比啊！

「娘不管她是真的只比妳大半歲，還是活了很多年，娘只知道有志不在年高，無志空活百歲。」丁夫人帶了幾分傲然地道：「娘年幼的時候並不出彩，在眾多姊妹和玩伴中只能算是普通而已，但是娘從未氣餒，也從未停止過努力，而到了今天，回頭再看，在眾姊妹和玩伴中，娘雖然不是那個最出眾的，但比娘更出眾的卻也沒有幾個。這不僅僅是因為娘從不懈怠地努力著，更重要的是娘從來就沒有覺得自己比什麼人差。」

丁夫人有足夠的底氣說這樣的話，京城的貴婦中，丁夫人也算是赫赫有名的了，這固然有皇后娘娘與她一起長大、關係不錯的緣故，但京城貴婦中，和皇后一起長大的可不只她一個，為何不見皇后娘娘對別人這般好呢？

「娘，女兒明白了！」敏瑜並沒有領會太深，但是卻知道丁夫人希望她怎麼做了，她看著丁夫人道：「從今天起，女兒會努力，會用功，像娘說的一樣，慢慢的拉近和秦嫣然的距離，慢慢的趕上她、超越她。」

「嗯。」丁夫人點點頭，然後看著敏心道：「心兒，妳也一樣，娘希望妳們姊妹一起努力，一起把嫣然比下去，妳可有信心？」

「女兒會努力的！」和敏瑜一樣，敏心其實也沒有多大信心，秦嫣然到侯府這半年的表現實在是太出色了。

「娘等著看那一天！」丁夫人自然知道兩人其實真沒有太大的信心，卻不點破，而是笑著道：「妳們是侯府的姑娘，嫣然不過是投奔來的表姑娘，妳們倆能夠得到的重視、關注以及幫助遠遠地超過她。現在，她佔優勢，但是只要妳們不放鬆、不懈怠、不灰心，妳們就一定能夠超過她。」

敏心、敏瑜微微一怔，相視一眼，是啊，這裡是她們的家，而秦嫣然只不過是個寄人籬下的孤女，她們能夠得到的遠遠比秦嫣然要多得多，只要她們認真努力了，超越秦嫣然只是時間問題啊！想到這裡，兩個人終於有了底氣，也不再將丁夫人的期望當成了不可能完成的任務。

看她們終於有了信心和勁頭，丁夫人也不想說更多的了，該說的她都說了，剩下的就看她們怎麼做了，道：「好了，這些天妳們就好好地休息養傷，養足了精神才能繼續努力。」

「是！」

目送丁夫人離開，敏瑜、敏心這才在丫鬟的攙扶下起身，丁夫人這頓訓話可不短，她們兩個人的膝蓋都已經發麻了。但是，她們都沒有心思去管這個，而是把頭湊在一起，商量著養好傷之後該怎麼好好學習，被她們遺忘的桂姨娘滿臉欣慰，女兒能入了夫人的眼，她這頓苦頭就吃得值得……

「嗯，不錯，雖然還是比不上表姑娘，但進步不小！」敏心一曲〈秋風詞〉彈完，黃先生便讚許地點點頭，今天是月底考核的日子，她指定了最基本的曲目讓幾人一一彈奏，第一個自然是她最得意的學生秦嫣然，而餘下的則按年紀大小一個一個來。秦嫣然從來沒有讓黃先生失望過，這次也不例外，而敏心則給了黃先生一個意外驚喜。

整首曲子除了意境差了些以外，不管是流暢性還是指法都沒有出錯，就如她說的，比秦嫣然差了些，但和之前相比卻有了極大的進步。看看現在的敏心，再想想她之前敷衍了事的學習態度，黃先生的臉色越發的和藹了。

辛辛苦苦的練習，最後卻得了這麼一句讚揚，要是換在之前，敏心定然氣惱，但這一個多月來的修身養性，讓她性子沈穩了很多，不但沒有氣惱，還十分謙虛地道：「表妹天資聰穎，敏心難望其項背，只能以勤補拙，希望不要落下太多。」

黃先生讚賞地點點頭，很中肯地道：「表姑娘天資比妳們幾人都好，進步極快，而妳們又不認真，自然遠遠比不上她。現在，妳們知道以勤補拙了，不敢說就能趕上超越她，但絕不會一直遠遠落後。」

「謝先生鼓勵，敏心自當更加勤奮！」敏心點點頭，還是很虛心的樣子，黃先生越發的歡喜，覺得頑石開竅了。

「嗯。」黃先生點點頭，然後將目光投向敏瑜，道：「這首〈秋風詞〉二姑娘應該也練得熟了吧，妳且彈一次讓我聽聽。」

「是，先生。」敏瑜恭敬地點點頭，吸了一口氣，穩住心神，左手輕輕按在琴弦上，右手輕挑，先試了幾個音，這才輕挑慢撥彈起了〈秋風詞〉。

撫琴這一項，姊妹幾人中，敏心天分最差，而敏瑜卻是最好的，加上這一個多月來和敏心一樣，不但沒有偷懶，還額外多多練習，只聽了一個開頭，黃先生的臉上就帶了讚許的微笑，等她一曲彈完，便點頭誇獎道：「很好！二姑娘這一曲彈得極好，就算是我在妳這般年紀的時候也彈不了這麼好，指法純熟，整首曲子流暢，意境表達得稍差一些，但二姑娘年幼，這卻也強求不來。」

「謝先生誇獎！」敏瑜歡歡喜喜地應了一聲，能夠讓一向嚴厲的黃先生這麼誇獎，她這一個月來的努力總算是沒有白費，對勝過秦嫣然更有了信心和底氣。

「不過，學習如逆水行舟，二姑娘萬萬不能懈怠，一定要堅持努力才行。」黃先生對敏瑜的態度一向更好，鼓勵之後又告誡了一句。

「先生放心，敏瑜以前總是貪玩，現在知道錯了，以後一定會堅持努力的。」敏瑜點點頭，一旁的敏心朝著她做了個努力的動作，這個小動作自然沒有逃過黃先生的火眼金睛，但一貫嚴厲的她只是莞爾一笑。

「三姑娘，到妳了。」現在只剩敏柔，和這幾天才過來跟著學琴、今年六歲的敏玥了。敏玥年幼，不過是過來跟著幾個姊姊接觸琴藝，練習最基本的指法，並不參加考核。

「是。」敏柔應了一聲，和敏瑜一樣，吸一口氣，穩住心神之後彈奏起來。

敏心水準原本就不怎麼樣，最近一個月別說下課後認真練習，就連上課的時候也不甚專心，退步了不少，不只敏瑜，就連敏心都比不上，意境全無不說，曲譜記得也不甚牢固，才開始就錯了幾處，讓原本滿臉微笑的黃先生板起了臉。她也知道自己犯了錯，偷眼看了黃先生一眼，發現黃先生臉色難看，心裡就慌張起來，這一慌，更是連連出錯，到最後曲不成調，沒有彈完就彈不下去了，手足無措地停了下來，一臉膽怯地看著黃先生，大氣都不敢出一聲。

「這就完了？」黃先生的臉上烏雲密佈，一點都不留情地道：「知道什麼叫做亂彈琴嗎？妳這就叫亂彈琴！和上個月的考核相比，不但沒有半點進步，反而退步了不少，上次彈得雖然不是很純熟，但起碼把整曲彈完，指法錯誤也不多，而現在呢？」

「先生，我……」黃先生的責罵讓敏柔眼眶一紅，和敏心一樣，她彈琴上也是沒什麼天分，之前勝在用功努力，而黃先生雖然極少誇獎她，但也從未像今天這般喝斥過。

「怎麼，覺得我說錯了、罵重了？」要是敏瑜犯這樣的錯，黃先生還真不一定會揪著不放，但敏柔就不一樣了，一個生母和自身都不受重視的庶女，罵了也就罵了。

「敏柔不敢！」敏柔真的哭出來了，她知道，自己最近懈怠得厲害，除了上課時間以外，基本是不碰琴的，琴藝不進反退也在意料之中，原本想著再不濟還有敏心墊底，誰知道敏心瞞著自己用功努力，墊底的成了自己了，想到這裡，她心裡隱隱地怨恨起了敏心。

看著敏柔那副樣子，黃先生心頭的不悅更甚，臉色也更難看了，敏心和敏瑜交換了一個眼神，知道她今天難過關了，但上次敏柔話裡話外地向著秦嫣然，害她們挨了打，她們心裡都惱了敏柔，不落井下石便已是顧全了姊妹情誼，哪裡還會為她說話求情。

「先生，敏柔妹妹知道錯了，以後定然不敢懈怠，還請先生給她一次改過的機會。」秦嫣然不一樣，耒陽侯府的姑娘，年長的幾個中唯有敏柔是向著她的，這種時候她自然要為敏柔說話，而她一開口求情，就感覺到了敏柔投過來的感激眼神。

黃先生最喜歡秦嫣然，見她說情，表情也緩和了幾分，卻也沒有因此就放過敏柔，而是嚴厲的道：「既然表姑娘為妳求情，那麼這一次就不重罰，下了課之後，三姑娘將曲譜抄寫百遍，下堂課交給我看。」

「是，先生。」敏柔鬆了一口氣，抄寫曲譜百遍也不是件輕鬆的事情，但比起被黃先生斥罵卻又要好得多，對為她求情的秦嫣然更多了感激，也更怨恨敏心、敏瑜——連表姊都能站出來求情，這兩個親姊姊卻袖手旁觀，這個時候她完全忘記了，自己做的事情更沒有顧及姊妹情誼。

「除了抄寫曲譜之外，也要多多練習，要不然抄上千遍也是無用的。」黃先生還沒有完，繼續道：「半個月後我要再聽三姑娘彈奏，如果還像這次這樣的話，定不輕饒！」

「是，先生。」敏柔規規矩矩地應著。

一旁的秦嫣然立刻笑著道：「先生放心，嫣然會幫助監督敏柔妹妹的，下次考核，定然不會讓先生失望。」

「嗯。」黃先生點點頭，卻又道：「幫著三姑娘重要，但表姑娘自己也不能鬆懈了，妳比上個月略有進步，但進步卻不大，這樣下去可不好。」

秦嫣然微微一愣，臉上的笑容勉強起來，自從跟著黃先生學琴，她得到的從來就只有誇獎，這樣的話還是第一次聽到。她心裡微微懊惱，但卻還是恭敬地道：「嫣然知道，嫣然一定不會鬆懈，嫣然還想一直當姊姊妹妹們的表率呢！」

「這就好！」黃先生滿意地點點頭，然後對滿臉好奇的敏玥道：「四姑娘也是一樣，妳剛剛起步，最需要的就是勤奮努力，這一點多向大姑娘學習。」

「是，先生！」敏玥乖巧地點點頭，卻又不解地問道：「先生，彈得最好的不是表姊嗎？為什麼不向表姊學，要向大姊姊學習呢？」

黃先生微微一滯，在她眼中，天分最好的自然是秦嫣然，就連敏瑜都比不上，但是她也清楚，秦嫣然並沒有下苦功夫，否則她絕對能把敏瑜、敏心甩出好幾條街去，而敏玥呢，天分比敏心略高，但也沒好到哪去，和敏心一樣，只能以勤補拙，要是向秦嫣然學習的話，恐怕會變成下一個敏柔。

「我知道了！」敏玥沒有等黃先生為她解惑，一派天真地拍了拍手，道：「是不是因為表姊是客人，所以先生就像母親一樣，礙於情面，只能誇表姊最好了？」

噗哧！敏心、敏瑜忍不住地笑了出來，不用看，她們就知道不管是黃先生還是秦嫣然，臉上的表情一定都很精彩。

這是哪裡來的死小孩，怎麼這麼討人厭！秦嫣然狠狠地瞪了敏玥一眼——敏玥是耒陽侯最寵愛的青姨娘所出，耒陽侯對她也十分疼愛，只是青姨娘不知為何，將她拘得很緊，秦嫣然到侯府半年多，和敏玥打交道的次數屈指可數，不清楚敏玥是什麼樣的性子。而現在，秦嫣然知道了，也知道自己怎麼都不會喜歡這個看起來很天真、很活潑的侯府四姑娘了。

「表姊，妳怎麼瞪著我啊？」秦嫣然不發作，並不意味著敏玥就不生事，她滿臉無辜地看著秦嫣然，道：「是我說錯了什麼？還是說對了什麼？」

噗哧！敏心、敏瑜再次忍俊不禁，這個四妹妹真是……真是太可愛了！哈哈哈！

第七章

「表姊，真是謝謝妳了。」黃先生一離開，敏柔就湊到秦嫣然身邊道謝，道：「要不是妳，我還不知道會被先生罵成什麼樣子呢！」

「都是自家姊妹，這麼客氣做什麼！」秦嫣然對敏柔的態度很滿意，她輕輕地瞟了瞟正在親手收拾案几，將琴放進盒子裡的敏心、敏瑜一眼，話中有話的道：「袖手旁觀的事情我可是做不出來的。」

「表姊，妳真好！」秦嫣然這麼一說，敏柔就想起了敏心、敏瑜的冷眼旁觀，心裡對她們更添了幾分怨恨，對秦嫣然則更加的感激起來，覺得自己親近秦嫣然、疏遠她們是對的。

秦嫣然和敏柔沒有刻意的高聲說話，也沒有壓低聲音，她們兩人的話清清楚楚的傳到了其他人的耳中，敏心、敏瑜相視一眼，不約而同地撇了撇嘴，默契地沒有理會，她們現在最要緊的是認真學習，努力的超越秦嫣然，不要讓丁夫人對她們失望，別的，哪怕是和秦嫣然之間的矛盾都可以暫時放下——只是暫時放下，不是忘記！

睜著一雙黑漆漆的大眼睛，滿臉天真的敏玥卻朝她眨巴著眼，道：「表姊，妳這麼說話是什麼意思啊？是想讓三姊姊記住妳為她說情的恩德呢，還是想讓三姊姊恨惱大姊、二姊沒有為她說情呢？」

這個死小孩！秦嫣然在心裡咒罵了一聲，卻沒有瞪敏玥——她可不想再聽敏玥故作無辜地說些噎她的話，相同的虧不能吃兩次。她努力地讓自己臉上的笑容看起來親切一些，道：「四妹妹，我沒有旁的意思，就只是讓三妹妹別客氣而已。」

「哦……」敏瑜似懂非懂地點點頭，然後很有探究精神地問道：「既然這樣，表姊直接說讓三姊姊別客氣就好了，說那麼多做什麼呢？」

這個死孩子！秦嫣然的牙都要咬碎了，真心覺得敏玥比敏心、敏瑜加起來還要難纏，起碼她們都不會像她這樣說話，她笑笑，這一次乾脆連話都不說了。

「表姊為什麼不說話了呢？是不屑回答我的問題，還是心虛呢？」敏玥卻沒有這麼輕易地就放過她，偏著頭看著她，一臉的好奇。

秦嫣然氣絕，敏瑜和敏心這時已經收拾好了東西，敏瑜揚聲道：「我們先走了！」

「等等我，等我一起！」敏瑜這句話算是為秦嫣然解了圍，敏玥朝著秦嫣然吐吐舌頭，道：「走了，不和妳說了。」

看著敏玥笑嘻嘻的追上敏心、敏瑜，敏柔和秦嫣然都不約而同的鬆了一口氣，敏玥說話尖銳難聽，但偏偏她最小，又得耒陽侯寵愛，不能不讓著她一點，真是憋屈。

等到三人離開，敏柔這才帶了幾分惱意的道：「敏玥今天是怎麼了，故意和我們過不去？」

「我們不該意外，畢竟她和敏瑜妹妹更親近！」秦嫣然輕輕地嘆了一口氣，她其實不確定是不是敏瑜做了什麼，但這不影響她往敏瑜身上潑髒水。

「表姊，妳的意思是敏玥這樣，是二姊姊教的？」敏柔立刻領會了秦嫣然的意思，她微微地皺了皺眉頭，隱隱地覺得敏瑜應該不會那樣做，卻沒有為敏瑜辯解。

「我不是這個意思。」敏柔的表情秦嫣然看在眼中，意識到自己心急了些，她立刻笑著解釋道：「我的意思是敏玥妹妹和敏瑜妹妹更親近，或許察覺到敏瑜妹妹對我們不是那麼親近友善之後，就下意識的排斥我們，而不是說有人教她這樣做。」

「這倒是很有可能，二姊姊的性格我知道，或許任性刁蠻了些，但絕不會在背後教唆別人，就算敏玥有人教，那個人也不會是二姊姊。」敏柔點點頭，畢竟是一起生活的親姊妹，就算她覺得偏向秦嫣然能夠給自己帶來更多的好處，也不會一下子完全否決敏瑜的好。

秦嫣然的眼神暗了暗，道：「那會是什麼人？表姊嗎？我看表姊也不一定是那樣的人。」

「不會是大姊。」敏柔搖頭，道：「青姨娘和桂姨娘素來不和，大姊和敏玥深受影響，也不親近。」

青姨娘和桂姨娘不和的事情秦嫣然並非一無所知，但是她來侯府這半年，桂姨娘見了無數次，卻沒有見過青姨娘幾面，真不知道她們之間的關係到了怎樣的地步，她眨眨眼，道：「青姨娘和桂姨娘關係不好我也聽說，但不至於影響到表姊和表妹吧？」

「這個表姊妳就不知道了！」敏柔帶了幾分神秘的湊近了一些，道：「青姨娘除了給母親請安之外幾乎都不出院子，表姊可知道為什麼？」

「不是說青姨娘身子柔弱嗎？」秦嫣然滿臉不解，心裡亮堂，青姨娘是那種弱質纖纖的類型不假，身子不好也不假，但躲在院子裡不出來卻是因為在調養身子。

就在秦嫣然到侯府前不久，青姨娘落了胎，據說胎兒已經有六個月，是個已經成型的男胎。因為這件事情，耒陽侯大為震怒，不但對丁夫人咆哮了一頓，還插手內宅的事情，讓人仔細調查，看誰下的毒手，將侯府鬧得雞飛狗跳。但最後還是什麼都沒有查到，不了了之。秦嫣然只是個孩子，自然沒有人會和她說這些內宅的骯髒事情，這是她的奶娘打聽到而後告訴她的，而秦嫣然懷疑是丁夫人下的毒手。

原因很簡單，沒有哪個當正室的願意看到一個又一個的庶子出生，要不然為什麼耒陽侯府除了丁夫人所出的三個嫡子之外，只有桂姨娘生了敏文，別的都是女兒？估計耒陽侯自己也是這樣想的，否則怎麼會朝著素來尊敬的嫡妻咆哮，又怎麼會插手內宅的事情，那比對著丁夫人發怒還要嚴重，不但是不相信丁夫人的表現，也是在打丁夫人的臉。

「青姨娘身子柔弱……哼，她看起來倒是柔弱，但是真是假可就不好說了。」敏柔對青姨娘最是討厭，她時常聽荷姨娘說，耒陽侯沒有納青姨娘之前，對她十分寵愛，自從納了青姨娘之後，才受了冷落，成了所有姨娘中最可有可無的那個。

對荷姨娘的話，敏柔是深信不疑的，畢竟拋開別的不談，論模樣，荷姨娘是幾個姨娘中最好的。因此，敏柔最恨青姨娘，總覺得要是沒有她，荷姨娘就會是耒陽侯的寵妾，而她也會像敏玥一樣，雖然不是嫡女，卻還是被耒陽侯疼愛重視。只是她素來膽小，又習慣將心思放在心裡，極少和人說她的不滿，要不是覺得秦嫣然比兩個姊姊還親，對她也更好，也不一定會說出來。

「妳的意思是青姨娘是裝的？」秦嫣然心裡了然，妾室、姨娘什麼的，不就是男人的玩物嗎？裝柔弱能夠贏得男人的保護慾，青姨娘這樣做也不足為奇，她故作不解地道：「應該不會吧？」

「有什麼不會的？只要父親沒有歇在她和母親院子裡，她就這裡不適、那裡不適的，讓人來請父親，要不是裝的，那為什麼父親歇在母親院子裡的時候她就好生生的？」敏柔滿是恨意地道：「父親一個月只有三天是歇在姨娘房裡，但就這三天她都要玩花樣，把父親搶走！」

敏柔是真的恨。耒陽侯她並非每天都能見到，除了過年過節，還有去丁夫人那裡請安時，就只有耒陽侯歇在荷姨娘房裡的時候了，這也是最能親近的時候。耒陽侯在荷姨娘房裡待的時間少，她見到耒陽侯、和他接觸的機會也少，感情自然不深，對她也不那麼重視，她在侯府的地位自然也就低了。

「真是太過分了！」這個時候秦嫣然自然要同仇敵愾，不能讓敏柔又有被冷落的感覺。

「可不是嘛！」敏柔點頭，而後嘆氣道：「父親寵愛青姨娘，對敏玥也就不一樣了，唉，要是姨娘也得寵的話，我說不定也……唉！」

敏柔嘆息一聲，她從來不覺得自己比旁人差，覺得自己輸就輸在出身不好，生母又不得寵上，要是她有敏瑜的出身，或者有個得寵的姨娘，肯定會完全不一樣的。

「妹妹長得好，性子也好，可惜的是伯父並不知道。」秦嫣然贊同地點點頭，道：「要是荷姨娘能得了伯父的重視，一切定然不一樣了。」

「那是自然！」敏柔點點頭，卻又嘆氣道：「可惜姨娘……唉，還是不說這個了。」

「為什麼不說？荷姨娘長得最美，要是她多花些心思、多點手段，青姨娘算什麼？」秦嫣然輕輕地一挑眉，腦子裡閃過不少能夠幫著荷姨娘鹹魚翻身的點子，唔，荷姨娘要是能夠成為耒陽侯的寵妾，她和敏柔在耒陽侯府的地位一定會完全不一樣，對自己的幫助也會更大。要是以前，她才不怎麼在乎，更不想和一個妾室姨娘親近，但是現在……丁夫人明顯對自己有了不滿，想要討好不容易，敏心、敏瑜處處和自己作對，敏玥這個小丫頭看起來也沒有那麼簡單，自己很需要一個強而有力的幫手。

「表姊妳不明白姨娘的性子，她要是有手段的，也不至於……」敏柔說著說著忽然醒悟過來，她一把抓住秦嫣然，道：「表姊，妳聰明能幹，一定有辦法幫姨娘和我的，對吧？」

「敏柔妹妹，這種話可不能隨便說。」秦嫣然帶了幾分慌張和不悅，道：「就算我有辦法也不能隨便說啊，要是讓人知道了，我可沒臉活了。」

「我知道、我知道！」敏柔知道秦嫣然的顧忌，她一個遠房的表姑娘，要是讓人知道她幫著荷姨娘爭寵，她的名聲也沒了，但敏柔卻怎麼都不願錯過這樣的機會，她又是保證、又是哀求地道：「表姊，我知道妳對我最好了，妳就幫幫我和姨娘吧！我向妳保證，不會洩漏半點，不會讓旁人知道這件事情的。」

「敏柔妹妹，不是我不想幫妳，可是……」秦嫣然滿是為難地看著敏柔。

「不管能不能讓父親對我們另眼相看，我們都會感激表姊的，哪怕是為妳做牛做馬都心甘情願。」敏柔沒有半點遲疑地道，她相信荷姨娘也和她是一樣的心思。

「我們是好姊妹，我幫妳可不圖妳的感激，而是為了這份姊妹之情。」秦嫣然等的就是這句話，她可不想白白的為敏柔母女出謀劃策，至於別的……她才不在乎呢！

「我知道，我知道！」敏柔忙不迭地應著，然後滿是期望地看著秦嫣然，道：「表姊，妳會幫我們的，對吧！」

「唉，我不該插手這些事情的，可是……」秦嫣然滿是為難地嘆氣，道：「誰叫我們是好姊妹呢，明知道這不好我也不忍心拒絕妳啊！」

「表姊……」敏柔感動的叫了一聲，再一次真心實意地感嘆道：「還是妳最好了！」

「敏柔妹妹，老祖宗讓我給三哥哥送東西，妳能陪我一塊兒去嗎？」指導幾位姑娘女紅的繡娘張賀家的前腳剛剛踏出繡坊，秦嫣然便笑盈盈地道。

「呃？」敏柔怔了怔，不明白秦嫣然怎麼會說這件事情，不是早就說好了一起去的嗎？

「怎麼，妹妹沒空嗎？」秦嫣然一看就知道敏柔沒有意識到自己為什麼又提這件事情，她向敏柔使了一個眼色，道：「要是妹妹的事情不很著急，就陪我過去一趟吧！要是沒人陪的話，我不好單獨去見三哥哥啊！」

老夫人今天拿了一方硯臺，讓秦嫣然給敏行送過去，秦嫣然知道送硯臺是假，讓她和敏行多接觸才是真，對此她並不感冒，她對敏行真的沒有什麼心思，但也清楚她不能拒絕，只能裝作歡喜地答應下來。不過，她也留了一個心眼，叫上敏柔一起去，她才不想和敏行單獨見面、單獨相處，讓老夫人找到將他們兩個送作堆的理由呢！

但是，她現在刻意提起這件事情卻是為了刺激敏瑜——昨日的琴藝課黃先生把敏心、敏瑜都誇了。今天的刺繡，張賀家也是一個勁兒地誇著敏心、敏瑜。敏心也就算了，她原本最擅長的就是刺繡，但敏瑜……她之前也不過和自己在伯仲之間，現在卻比自己好了很多，這讓心高氣傲、一直都把敏瑜當成炮灰女配的秦嫣然心裡起了一股邪火。

秦嫣然其實也知道，刺繡這類古代女子必修的課程正好是自己的弱項，上一世她雖然不是什麼富幾代、官幾代，但也在小有資產的中產階級家庭長大，家中兩、三套房產，百八十萬存款，小日子還是過得很滋潤的。她很小的時候就知道幸福來之不易，機遇需要自己把握，各種家教課、才藝班上了不少，所以她能寫一手不錯的字，也能在琴藝上一直領先，但刺繡……唉，穿越之前她可是掉了個扣子自己都不會縫的啊！

可就算知道這是自己的弱項，秦嫣然也從未想過跟著張賀家的好好學，刺繡初學都不容易，學精了就更難。再說，認認真真地學了，到最後青出於藍，又能怎樣？不過是親手做兩樣貼身的物件，或者像很多精於針線的女子一樣，做兩件討人歡喜、讓人覺得貼心的東西罷了！她有的是辦法籠絡別人的心，哪裡有必要花費那麼大的精力，學什麼針線刺繡？付出和收穫根本不成正比，她怎麼能做那樣的傻事呢？

但，今天的事情卻還是讓秦嫣然覺得氣不平，要知道之前敏瑜對刺繡也一樣不上心，甚至比她還要笨拙，不動手還好，一動手必然會扎到自己的手，而今天這堂刺繡課，她不但沒有像平常一樣，被繡花針扎得大呼小叫，還繡得不錯。這本不是什麼了不得的事情，但張賀家的這邊誇敏瑜認真努力有進步，轉頭過來卻說秦嫣然一點都不上心，讓秦嫣然有一種比敏瑜矮了一頭的感覺。

這種感覺讓秦嫣然十分的不適應，尤其是敏瑜並沒有因為她受到誇獎、自己卻被輕責而流露出任何得意或幸災樂禍的情緒之後，這種不適應就更強烈了。也因此，秦嫣然故意說出老夫人讓她去給敏行送東西的事情，想藉這件事情刺激一下敏瑜，她很想看到敏瑜失常的模樣。

秦嫣然的聲音不小，敏瑜自然聽得清清楚楚，她還是打心裡不願意讓敏行和秦嫣然有太多的來往，理由很簡單，秦嫣然是個妖孽，不能讓她禍害了哥哥。但是，她卻還是裝作沒有聽見，笑著對敏心道：「大姊，妳來幫我看看，這個針法是不是錯了？」

「好。」敏心點點頭，敏玥也乖巧地搬了凳子湊過去，三個人完全無視秦嫣然和敏柔。

敏柔這個時候也領會到秦嫣然的意思了，她點點頭，道：「表姊都這麼說了，我就陪妳一起去吧！大姊姊、二姊姊，妳們要不要一起過去？我們好些天沒有過去找三哥哥了，他那裡一定會有新的好玩的東西。」

「我陪二妹妹，不去了。」敏心簡單地拒絕，她對敏柔一貫沒有好脾氣、好臉色，根本沒有虛與委蛇的心思。

敏柔輕輕地咬了咬下唇，想就此算了，卻又收到秦嫣然的眼色，只好又打起笑臉，對敏瑜道：「二姊姊，繡荷包有什麼意思，我們還是去找三哥哥吧，妳不是一向最喜歡去找三哥哥嗎？」

「我不去。」敏瑜的目光一直定在繡活上，連看都沒有看敏柔一眼，她能夠略勝秦嫣然一籌並非僥倖，為此她的兩隻手都被扎滿了針眼，不過，努力付出總是有回報的，起碼她現在用針已經很熟練了，極少被扎到，但也不敢因此而鬆懈。

「二姊姊……」

「三姊姊，妳要跟著表姊當尾巴那是妳的事情，沒人會說什麼，但是妳不能讓別人跟妳一樣，沒出息的當別人的尾巴啊！」敏玥一點都不客氣地打斷了敏柔的話。

「四妹妹，妳怎麼能這麼說？什麼尾巴不尾巴的，真是太難聽了！」敏柔被敏玥的話嗆得心裡難受，委屈地解釋道：「我也是好意，她最喜歡三哥哥，也最喜歡去三哥哥那裡要好玩的東西，我擔心萬一有什麼好玩的，正好二姊姊喜歡……」

「三妹妹，我現在最需要的是靜下心來好好地學習所有的課程，不是想著玩樂，不管三哥哥那裡有沒有什麼新奇的東西，也不管是不是正好我也喜歡的，我都不會要，我不想去湊什麼熱鬧。」敏瑜抬起頭，臉上一點笑容都沒有，冷淡地道：「這樣說，三妹妹該滿意了吧？該給我們一個清靜了吧？」

敏柔很尷尬，一旁的秦嫣然立刻笑著道：「敏柔妹妹，時間不早了，我們還是快點過去吧！」

「嗯！」敏柔立刻順勢點頭，和秦嫣然結伴離開，繡坊裡忽然之間冷寂下來，敏瑜也沒有了繼續繡的興致，怔怔地看著眼前的半成品，似乎不知道該往何處下針一般。

「二妹妹，要不然我們也去找敏行……」敏心知道敏瑜其實很在意秦嫣然去找敏行的事情，立刻道。「可不能讓敏行像祖母一樣，也被蠱惑了！」

關於妖孽的懷疑，敏瑜最後還是和敏心說了，她沒有說得很詳細，只說秦嫣然和自己一樣大，卻懂那麼多有些不正常。和丁夫人不一樣，敏心幾乎是立刻就相信了秦嫣然是個妖孽。

「唉～～算了，我們還是別去了。」敏瑜放下手上的繡花針，嘆氣道：「三哥哥早就已經被蠱惑了，我們去了也不過是惹一肚子的氣，還是算了。」

「這倒也是。」敏心苦笑一聲，然後遲疑地道：「三妹妹，妳說祖母為什麼讓秦嫣然給敏行送東西啊？」

「還能為什麼？不就是我們上次擠兌秦嫣然的時候，說了男女七歲不同席的話，之後秦嫣然就不再有事無事往三哥哥院子裡鑽，祖母著急了唄！」敏瑜哼了一聲，道：「祖母這是想讓他們多多相處，等他們感情越來越好，就能順理成章地讓三哥哥娶了秦嫣然。」

這是丁漣波和她分析的，說老夫人肯定存了將秦嫣然變成孫媳婦的心思，也說了秦嫣然不大可能會看上敏行。所以，敏瑜心裡其實更擔心秦嫣然對敏行不屑一顧，給他造成傷害，唉，要是二哥哥還在家就好了，他一定會把三哥哥暴揍一頓，讓他不清醒也得清醒的。

「這可不行！」敏心一驚，著急地站了起來，道：「我們這就過去，一定要攪了這件事情。」

「我們過去只會讓三哥哥生氣，讓他對秦嫣然更好，對我們也更疏遠，我們還是別去了。」敏瑜搖搖頭，長長地吐出一口胸中的悶氣，拿起繡花針，準備繼續。

「可是……」敏心急得跳腳，道：「妳就不擔心敏行真的喜歡了秦嫣然，真的娶了她進門嗎？」

「我擔心有什麼用？再說，這只是祖母的一廂情願，秦嫣然有沒有這個心思還不好說，就算她也有這個心思……哼，那還有娘呢！」敏瑜不相信母親會坐視不管。

「妳說的沒錯，還有母親呢！」敏心點點頭，也坐了下來，然後好奇地看著敏瑜穿針引線，問道：「二妹妹，妳真能沈得住氣，都這個時候了，下針都還穩穩地。」

「娘說了，要我不管什麼時候，不管做什麼事情，只要做了就一定要全力以赴，我正努力去做到這點。」敏瑜笑笑，她也不喜歡刺繡，更沒有天分，但是她答應過丁夫人要認真，那麼就一定不會敷衍了事。

「二姊姊，妳真厲害！」敏玥眼睛一眨一眨的。

「四妹妹，問妳一件事。」敏瑜停了停，看著敏玥直接問道：「為什麼妳這幾天說話都向著我們，卻總是針對表姊和三妹妹？我只想聽真話。」

「這個……」敏玥微微遲疑了一下，想起青姨娘的交代，也就沒有拐彎子，直接道：「是姨娘讓我這麼做的。」

「青姨娘？為什麼？」敏瑜微微一愣，她對青姨娘的觀感其實也不好，雖然不像敏柔那般仇視，但也總覺得她妖妖嬈嬈的不是好人。

「姨娘上次流產傷得很重，雖然命保住了，但是以後卻再也不能生弟弟妹妹了。姨娘說，在我們這樣的家裡，光靠自己是不行的，要我跟著二姊姊，和二姊姊好。姨娘還說，讓我什麼都不要瞞著二姊姊，真心誠意的和二姊姊相處，那對我只會有好處。」敏玥說到這裡，看了看敏心，道：「我原本不喜歡大姊姊的，我偷偷地聽姨娘身邊的人議論，說姨娘流產很有可能是桂姨娘害的，但二姊姊和大姊姊是一起的，我也只能努力的讓自己也喜歡大姊姊了。」

敏心和敏瑜都微微一怔，沒有想到會是這樣的答案，而敏心更跳了起來，道：「胡說，姨娘才沒有害人呢！姨娘才不會害人呢！」

「是不是桂姨娘害的我不管，姨娘說了，那是大人的事情，和我們沒關係，我只要好好的跟著二姊姊就是，別的什麼都別管。」敏玥搖搖頭，然後看著敏瑜道：「二姊姊，我說的是實話，妳會讓我跟著妳吧！」

「妳喜歡的話就跟著吧！」敏瑜嘆口氣，大人的世界有多麼的現實，內宅的傾軋又有多麼的殘酷，她已經隱隱的有些明悟了，但她更知道，除了努力地充實自己之外，自己什麼都不能做……

第八章

秦嫣然和敏柔到的時候，敏行並不在，秦嫣然和敏柔一點都不覺得意外，她們都知道丁夫人對子女的要求極為嚴格，就算敏行不是長子，身為侯府的少爺，需要學習的東西也是極多，每日的課程都排得滿滿的。

她們不敢讓人去請敏行，而是在敏行的房裡等著他回來。當然，她們也沒有乾等，坐在臨窗大炕上，將炕頭那個不小的箱子拿了過來，裡面擺滿了各種小玩意兒，那些都是敏行搜集來的，以前是為了敏瑜，而現在卻不只是單純的為了敏瑜了。

秦嫣然對這些小玩意兒並沒有太多的興趣，在她眼中，這些小玩意兒不過是哄孩子的，一點價值都沒有，相比之下，她更喜歡那些做工精緻奢華的首飾，那才是適合她的東西。

但她還是和敏柔饒有興致地翻著，一邊玩一邊說笑，說笑間，聽到門外傳來聲響，她們也沒有在意，只是偏頭看了過去，人仍是坐在炕上，不過等她們看清楚進來的人，卻都不約而同地跳了下來，異口同聲地叫道：「大哥（大表哥）、三哥（三表哥）！」

進來的，除了她們要找的敏行，還有耒陽侯府的大少爺敏彥，他顯然沒有想到秦嫣然和敏柔會在敏行的房裡，眉頭輕輕一皺，帶了幾分不易察覺的不悅，淡淡地問道：「妳們怎麼會在這裡？」

「大表哥，是老祖宗讓嫣然送這個給三表哥的。」秦嫣然拿出硯臺，笑盈盈地解釋道，耒陽侯府的三位少爺，最優秀最出色的就是大少爺敏彥，也是秦嫣然唯一看得上的，她自然不想讓敏彥誤會是自己主動來找敏行的。

敏彥今年十四，臉上卻沒有少年的稚氣，他是耒陽侯府的嫡長子，不管是以前的老侯爺還是現在的耒陽侯，對他的期許都很高，所以他三歲啟蒙之後，便沒有過空閒，整日都在學習，十四歲的少年便有一種沈穩和大氣。也正是因為這樣，秦嫣然才對他另眼相看，覺得他也配得上自己。可惜的是，敏彥和敏行不一樣，除了功課之外還有些應酬，每日待在侯府的時間不多，就算想找機會和他見面、和他親近都沒辦法，今天能見到他，算是好運氣了。

聽了秦嫣然的解釋，敏彥又一次皺了皺眉頭，輕輕地瞟了一眼看到秦嫣然之後、臉上情不自禁地浮起了歡喜的敏行一眼，淡淡地道：「送東西？這種事情表妹以後讓丫鬟、婆子跑一趟就是，妳是客人，沒有必要做這種事情。」

「沒關係，我每天閒著沒事，幫老祖宗跑跑腿也挺好的。」秦嫣然心裡微微一甜，想當然的把敏彥的話當成了關心的話。

「這不是閒不閒的問題。」敏彥淡淡地道。「表妹是客人，再怎麼清閒也沒有被人使喚的道理。再說，男女七歲不同席，表妹總是往外院跑也不像話，還是避諱一二的好。」

秦嫣然眼波流轉，帶了些許風流韻味的看著敏彥，他這是不喜歡自己和敏行多接觸嗎？唔，應該是吧！想到這裡，她便從善如流地點點頭，道：「我知道了，以後一定會注意的。」

秦嫣然流露出的、和年紀不相符的風韻讓敏行看呆了眼，也讓敏彥眉頭擰得更緊，沒有耐心再和她們多說，直接下逐客令，道：「東西已經送到了，妳們就先回去吧！」

這……秦嫣然臉上的笑容微微一僵，沒有想到敏彥會這麼快就讓她們離開，她還想和敏彥多說幾句話呢！她知道自己有多麼的優秀，不管是容貌還是學識，都遠遠的超過了這個時代的女人，她完全相信，只要自己和敏彥多接觸，他一定很快會對自己有好感，甚至死心塌地地愛上自己。

「大哥，表妹特意給我送東西過來，怎麼能連杯茶都不給喝就讓她們回去呢？」不用秦嫣然說什麼，敏行就跳了出來，自從敏瑜用男女有別的話擠兌秦嫣然之後，秦嫣然便不像以前一樣，隔三差五的就會過來，他都已經半個月沒有見到秦嫣然了，自然想坐下來多說說話。

敏彥眼睛微微瞇了瞇，看看敏行，轉頭對秦嫣然道：「表妹很想坐下來喝杯茶嗎？」

這算不算是吃醋了？秦嫣然心裡思忖著，說實話，她並不確定敏彥就是那個能夠讓她託付終身的人，她相信以她的優秀和出眾，一定還有比敏彥更好的對象可以選擇，但她卻能夠確定，敏行一定不是她的選擇。想到這裡，她便微笑著起身，道：「喝茶就不用了，東西已經送到了，老祖宗交給我的任務已經完成了，我還有些功課要做，就先回去了。」

「表妹……」敏行很是不捨地叫了一聲，但話一出口就接收到了敏彥警告的眼神，只能將挽留的話嚥了下去，指著那些小玩意兒，悶悶地道：「這些都是我最近幾日才買回來的，表妹要是喜歡的話，就拿回去玩吧！」

「這個……」秦嫣然微微有些遲疑，那些東西她原本就不喜歡，以前裝出一副喜歡不已的樣子不過是為了招惹敏瑜而已，現在敏瑜都不要了，她更沒有心思要了。

「三妹妹喜歡什麼也一起拿吧！」敏行卻以為她是顧忌敏彥剛剛說的男女有別的話，立刻笑著道：「我是特意給妳們買回來的，每個人都有，妳們先挑，剩下的我讓人送過去給二妹妹她們。」

「三表哥這麼說了，那我們就不客氣了！」敏行話都說到這個分上，秦嫣然也不能推辭了，笑咪咪的和見到敏彥之後一直不敢作聲、小心翼翼地站在一旁的敏柔挑選了幾樣小玩意兒，然後笑盈盈的離開。

等她們一離開，敏彥臉上的笑容就消失殆盡。

「你看看你，沒有時間好好地做功課，倒有時間折騰這些！你要是能將所有的心思放在課業上，哪至於像現在這樣，總是被先生責罰？」敏彥隨手翻動了一下箱子裡的小玩意兒，臉上一層嚴霜，頗有幾分長兄的威嚴，對敏行的大丫鬟道：「寒梅，將這些東西全部給我丟出去！」

「大哥，這些都是二妹妹喜歡的！」敏行連忙說了一聲，這些小玩意兒他最早是為敏瑜搜集的，只是現在也用來討好秦嫣然，可不能眼睜睜地看著敏彥讓人把它們給丟了。

「二妹妹喜歡的？」敏彥臉色冷冷地看著敏行，道：「她這一個多月來忙著各種功課，除了吃飯、睡覺，半點時間都不敢浪費，哪裡有心思玩這些？為秦家表妹搜羅的，就別打著妹妹的名頭。」

「大哥這麼說，我會不好意思的。嘿嘿，我真的很喜歡表妹，恨不得求了娘，為我和表妹訂了親事才好！」敏行被說破心思，不好意思的嘿嘿一笑，不但沒有辯解什麼，還直接說出自己心中最大的願望——他這也是玩了些小心思，他知道自己別說和敏彥相比，就算二哥敏惟也是比不上的。敏惟被送去學武了，不知歸期，也無法知道表妹的好，但大哥可不一定了，一定得讓他知道自己的心思。

「你啊！」敏彥搖搖頭，然後臉色一正，道：「我知道你除了妹妹們之外，接觸最多的就是秦家表妹，有這樣的心思也不足為奇，但是你最好早點打消這樣的心思。」

「大哥……」敏行慌了，很多時候，敏彥的話代表的不只是他自己，還是耒陽侯和丁夫人的意志，他這麼說了，那就證明父母中起碼有一個是不喜歡秦嫣然的，他著急地看著敏彥，道：「是不是表妹有什麼地方不好？」

「她有什麼地方是好的？」敏彥反問一句，然後道：「而且，我看表妹對你也沒有那樣的心思，你還是別剃頭擔子一頭熱，到最後傷了自己。」

敏彥的話讓敏行白了臉，遲疑了好大一會兒，才道：「就算表妹現在沒有這樣的心思，只要我一心對她好，遲早有一天能夠打動她。大哥，我們都還小，可以慢慢來。」

小？秦家表妹年紀小，但心眼可不小！敏彥搖搖頭，他對秦嫣然原本沒有什麼偏見，雖然沒有像敏行一樣，覺得她什麼都好，心生愛慕，但也覺得她年紀小小的，就失去了最親的血脈親人，只能投奔遠親，要寄人籬下，確實可憐。但是，那份憐惜在發現她有意無意地針對敏瑜之後就全然不見，剩下的只有深深的厭惡，要不是因為丁夫人說這對敏瑜來說不見得是壞事，能夠讓她迅速的成長，他定然會出手教訓一下她，好讓她知道不是所有的人都會被她愚弄的。

「我只告訴你我的看法，至於你自己怎麼想，我是無法改變的，但是……」想到秦嫣然的用處，敏彥腦子裡忽然出現一個念頭，他正色看著敏行道：「表妹色色出眾，你覺得她會喜歡一個不用功、不努力，所有的課業都敷衍了事的人嗎？」

敏彥的話讓敏行微微一愣，是啊，表妹那麼好，自己要是不努力，又怎麼能夠讓她喜歡、怎麼能夠配得上她呢？

「大哥，我知道了，從現在開始，我一定不再浪費光陰了！」敏行終於嚴肅起來了，就算是為了表妹，他也不能再混下去了。

「這就對了。」敏彥拍拍敏行的肩頭，對秦嫣然終於有了那麼一點點的好感……

急不可耐的敏柔拉著秦嫣然剛走進荷姨娘的院子，等得心焦的荷姨娘就迎了出來，很是熱情地將秦嫣然迎了進去，指著堆在房間正中央的東西笑著道：「表姑娘，東西都在這裡了，您看看，對不對？有沒有什麼地方需要修改的。」

「我看看。」秦嫣然將那些東西看了一遍，而後滿意地點點頭，道：「不錯，完全是照著圖紙做的，一點差錯都沒有。」

「那就好、那就好！」荷姨娘終於放心了，然後殷切地看著秦嫣然，問道：「表姑娘，您現在能告訴我們這些東西是做什麼的了嗎？」

「這是一套茶具。」到了這個時候，秦嫣然不再賣關子，笑著道：「簡而言之，就是一套泡茶的茶具。舅舅喜歡喝茶，只要荷姨娘用這套茶具泡茶，一定能夠讓舅舅喜歡，只要他喜歡了，來清荷院的次數自然就會多了，對荷姨娘自然也就會另眼相看了。」

說實話，想讓荷姨娘贏得耒陽侯的寵愛可不是一件簡單的事情——荷姨娘是耒陽侯四個姨娘中長得最好的，說是絕色也不為過，但是，除了絕美的容貌以外，她什麼都沒有。

耒陽侯有四房妾室，出身最好的是青姨娘，她是官宦人家的姑娘，家道中落，父兄為了仕途，不惜將她送給了耒陽侯當妾——這一步也算是走對了，青姨娘進耒陽侯府之後，耒陽侯對她寵愛有加，對她的父兄也照顧一二，她的父親當年就放了一個六品實缺，她那個略有些文采、但不算很出眾的大哥，也在考了庶起士之後謀了個還算可以的肥差。青姨娘容貌雖稍遜荷姨娘三分，但是琴棋書畫都有涉獵，也算是才女一個，能得到耒陽侯的歡心也非偶然。

除了青姨娘之外，其他三個姨娘的出身都差不多，桂姨娘、荷姨娘、還有最老實本分的麗姨娘，都是耒陽侯府的家生奴才子。

麗姨娘最早是耒陽侯身邊的一等大丫鬟，耒陽侯還沒有成親之前就已經是他的房裡人了，和耒陽侯情分最深，雖然她沒有生養子女，但在桂姨娘從通房丫頭升為姨娘的時候，丁夫人格外開恩，將她升為姨娘。

桂姨娘則是從小丫鬟一步一步爬上來的，從進府侍候老夫人，到成為通房而後升為姨娘，花了三、四年。在幾個姨娘中，最懂人情世故，最會察言觀色、討人歡心，會做人，在侯府根基最深的也是她，加上她生了一子一女，在幾個姨娘中的地位隱然最高。

而荷姨娘卻不一樣，她因為出眾的容貌讓老夫人相中，進府之後學了規矩，就被老夫人直接塞到了耒陽侯房裡當了通房丫頭的。沒有麗姨娘和耒陽侯那樣的情分，沒有桂姨娘的通透和手腕，只能靠絕美的姿色和小意的侍候爭寵。青姨娘沒有進府之前，她還能得些寵愛，青姨娘進府之後，她就徹底地靠邊站了。

在答應幫荷姨娘、讓她重新獲得耒陽侯的注意力和寵愛之後，秦嫣然還是頗費了些心思，想了一個又一個的辦法，但是最後卻都因為荷姨娘沒有什麼能耐而夭折，最後，秦嫣然只能將目光投注在耒陽侯的喜好上。

和大多數勛貴一樣，耒陽侯的喜好真不少，喜歡古董字畫、對銘文有獨到的研究，喜歡歌舞、自己更擅長彈箏，喜歡騎射，不時地還會帶著兒子去狩獵……這些愛好不管是哪一項，荷姨娘都是無法迎合的。秦嫣然心裡埋怨荷姨娘不長進、不爭氣之餘，只能將目光轉移到了吃穿上，還別說，真讓秦嫣然找到了突破口。

耒陽侯在吃喝上也很講究，尤其是喜歡喝茶。而讓秦嫣然覺得慶幸不已的，是這個世界雖然已經有了和她前世常見到的各種茶葉，對茶葉的要求也很高，泡茶時講究水質、水溫、茶具等，卻偏偏沒見過她前世見慣的功夫茶。為此秦嫣然還特意問過自己身邊的婆子、丫鬟，更旁敲側擊地套敏柔的話，果然如她所想的那樣，她們都不知道泡茶還有更多的講究，思量一番之後，秦嫣然決定從茶藝上下手。

秦嫣然自己沒有正兒八經地學過茶藝，也就是去茶葉店買茶的時候，見過店主人泡茶有些印象而已，她照著記憶中的那些茶具，畫了圖紙，讓荷姨娘找人做出一套來。

「茶具？」敏柔瞪大了眼睛，她也想過可能是茶具，畢竟這裡面的蓋碗、茶海、茶杯等她並不陌生，讓她吃驚的是，用這些就能幫荷姨娘爭寵，是不是太簡單了些？

「不錯，這些都是茶具！」秦嫣然卻以為敏柔驚訝的是這些東西的用途，她臉上帶著笑，拿起東西一樣一樣的給敏柔介紹，道：「這是取茶葉的茶勺，這是泡茶用的蓋碗，這是過濾茶水的茶濾，這是盛茶水的茶海，這是專門聞茶香的聞香杯……」

「泡茶需要這麼多東西嗎？」敏柔皺緊眉頭，平素她喝茶只需要一個蓋碗，而荷姨娘就更簡單了，她現在都還是煮茶來喝，根本不需要這麼多的東西。

「一般泡茶自然不用，但如果只是一般泡茶的話，又怎麼能讓荷姨娘顯得與眾不同呢？」秦嫣然微微一笑，帶了幾分自傲地道：「用這一些東西泡茶十分的考究，需要費不少功夫，所以不妨稱之為功夫茶。」

「功夫茶？」敏柔輕輕地重複了一下這個新名詞，而後眼睛亮晶晶的看著秦嫣然，道：「還請表姊教我們怎麼用這些東西泡功夫茶。」

「好！」準備這些東西就是為了教荷姨娘泡製功夫茶，秦嫣然自然沒有推辭，立刻讓人取來紅泥小爐，一邊燒水一邊照著記憶中的順序，溫壺洗杯，納茶候湯，洗茶沖茶……一邊不甚熟練地做，一邊解釋這樣做的原因。

荷姨娘先是微微皺眉地看著她不是很熟練的動作，慢慢地眉頭鬆開，等到秦嫣然給她們每人倒了一杯茶，教她們怎樣用聞香杯、怎樣慢慢品嚐的時候，她臉上已經滿是笑容了，對於用這種新奇的泡茶方法贏得耒陽侯的關注，心裡充滿了信心。

「沒想到泡茶、喝茶也能有這麼多的講究！」一杯茶水喝完，敏柔讚嘆地看著秦嫣然，滿是敬佩地道：「表姊，我從來沒有聽說過這些，妳是從哪裡知道的啊？」

「沒聽說就對了，這是我為荷姨娘專門琢磨出來的。」秦嫣然一點都不謙虛地將這一套學來的東西說成了是自己的原創，她微微偏頭看著荷姨娘，道：「荷姨娘覺得這樣泡茶能不能讓妳在舅舅面前增色？」

「能！肯定能！」荷姨娘連連點頭，道：「原本是一樣的茶、一樣的水，這樣泡出來感覺上卻醇香了很多，侯爺一定會喜歡的。」

「那就好。」秦嫣然一點都不意外荷姨娘會這麼說。她是什麼人？她可比這些古代人多了幾千年的底蘊和見識，隨便拿出一點點就能讓他們驚若天人了。她笑著道：「這也是我剛剛想出來的，做得不是很順手，如果練得純熟，所有的動作宛如行雲流水，看起來就賞心悅目，茶水未到口中就已經覺得醇香無比了。」

荷姨娘點頭，秦嫣然這麼生疏都已經讓她覺得很新奇、很吸引人了，要是她多多練習，做到秦嫣然說的「如行雲流水」一般的話，一定能夠讓侯爺眼前一亮。她眼巴巴地看著秦嫣然，道：「表姑娘能不能再將順序說一遍呢？剛剛我只顧著看您泡茶，都記不住什麼時候該做什麼，又有什麼講究了。」

「沒問題，我再演示一遍也就是了。」秦嫣然點點頭，將蓋碗中的茶葉倒了，從頭開始，荷姨娘眼睛一眨不眨地看著秦嫣然手上的動作，而敏柔乾脆拿來紙筆，將秦嫣然的話一字不漏地記了下來……

「我們這位表姑娘的手伸得還真長啊！」丁夫人冷冷地下了一個注解，秦嫣然和荷姨娘幾人自以為事情做得極為隱秘，卻不知道從一開始就已經被人看在眼中，更一五一十的稟告給了剛剛閒下來的丁夫人。

「可不是！為一個姨娘出謀劃策爭寵？虧得她做得出來！」得喜家的應和道。「就算她和三姑娘好，也不能做這種有失身分的事情啊，讓人知道了，她的名聲也都沒了。」

「名聲？我們這位表姑娘可不知道名聲有多重要。」丁夫人輕輕地搖搖頭，她不否認秦嫣然確實很聰明，但卻沒有聰明到點子上——籠絡下人是應該的，但卻得掌握好「度」，哪能像她一樣，不管是哪一房的丫鬟、婆子，也不管是幾等，都籠絡的？沒有眼色的丫鬟、婆子自然會覺得她是個好的，但真正有眼光的還不知道心裡怎麼笑話呢！還一邊拉攏敏心、敏柔，一邊卻和敏瑜較勁比高低，難道她以為她表現得比敏瑜出色，就能取代敏瑜了嗎？對老夫人來說或許可能，但自己是那種不分親疏的嗎？別說敏瑜沒有蠢笨到無藥可救，就算敏瑜又蠢又笨，那也是自己的骨肉，當母親的哪有嫌棄自己兒女的？她那樣做不過是越發的讓自己心裡生厭罷了。

「夫人，要不要把這事透露出去？」得喜家的徵詢著丁夫人的意見，可以預見的，要是青姨娘等人知道了，荷姨娘想以此爭寵定然成空。

「什麼都不用做，由著去吧！」丁夫人輕輕地搖搖頭——這招還不錯，侯爺喜茶，荷姨娘還真的有可能借此將侯爺拉攏過去。但是這和丁夫人卻沒有太大的關係，哪個姨娘更得寵，對她來說都一樣，再得寵的姨娘也都是個妾室，在她面前永遠只能卑躬屈膝。再說，青姨娘自從進了府之後就榮寵不斷，有些得意忘形了，是時候讓她清醒清醒。

「是！」得喜家的應聲，而後笑著道：「表姑娘還真是……這麼點兒大的人居然有那麼多的想法，她教荷姨娘的那泡茶的法子，奴婢以前聽都沒有聽說過。」

「妳沒有聽說過是因為妳見識少，不見得就是她一個小孩子能想出來的。」丁夫人也很詫異，但她詫異的卻是秦嫣然從什麼地方學來的功夫茶，她淡淡的道：「那種泡茶的法子可不是她想出來的，潮州府素來都是那樣泡茶的，他們所用的茶具更有十數種之多，只是京城難得一見罷了。」

「原來不是表姑娘自己想出來的啊！奴婢見識淺薄，要不是夫人這麼說的話，還真以為是表姑娘自己想出來的呢！」得喜家恍然大悟的同時帶了幾分輕蔑，她不明白秦嫣然為什麼會這樣厚臉皮地將他人的智慧說成自己的，要是被人捅破，那可就丟臉丟大了，她帶了幾分討好地道：「還是夫人有見識，什麼都瞞不過您的眼睛。」

「談不上什麼見識不見識的，不過是見慣了嫻妃娘娘這般泡茶罷了。嫻妃娘娘的祖父曾在潮州府為官，嫻妃娘娘又是在祖母面前長大的，自幼便受了些薰陶，她泡茶那才叫講究呢！今日我進宮去，嫻妃娘娘就親自泡茶……」丁夫人輕輕搖了搖頭，然後嘆了一口氣，似乎滿腹心事一般。

得喜家的在丁夫人身邊侍候也有不少年了，甚少見到她這種樣子，立刻小心翼翼地問道：「夫人，您今日進宮可是遇上什麼難事了？」

是有件難事，但卻不能和得喜家的說！丁夫人輕輕地搖搖頭，道：「沒什麼，妳去把瑜兒叫來吧！」

第九章

「二妹妹，您今天怎麼了？怎麼心不在焉的？」黃先生前腳剛走，敏心就湊到敏瑜身邊關心地問著，今天的琴藝課敏瑜明顯心不在焉，上課也不專心，黃先生都生氣地說了她幾句。要是以前倒是不稀奇，但最近這一、兩個月來她一直很認真，從未有過這樣的狀態，這就讓敏心擔憂起來了。

「沒什麼。」敏瑜順口回應了一聲，腦子裡還在想著丁夫人昨晚和她說的話，一副魂不守舍的樣子。

「都這樣子了還沒什麼？」敏心現在很有當長姊的樣子，也不計較敏瑜是不是有什麼事情瞞著自己，而是認真地道：「要真是有什麼煩惱不妨和我說說，雖然我也不一定能夠給妳出什麼好主意，但是說出來總比妳一個人憋在心裡要好。」

「哦。」敏瑜無意識地應了一聲，而後才反應過來敏心說了什麼，驟然回過神來，很不好意思地道：「對不起，大姊姊，我腦子裡在想別的事情呢！」

「就知道妳在走神！」敏心被敏瑜的樣子給逗笑了，笑著問道：「在想什麼呢？這麼認真。」

「唉！」敏瑜苦惱地嘆了一口氣，然後看著敏心，直接問道：「大姊姊，妳說我要不要進宮給福安公主當侍讀啊？」

昨晚，丁夫人將她叫了過去，說嫻妃召她進宮，聊到嫻妃所出的福安公主，還說她們倆一般年紀，又好得像親姊妹似的，想讓她進宮陪福安公主，說到底就是想讓她當公主侍讀。

給公主當侍讀？敏心微微一怔，而正在收拾琴的秦嫣然也同樣一愣，手上的動作不自覺地慢了下來，一邊裝模作樣地拿出手絹小心地擦拭著根本沒有灰塵的琴身，一邊豎著耳朵聽敏瑜說話。

「二妹妹，妳怎麼忽然說這個？母親想讓妳進宮嗎？」丁夫人和皇后娘娘、嫻妃娘娘關係好，經常進宮並不是什麼秘密，耒陽侯府的人都知道這件事情，敏心自然也不例外，所以一聽就知道，定然是丁夫人和敏瑜說了什麼。

「母親說嫻妃娘娘提了這件事，但她沒有答應，而是讓我自己作決定。」敏瑜搖搖頭，直言不諱地道：「我和公主相處得好，嫻妃娘娘應該是因為這個才想讓我進宮陪公主吧！」

「這是好事，猶豫什麼，去啊！」敏玥眼睛裡滿是欣羨，福安公主啊，那可是連她都聽說過的貴人嘞，能夠和這樣的貴人朝夕相處，一起學習長大，那可是天大的幸事啊！她羨慕地道：「誰不知道福安公主可是聖上最疼最寵的公主，能給公主當侍讀，那可是旁人求都求不來的，怎麼能不去呢？」

敏心雖然也覺得這是難得的好機會，但卻沒有像敏玥那樣，想都不想就勸敏瑜進宮，而是輕叱一聲道：「四妹妹，妳這是說什麼話呢？這怎麼就是求都求不來的機會呢？」

「我沒有說錯啊！」敏玥瞪大了眼睛，道：「給公主當侍讀是多好的事情啊！和公主相處得好了，一定能得到公主的照應，在公主身邊也能認識很多的貴人，以後一定能夠找一個英明神武、出身高貴的丈夫……光是想，就覺得那是一件很好很好的事情了！」

「二妹妹和福安公主原本就相處得很好，至於說認識貴人……二妹妹面聖過，皇后娘娘和宮裡的貴人也見了不知道多少回，可沒有必要為了結識貴人，趕著去當這個侍讀。」敏心輕輕地白了她一眼，她還是比較清楚敏瑜和她們之間的巨大差別的，敏玥說的能夠憑「公主侍讀」這個身分找個好夫家，她更沒放在心上——耒陽侯府雖然不是一流的功勳人家，但侯府的嫡女也沒有必要趕著和別人去搶公主侍讀的位置。

「那倒也是。」被敏心這麼一說，敏玥這才想起，敏瑜和她們倆雖然是姊妹，但嫡庶的不同卻決定了她們天差地別的身分，要不然青姨娘也不會讓她黏著敏瑜了。她有些蔫蔫地點點頭，但卻又有些不甘心地道：「可是能夠當公主的侍讀還是有很多好處的，二姊姊還是不應該就這麼放棄這個機會。」

「有好處不假，但不見得全是好處。」敏心這會兒已經冷靜下來了，也想到了當這個侍讀的利弊，她輕聲道：「當公主的侍讀也不是陪著公主讀讀書、玩玩就可以了，要是公主犯了錯，或者不夠用功努力，說不定還得替公主受罰挨打……那些先生肯定是不敢責罰公主的，但是對侍讀就沒有那麼多的顧忌了。」

「是哦！」敏玥連連點頭，這話說的一點都沒錯，就像丁夫人為她們安排的這些課程，請的這些先生，要是敏瑜犯了錯或者不用心，先生們再怎麼生氣也只是不痛不癢的說上幾句，但換了別人，先生們可就嚴厲多了。她看著敏瑜，立刻換了態度，道：「二姊姊，大姊姊說的沒錯，這個侍讀可不好當，妳還是別去了，免得成了受氣包。」

敏瑜心裡暖暖的，自己不過說了個開頭，她們就想了那麼多，她輕輕地搖頭，道：「也沒有妳們想的那麼嚴重。嫻妃娘娘想讓我進宮給福安公主當侍讀，是因為我和公主認識的時間長，相處得也很好的緣故，覺得由我作伴公主會開心一些。咳咳，福安公主也很希望我能陪著她。」

「嗯，嫻妃娘娘和母親素來親密，是不會讓妳當受氣包的。」敏心一聽這話就知道自己想多了，立刻換了口風道：「既然是這樣的話，那就去吧！」

「可是娘說，如果我要進宮去當侍讀，就必須把自己當成一個普通的侍讀，而不是公主的朋友，不能像以前那樣和公主相處……」敏瑜比較苦惱的是這個，她其實大概知道母親為什麼說這樣的話——丁夫人經常教導她要認清楚自己的身分和位置，要根據不同的環境、不同的來往對象來調整自己的態度。但是知道歸知道，讓她做她卻還是覺得很為難，尤其她一直以來和福安公主都像姊妹一樣，如果成了公主的侍讀，她就要將自己的姿態放低很多，她心理上一時半刻也接受不了。

「這樣啊……」敏心也不知道應該給敏瑜什麼樣的建議了，做一個普通的侍讀？怎樣才算是一個普通的侍讀呢？

「娘說這是最起碼的要求，如果做不到的話，那就什麼都別想了。」敏瑜很是苦惱，要是以前她肯定會放棄，當不當這個侍讀對她來說沒多重要，她不需要「公主侍讀」這個名頭來博取別人的注意力，更不需要藉此提高自己的身分。但是丁夫人也說了，嫻妃娘娘為福安公主挑選的是最好的教養嬤嬤和先生，比起現在教導她的那些先生好了不止一籌，跟著她們學習，一定會比在家中進步大，學成之後也會更出彩。

丁夫人的話敏瑜很贊同，雖然說學習之道最主要的還是看個人的資質和努力，但若有名師指導學得會更快更好，有事半功倍的效果——若能進宮，就意味著她會比秦嫣然得到更好的指點，那麼趕上她、超越她就會更快一些。能夠早一天將秦嫣然比下去是她目前最大的目標，為了這個目標，她就不該放棄這個機會。

「那二妹妹妳能不能做到呢？能做到的話那就去，要是做不到，放棄也就是了，真沒有必要為此頭疼成這個樣子。」敏心簡單地道。「二妹妹，其實這也不是什麼難事。妳看看我，以前總覺得自己是庶出的，怕妳看不起我，總端著姊姊的架子，可妳們誰買帳了？而現在，我看清楚了自己的身分，放下了架子，我們相處得不是比以前更好了嗎？要我說啊，端著架子不但自己累得慌，人家還不一定把妳當回事。」

「妳說的有道理！」敏心的話讓敏瑜眼睛一亮。是啊，自己放低姿態不意味著別人就會看低自己，福安公主可不是那種你俯下身，她就踩上來的人，自己真沒有必要這麼糾結，她臉上終於露出笑容道：「我一會兒就給娘回話，告訴她我的決定。」

敏心笑笑，沒有問她做了怎樣的選擇，而是說起了這一堂課黃先生教授的內容，敏瑜的心事沒了，專心地聽著敏心說話，一堂課的內容並不多，但也不能不認真對待……

一直豎著耳朵聽她們說話的秦嫣然確定她們已經談完了事情，這才慢悠悠地將已經被她擦拭得一塵不染的琴放進盒子裡，和已經等得有些不耐煩、但卻又不好催她的敏柔慢悠悠地離開，腦子裡一刻不停地思索著應該怎麼把握這個難得的機會……

「嫣然想給福安公主當侍讀？」丁夫人臉上帶了訝異和淡淡的嘲諷，秦嫣然知道嫻妃娘娘想讓敏瑜給福安公主當侍讀的事情她一點都不意外，敏瑜年紀小，還藏不住心事，也還不懂得說話留三分的道理，不用問，她就知道定然是女兒和敏心、敏玥說了這件事，然後被秦嫣然聽了去。她比較意外的是秦嫣然，她怎麼好意思開這個口，又憑什麼覺得她有這個資格呢？

「嫣然聰穎可人，又有容人之量，更懂得進退，她給福安公主當侍讀很合適！」老夫人理所當然地道，秦嫣然得到消息之後在她跟前磨了許久，隱晦地說了敏心、敏瑜給她白眼，看不起她的難堪處境，也隱晦地表示了她願意留在耒陽侯府一輩子，卻又擔心丁夫人看不上她的憂慮，還表示，如果她能成為公主侍讀，身分定然有所不同，很多事情也就好辦了。

她的話老夫人覺得很中聽，自然滿口答應幫她謀劃，擺出了婆婆的架子，道：「這也是我的意思，妳改日進宮和嫻妃娘娘好好的說說，相信以妳和嫻妃娘娘的交情，嫻妃娘娘會同意的。」

「嫻妃娘娘中意的是瑜兒……」可不是什麼阿貓阿狗！丁夫人淡淡地回了一句，確實，以她和嫻妃娘娘的交情，為秦嫣然說說好話，讓她去當公主的侍讀不是什麼難事，但是她為什麼要那樣做呢？

「我知道嫻妃娘娘中意的是敏瑜，但妳心裡應該清楚，敏瑜沒有嫣然合適。」丁夫人沒有說難聽的話，但她的不以為然老夫人心裡卻很清楚，她臉色微微一沈，道：「敏瑜聰明伶俐不假，只是她打小就被寵慣了，和福安公主又是一起玩慣的，妳不擔心她就算當了侍讀，也不能認清自己的身分，和福安公主在一起的時候忘了尊卑高低，然後惹禍嗎？」

「瑜兒，妳會嗎？」丁夫人微微側臉，問一旁端坐的敏瑜。關於這一點，丁夫人還真是一點都不擔心，她對自己的女兒有信心。

「娘教導過女兒，做什麼就要像什麼，要擺正自己的位置。娘也和女兒說過，給福安公主當侍讀就要把自己當成一個普通的侍讀，而不是福安公主的發小（注）。女兒既然已經給了娘明確的答覆，就一定能夠做到。」敏瑜沈穩地回答著，就在秦嫣然纏著老夫人，想讓老夫人幫她達成心願的時候，她便已經給了丁夫人準確的回話，現在自然不會更改。

敏瑜的態度和回答都讓丁夫人感到滿意，她微微地點點頭，轉向老夫人，道：「母親，您看……」

老夫人沒有想到素來嬌蠻的敏瑜會說這樣的話，但敏瑜既然敢這樣說，就一定會努力做

注：發小，北京方言，意指從小一起長大的朋友。

到，這一點丁夫人教得很好，她所生的幾個孩子都有這樣的特質。老夫人微微沈吟了一下，道：「既然敏瑜都這麼說了，我自然相信她能做好。」

秦嫣然沒有想到丁夫人和敏瑜簡單的幾句話就讓老夫人有這樣的態度，但是心裡再怎麼著急，她都沒敢表露出來，只是用可憐期盼的眼神巴巴地看著老夫人。

「不過，嫣然還是可以進宮當公主侍讀啊！」不負所望，老夫人並沒有就此甘休，她只是打消了讓秦嫣然代替敏瑜的念頭而已，她淡淡地道：「福安公主不可能只招一個侍讀，就讓嫣然和敏瑜一起去，姊妹兩個也能有個伴，也好相互照應。」

「我……」敏瑜本能地就要反對，對她來說去給福安公主當侍讀有兩個好處；一個是能夠有比秦嫣然更好的先生，另一個就是不用再天天見到秦嫣然那張虛偽的臉。要是秦嫣然也去了，這兩個好處就沒了，她還不如不去呢！但是，她才一張口，丁夫人就瞪了她一眼，她只好悻悻地把話嚥了下去。

「怎麼，敏瑜不願意讓嫣然和妳作伴嗎？是覺得嫣然不配嗎？」老夫人臉色難看地看著敏瑜，在自己面前她都這樣排斥嫣然了，私底下一定更過分。

被丁夫人瞪了那麼一眼，敏瑜自然知道自己不能那麼說了，她眼珠子一轉，笑著道：「表姊要能去我當然沒有意見，只是這種事情我們說了可都不算，還得看嫻妃娘娘和公主的意思。娘，您說是不是啊！」

「是。」丁夫人笑著應了聲，心裡有一種女兒真的長大許多的感慨，她淡淡地笑看著老夫人，道：「母親，我知道嫣然是個好的，但就像瑜兒所說，這件事情不是我們說的算，還要看嫻妃娘娘和公主的意思，您說是不是？」

「只要妳肯幫嫣然說情，想必嫻妃娘娘不會不同意。」老夫人是什麼人，自然知道丁夫人這是在換一種說辭推託這件事情，她淡淡地道：「嫣然可是叫妳一聲舅母的，妳不會不管她的事情，對吧？」

「嫣然這麼會討人喜歡，我怎麼可能不管她的事情呢？」丁夫人心裡惱怒，老夫人這是想趕鴨子上架嗎？她一點都不退縮地道：「只是這件事情，媳婦卻是一點把握都沒有！母親，不是媳婦故意推託，可是，您想想，要是我們侯府的姑娘和表姑娘同時成了公主的侍讀……不知道人家會說嫻妃娘娘對耒陽侯府另眼相看呢，還是說耒陽侯府不知道進退，一個勁兒地往公主身邊塞人？」

老夫人也知道，要是秦嫣然和敏瑜同時成了公主侍讀不見得就是好事，最好的結果是敏瑜不願意去當侍讀讓秦嫣然頂上，可現在敏瑜已經作了決定，她也不好偏心得太明顯，要敏瑜讓給秦嫣然。但是，看著秦嫣然眼巴巴的樣子，再想想她之前那些「真情流露」的話，她也不能就這樣算了啊！

「舅母，不能將這個機會讓給我嗎？」秦嫣然知道，丁夫人都把話說到這個分上了，老夫人也不能再一味的逼著她為自己謀求公主侍讀的位置，她只能站出來為自己爭取，她帶了幾分可憐地道：「我知道我說這樣的話很自私，可是……敏瑜妹妹是您的親生女兒，是耒陽侯府的嫡出姑娘，當這個公主侍讀對她來說連錦上添花都不算，但對我卻不一樣。舅母，嫣然不過是個沒爹沒娘、除了老祖宗再無依靠的孤女，能不能當公主的侍讀對嫣然來說真的很重要，說不定就能改變嫣然的一生。」

「妳的意思是讓瑜兒將這個位置讓給妳？」丁夫人心底冷笑，別的不說，光是從她敢暗中幫著荷姨娘的事情她就能看出，秦嫣然不只手伸得長，心也大得厲害，這樣的人但凡給她一個機會，她就能翻天。

尤其自己雖然一再的斥責敏瑜，不讓她再提妖孽一事的，也不准丁漣波再灌輸這些思想給敏瑜，但是她對秦嫣然卻多了些提防。還有，她居然能夠教荷姨娘簡單的功夫茶——她一個孩子，從未去過潮州府，身邊也沒有什麼見聞廣博的下人照顧，卻無師自通的「自創」功夫茶，這不得不讓丁夫人對「妖孽」一說有了認同感。

「還請舅母和敏瑜妹妹成全！」秦嫣然將姿態擺得很低，心裡卻發狠，遲早有一天也要讓她們低頭求她。

「這不是成全不成全的問題，我也很難做啊！嫣然，妳素來善解人意，應該能夠體諒舅母的苦衷，對吧？」丁夫人輕輕地搖頭，今天的秦嫣然再一次讓她意外了，不但知道主動爭取機會，還能屈能伸，比自己那個倔強的女兒強多了，但越是這樣，就越不能給她機會，要不然……

「舅母……」秦嫣然心中恨極，她都已經把姿態放得這麼低了，都已經低頭求她們了，她們還不滿意，還要她怎樣？然而丁夫人都說那樣的話來堵她的嘴了，她除了哀求的叫一聲「舅母」之外，還真不知道該說什麼更合適。

「媳婦啊，嫣然都這般求妳了，妳就好好地考慮一下吧！」老夫人很有些心疼，對丁夫人也多了些不滿，對一個孩子，還是一個貼心的孩子，至於這樣的冷漠無情嗎？

「母親，不是媳婦不近人情，但這件事情媳婦真的不能答應。」丁夫人面有難色的看著老夫人，直言道：「嫻妃娘娘指名要的是瑜兒，瑜兒不願意去也好解釋，說她把公主當成了最好的朋友，不願意當矮了一頭的侍讀，影響了她和公主的情誼，想必嫻妃娘娘和公主也能理解。但讓嫣然頂替瑜兒卻說不過去了。不錯，我是可以對嫻妃娘娘說瑜兒不好、不合適，但一轉頭卻讓嫣然頂上了，您覺得嫻妃娘娘會怎麼想？這件事情媳婦不敢答應。」

「說來說去其實就一個原因，那便是妳根本就不心疼嫣然。」老夫人怎麼聽不出來丁夫人說的都是推託之詞，她真的惱怒起來了。

「還請母親體諒。」丁夫人沒有解釋，她還沒有糊塗到心疼一個想要取代自己女兒的外人。

「妳！」丁夫人的態度讓老夫人知道，讓她改口是不大可能的了，她將手伸向滿臉傷心難過的秦嫣然，牽著她的手道：「好孩子，別傷心。」

「我不傷心……」秦嫣然一邊說著不傷心，眼淚珠子卻一顆一顆的往下淌，這眼淚倒是真的，她現在真的是很傷心，很想嚎啕大哭一場。

「別哭、別哭！」老夫人心疼得不得了，恨恨地瞪了丁夫人和敏瑜一眼，道：「明兒我往宮裡遞牌子，我就不相信，我豁出去這張老臉，還不能給妳求一個公主侍讀回來。」

「老祖宗……」秦嫣然真的被感動了，半點都不摻假地撲進老夫人懷裡，眼淚流得更多了，心情卻飛揚起來。

丁夫人微微的一皺眉，沒有想到老夫人為了秦嫣然居然願意做到這一步，心中的警惕更深，腦子裡只閃著一個念頭——怎麼都不能讓秦嫣然如了願！

「老祖宗，您回來了！」老夫人前腳才踏進院子，在屋子裡坐立不安的秦嫣然便迎了出去——她真的很想當上這個公主侍讀，那意味著她將有更廣闊的天空，能夠結識更多的人，也能夠讓她這一世活得更精彩。

「嗯。」老夫人臉色淡淡地點點頭，隨意地問道：「這會兒不是該上課的時候嗎？先生提前讓妳回來了。」

「我心裡有事，怎麼都靜不下心來去上課，就向先生告了假。」老夫人今日進宮是為她謀求公主侍讀的位置，如果可以的話，她恨不得跟著老夫人一道進宮，可礙於身分限制，她只能在家等消息。對她來說，最要緊的就是老夫人能給她帶回好消息，至於上課什麼的，她哪裡還有心思去管。

「妳啊，怎麼這麼沈不住氣！」老夫人輕輕地搖了搖頭，秦嫣然的急不可耐她能夠理解，只是……唉，想到在宮裡發生的事情，老夫人心裡就是一陣煩躁。

老夫人的神色，秦嫣然也看在眼中，她的心突地一跳，有種不妙的預感，卻還是將那種感覺壓下，帶著滿滿的期望看著老夫人，道：「老祖宗，您今日進宮一切可順利？」

老夫人眼角輕輕地跳了兩下，似乎想到了什麼讓她心裡不自在的事情，她勉強地笑笑，道：「我也累了，進去慢慢再說。」

秦嫣然的心沈到谷底，看來老夫人這一趟進宮是無功而返了，要不然以她的性子，一定會在第一時間將好消息告訴自己的。

雖然已經意識到自己的期望落空，但秦嫣然還是強打著精神笑笑，脆生生地應了一聲。

「老祖宗，您喝口茶。」秦嫣然很是乖巧的為老夫人端了一杯茶，她這會兒已經在依霞等人的侍候下換了一身家居的常服，又簡單地梳洗了一下，神色看起來輕鬆了些。

「嗯。」老夫人點點頭，然後帶了幾分歉然地看著秦嫣然，道：「嫣然啊，今日進宮並不是很順利，倒不是嫻妃娘娘不願意給我老婆子一個面子，只是她早已經為福安公主挑選好了侍讀，更已經下了旨……不過，妳也別灰心，要再過一、兩個月才召侍讀進宮陪伴，事情說不定還有轉機。」

事情還有轉機？都已經挑選好了人還有轉機？秦嫣然微微一怔，但很快就明白過來，那不過是老夫人說來安慰她的話，所謂的轉機其實很渺茫。

「老祖宗……」想清楚了這一點，在老夫人換衣服這段時間內已經整理好了心情的秦嫣然輕輕地叫了一聲，然後滿臉認真的道：「老祖宗，這件事情還是算了吧！」

「怎麼？不想進宮當公主侍讀了？」老夫人微微一愣，她不認為秦嫣然是改變了念頭，她剛剛迎接自己的時候臉上滿滿的可都是急切。

「想，怎麼不想！」秦嫣然沒有掩飾自己的真實想法，她苦笑一聲，道：「如果不想的話，嫣然不會那般求您，更不會求舅母……」

「那妳還說算了？」老夫人拍拍她的手，道：「這件事情若能仔細謀劃一番，還是有迴旋的餘地，妳也別灰心喪氣。」

「老祖宗，還是算了！」秦嫣然心裡有過掙扎，但最後卻還是做出了她覺得最理智，也最正確的決定，她滿臉孺慕地看著老夫人，道：「為了嫣然不該有的私欲，讓老祖宗冒著嚴寒進宮，嫣然心裡已經很內疚了，嫣然不願意看到老祖宗再為嫣然的事情而費神。」

「妳這孩子……」秦嫣然的這幾句話說得老夫人的心熨貼無比，因為嫺妃明顯推諉而升起的惱怒頓時消失，她笑著道：「這能費多少神？嫣然，老祖宗知道妳是個孝順的，也知道妳擔心我這個老婆子會受別人的氣，妳放心好了，就算我老了，也沒有幾個人能給我氣受。妳啊，還是安安心心地等我的好消息吧！」

「老祖宗，嫣然真的不願意看到老祖宗再為這件事情傷精費神了。」這一次秦嫣然的態度要堅決得多，她擠出一個讓老夫人覺得心疼的微笑，道：「嫣然知道老祖宗心疼嫣然，可是嫣然同樣也心疼老祖宗，實在是不忍心讓您為了嫣然勞碌奔波……老祖宗，您別說什麼這件事情一點都不麻煩的話來騙嫣然，嫻妃娘娘既然已經選好了人，那麼就肯定不會隨意更改，就算您說通了嫻妃娘娘，那些原本被選中的姑娘也很難說得通啊！畢竟這個位置對敏瑜妹妹來說或許是一點吸引力都沒有，但對普通官宦人家的姑娘而言卻完全不一樣，嫣然不就心動不已了嗎？」

秦嫣然這番話是思慮再三才說出來的，她知道如果她順著老夫人的話點頭，老夫人現在可能不會想什麼，但以後就不好說了，起碼會給老夫人心裡留下一根刺，她好不容易才將之前敏瑜帶來的不良影響消除，還不知道有沒有清除乾淨，可不能再有什麼了。

當然，最主要的是老夫人並沒有十足的把握，要是有，她還能冒險——她相信，以她的本事和魅力，只要當上公主侍讀，將公主哄得服服貼貼那是輕而易舉，讓某個或者某幾個皇子對她傾心不已也很簡單，真到了那個時候，老夫人對她怎樣也就不重要了。可最大的問題是，老夫人也沒有把握，她可不能為了一個渺茫的希望，失去一個靠山！所以，兩相一比較，秦嫣然立刻作了抉擇——牢牢地將老夫人這座靠山給抓穩！

「我沒看錯，還是妳這孩子最貼心，哪像敏瑜，那麼不懂事！」老夫人真的是越看秦嫣然越喜歡，誇完秦嫣然之後，對敏瑜卻又帶了幾分惱怒——要是敏瑜懂事，將這個侍讀的位置讓給嫣然，她根本就不用往皇宮白跑一趟，受人白眼。

「老祖宗，這個和敏瑜妹妹有什麼關係？」秦嫣然笑著為敏瑜說話道：「這件事情原本就是嫣然的錯，是嫣然起了不該有的癡心妄想，讓老祖宗為了嫣然這麼辛苦，和敏瑜妹妹真的沒關係，總不能說因為敏瑜妹妹沒有將公主侍讀的位置讓給我，就怨她吧？或許這對她來說也很重要。」

「妳這孩子就是宅心仁厚，不管她們會不會領情都不忘了為她們說好話，卻不想想，她們背後是怎麼對妳的！」老夫人輕輕地搖搖頭，道：「嫣然啊，有的時候不能一味的以人為善，妳別忘了一句俗語，人善被人欺，馬善被人騎，妳總是這樣的話，她們豈能不欺負妳？」

「我有老祖宗護著，誰能欺負得了？」秦嫣然恭維了老夫人一句，然後又帶了些恍悟和愕然的道：「老祖宗，您為什麼忽然說這樣的話，是不是還有什麼事情沒有告訴我？難道……不，不會的！舅母就算不喜歡我，也不會……」

老夫人心裡本來就認為嫻妃說那些推諉之詞和丁夫人脫不開干係，只是沒有確鑿的證據，不好和秦嫣然說而已，但現在，秦嫣然都已經猜到了，她也沒有再隱瞞下去的必要，她冷哼一聲道：「有什麼不可能的？她原本就反對妳去當這個公主侍讀，阻擾一下也沒有什麼不可能。」

秦嫣然沈默下去，好一會兒才很是傷心的道：「老祖宗，嫣然是不是什麼地方做錯了，為什麼舅母會這樣討厭嫣然，這樣對嫣然……」

「不是妳做錯了什麼，是她們沒有容人之量！她也不見得就是討厭妳，而是……唉！」

老夫人輕輕地嘆了一口氣，將含著眼淚的秦嫣然摟進懷裡，心疼地道：「妳和敏瑜差不多大，卻色色比敏瑜出眾，她這是擔心妳當了這個侍讀之後，會把敏瑜給比下去了。」

這句話算是說到了秦嫣然的心裡，她也覺得自己和敏瑜是雲泥之別，她也一直努力想把敏瑜比得一無是處。但是，她還是滿腔委屈地道：「老祖宗，嫣然從來不敢忘記自己寄人籬下的身分，也知道敏瑜妹妹是舅母的心頭肉，討好她都來不及，又怎麼敢和她相比呢？嫣然真的很委屈啊！」

「這人啊，妳不和她比不代表她就不和妳比啊！」老夫人輕輕地搖了搖頭，然後道：「嫣然，妳也別傷心，就算當不成這個公主侍讀，妳也是老祖宗最疼愛的那個。」

「嫣然知道，不管嫣然變成什麼樣子，老祖宗都會心疼嫣然。」秦嫣然說著自己都不會相信的話，然後又滿是失落的道：「只是，舅母這般厭惡嫣然，嫣然真的不知道以後能不能留在老祖宗身邊，孝敬您一輩子了。」

老夫人微微一怔，但頃刻卻又發狠似地道：「這個妳不用擔憂，只要有老祖宗在，妳就一定能夠留在耒陽侯府的。」

「嫣然相信！」秦嫣然點點頭，而後又揚起一個笑容道：「實在不行的話，嫣然一輩子不嫁，一輩子陪著老祖宗也就是了！」

第十章

「表姑娘，這是福德樓的豌豆黃，您嚐嚐！」荷姨娘殷勤地為秦嫣然挾了一塊點心，素來怯怯懦懦的她臉上神采飛揚，笑吟吟地道：「知道表姑娘喜歡吃福德樓的點心，我才特意讓人去福德樓買來給您品嚐。」

秦嫣然不客氣地嚐了一口，讚了一聲「好吃」，而後看看神采奕奕的敏柔，再看看渾身透著喜氣和不一樣光彩的荷姨娘，笑著道：「福德樓的點心可不好買，荷姨娘費心了。」

福德樓是京城有名的點心鋪子，點心的種類多、味道好，做得也十分精緻，就連宮裡的貴人也喜歡，不時地會遣了內侍出宮來買。也正是因為這樣，福德樓的點心不但比一般的點心鋪子要貴，買點心還得排隊等候，十分的麻煩。秦嫣然知道這些是因為老夫人最愛吃福德樓的點心，侯府每天都有專人為她去買。

「只要表姑娘喜歡，費點心思又算什麼呢！」荷姨娘眉宇間帶著秦嫣然從未見過的得意，也帶了幾分討好，得意是因為她的努力沒有白費，耒陽侯果然很喜歡她泡的功夫茶，這三天不但照例宿在了她房裡，其間青姨娘以身體不適為藉口讓身邊的丫鬟來請的時候，耒陽侯雖然也去了，但只是去轉了一圈就回來了。這對荷姨娘來說是個驚喜，也是成功的信號，證明她真的憑藉著這一手功夫茶得了耒陽侯的歡心，沒看家裡的管事嬤嬤對她也客氣了幾分了嗎？至於討好……

荷姨娘清楚，自己之所以能夠將耒陽侯留下，是因為有了秦嫣然的指點，學會了秦嫣然「自創」的功夫茶茶藝，但是她也知道，光憑這個並非長久之計，青姨娘可不是善茬，她現在一定在打聽自己用了什麼手段獲得了侯爺歡心，而她能瞞得過一時，卻瞞不了太久，只要青姨娘知道了其中的奧妙……

雖然恨極了青姨娘，但荷姨娘卻不得不承認，除了模樣之外，青姨娘什麼地方都比自己更強、更出色，她進府之後一直被侯爺寵著實非偶然。要是讓她知道自己憑藉一手泡茶的技巧留住侯爺，相信不用多久，她就能用相同的手段、更高的技巧，將侯爺重新攏了去。所以，荷姨娘清楚，自己佔優勢的不是因為這麼一手讓侯爺另眼相看的茶藝，而是因為表姑娘的幫助。

「是啊、是啊！是要表姊喜歡，費點心思又算什麼呢？」敏柔笑著附和荷姨娘，然後很是感激地道：「表姊對姨娘可是有大恩的，要不是表姊教了姨娘泡功夫茶，父親這幾天又怎麼可能宿在姨娘房裡，連青姨娘都請不走，那些跟紅頂白的奴才更不會忽然之間變了臉，巴結上了姨娘！要是換在以前，姨娘要派人去買福德樓的點心，不但要費些周折，還得給管事嬤嬤些好處，哪能像今天，不過是和管事嬤嬤吱了一聲，她就讓人套了馬車，送丫鬟去買點心。說來說去，也都是表姊的功勞。」

「妳這張嘴，越來越會說話了！」秦嫣然笑著拍了敏柔一下，然後道：「幾個姨娘中，荷姨娘性情最好，長得也最美，得舅舅喜歡也是理所應當的，我不過是幫了個小忙，哪能當得起妳這樣說？」

「當得起、當得起！我自己是什麼樣的，自己心裡很清楚，長得雖然要好一些，但除了模樣之外還真沒有什麼值得一提的。侯爺可是見慣絕色美人的，如果不是因為表姑娘的指點，恰好投了侯爺的好，長得再美也不可能讓侯爺上心。」荷姨娘連忙應著，然後帶了幾分奉承，滿臉感激地道：「今日請您來最主要的是要向您表達謝意，謝謝您的指點。」

荷姨娘的話讓秦嫣然有幾分自得，也很受用，覺得她們還算有良心，知道自己有恩於她們，不枉她指點一番，但嘴上卻還是謙虛客氣了兩句。

「表姊，妳也別客氣了，姨娘和我都應該好好的謝妳。」敏柔笑著，然後遞了一個盒子給秦嫣然，道：「表姊，這是姨娘為您準備的一份薄禮……妳也知道，姨娘出身不好，又不得父親看重，平日裡得的賞賜也極少，都是靠著月例過日子，囊中羞澀，只能給妳準備這麼一份簡陋的謝禮，還請表姊不要嫌棄。」

「能幫妳們我就已經很開心了，這個就不用了。」秦嫣然輕輕地推了一下，她也不覺得荷姨娘能送自己什麼好東西，但是荷姨娘和敏柔這麼知趣卻讓她心裡很舒服。

「表姊，這是姨娘的心意，妳就收下吧！」敏柔將盒子塞到秦嫣然手裡，然後笑著道：「表姊要是不收的話，我們會當表姊看不上這謝禮，那我和姨娘就只能重新準備，直到妳願意收下了。」

「妳……那好，我收下就是了。」話說到這個分上，秦嫣然只能接過盒子，卻沒有打開看，而是順手將它放在一旁，然後笑著道：「這樣敏柔妹妹和荷姨娘滿意了吧！」

秦嫣然沒有打開盒子，敏柔和荷姨娘都有些失望，盒子裡放的是荷姨娘最得寵的那些年耒陽侯給她的幾顆珍珠，每一顆都是渾圓不見半點瑕疵。荷姨娘一直沒有將它們打成首飾，一來是捨不得，二來要將它們加工成首飾還需要花一筆錢，荷姨娘可沒有那麼多的閒錢，於是乾脆將珍珠珍藏起來。

原本荷姨娘還存了心思，想將這些東西留到敏柔嫁人，給她當嫁妝也好，打首飾頭面撐場面也罷，都是不錯的。這一次將它們拿出來作為謝禮，荷姨娘和敏柔都有些心疼，但為了討好秦嫣然，為了請秦嫣然繼續幫她們，再怎麼捨不得她們也是能割肉了。

「滿意、滿意！」敏柔笑著點頭，而後坦言道：「表姊，其實今天請妳來，除了想當面向妳道謝之外，還想求妳再給姨娘出出主意。」

「再出主意？」秦嫣然的眉頭皺了起來，嘗到甜頭的荷姨娘和敏柔會繼續求她出主意想辦法，她其實一點都不意外，要是她們就此感到滿足那才不正常呢！

「是。」敏柔點點頭，輕聲道：「功夫茶確實讓父親對姨娘另眼相看，但是妳也知道，青姨娘的手段多，桂姨娘心眼又比姨娘多，姨娘光憑這個恐怕留不住父親多久，只能繼續麻煩表姊了。」

「這個……」秦嫣然面帶難色地看著敏柔，道：「敏柔妹妹，不是我不願意幫妳，可是我真的也很為難啊！公主侍讀的事情妳應該也看出來了，舅母嘴裡說心疼我、喜歡我，但實際上呢？我都那麼求她了，她但凡對我有一點點憐惜之情，就不會想都不想的就拒絕了我的請求。要是我給荷姨娘出主意的事情再讓她知道的話……敏柔妹妹，老祖宗再怎麼喜歡我，這個家的當家人還是舅母啊！」

「表姊，還求表姊看在姊妹的情分上再幫幫我，再幫幫姨娘，我們一定會瞞著母親，不讓她知道這件事情的。」敏柔哀求地看著秦嫣然，道：「只要表姊妳幫我們，不管最後成或不成，我都會感激表姊，也會什麼都聽表姊的。」

「妳這不是讓我為難嗎？」秦嫣然等的就是敏柔這句話，但卻還是沒有一口答應，至於丁夫人會不會因此生她氣，卻是沒有放在心上的——要是讓荷姨娘得了寵，甚至對丁夫人產生威脅那才更好，誰讓她對自己那般無情，生生地讓自己失去了一個出頭的好機會。

「表姊，我也知道這會讓妳為難，可是這府裡除了妳之外，真的沒有人能幫我們，也沒有人會幫我們了，我們只能求妳了。」敏柔一副可憐模樣地看著秦嫣然。

「唉……」秦嫣然輕輕地嘆口氣，道：「好了，敏柔妹妹，妳什麼都別說了，我儘量幫妳和荷姨娘就是了。誰叫這府裡除了老祖宗以外，就妳對我最真心、最好呢，我又怎麼忍心不幫妳呢！」

「表姊，謝謝妳！」敏柔握住秦嫣然的手，然後道：「我也會一直站在表姊身邊，一直聽表姊的話，不管表姊做什麼，我都會支持妳的。」

「那倒不至於。」秦嫣然拍拍敏柔的手，然後看著荷姨娘道：「我會幫妳的，但應該怎麼做才能繼續幫妳，我還真是沒有什麼頭緒，還請荷姨娘容我回去慢慢地想想。」

「不急、不急，表姑娘慢慢想就是。只要表姑娘肯幫我們，我們就已經是感激不盡了，至於成不成那也要看我有沒有那個福。」荷姨娘雖然沒什麼見識，但場面話還是會說的，她笑著道：「表姑娘聰明絕倫，我相信您一定能想出好辦法的。」

「我哪有那麼好！」秦嫣然失笑，道：「不過，荷姨娘都這樣說了，我不竭盡全力的幫妳想辦法還真是說不過去了。」

秦嫣然這話讓荷姨娘和敏柔臉上都露出喜色，似乎看到了光明的未來一般……

「小鈴鐺真聰明！」敏瑜將手上的肉脯遞給乖巧的小狗，眼中滿是喜歡。

「那是！」福安公主臉上帶了自豪，道：「我天天陪小鈴鐺訓練，只要將東西丟出去，不管丟多遠，牠都能幫我撿回來，可乖了。」

「汪汪……」渾身雪白的小鈴鐺似乎聽懂了福安公主在誇獎自己，忙裡偷閒地叫了兩聲，然後又啃起嘴邊的肉脯，把在場所有的人都逗得笑了起來。

「牠聽得懂我們說什麼嗎？」敏瑜帶了幾分驚奇地問道，滿眼都是欣羨，恨不得眼前這個可愛又聰明的小東西是自己的。

「應該聽得懂吧！」福安公主也拿不準，給了一個模稜兩可的回答，然後又道：「我天天和牠說話，牠那麼聰明，就算不能說話，但聽懂我們說什麼應該還是可能的。」

「真好玩！」敏瑜輕輕地摸了摸小鈴鐺的毛，又是羨慕又是感慨的道：「要是我也能養這麼一隻小狗該多好啊！」

「這還不簡單？一會兒我和母妃說一聲，讓人再去抱一隻過來就是了。」福安公主笑咪咪的道：「到時候我們還可以比一比，看誰的狗狗更聰明。」

「娘不准我養狗，說我肯定會整天的只顧著和狗狗玩，把課業丟一邊去。」敏瑜苦了臉，她倒真的是想養隻小貓、小狗，可是丁夫人一直不同意。上次好不容易才說通了丁夫人，讓她答應從老夫人那裡抱隻小貓，結果還被秦嫣然搶了。

「那就沒辦法了。」福安公主知道當娘的都不喜歡孩子養貓貓狗狗，嫻妃娘娘也是，她養這隻小狗也是求了好久，嫻妃娘娘才點頭的。不過，她眼睛一轉，道：「妳不是要進宮和我作伴，一起讀書的嗎？到時候我們天天在一起，妳每天都能見到小鈴鐺，那和妳養的也沒有多大區別了。」

「只能這麼想了。」敏瑜嘆口氣，她真的很想養一隻小狗或者小貓的，但她也清楚，丁夫人定然不會同意，與其說了之後讓丁夫人訓斥一頓，還不如就此作罷。

「對了，妳那個表姊到底是個什麼樣的人啊？」福安公主忽然想起前幾天老夫人進宮的事情，她輕輕地撇了撇嘴，道：「老夫人前些天進宮，在母妃面前把她誇得跟什麼似的……哼，老夫人的話我是一句都不相信，妳和我說說。」

「我不知道祖母是怎麼對娘娘說的，不過我那個表姊確實很出色。」敏瑜笑笑，丁夫人從小就要求她，不准她背著人說他人的壞話，和敏心、敏玥一起抱怨還能說同仇敵愾，但要是和福安公主說了，那就違背了丁夫人的教導了。

「哦？怎麼個出色法？」福安公主有了幾分興致，她原本以為老夫人不過是為了替秦嫣然求得侍讀之位而誇大其詞，現在看來卻不一定了。

「秦表姊雖然只比我大半歲，但已經認識了很多字，先生教的「女四書」都能夠熟背，四書五經也能通順地讀完，字寫得也不錯，比我那手勉強能入眼的字好了太多，先生也說，像我們這個年紀的女孩兒，能寫那樣的字著實難得。不論棋、畫，或是琴藝，都比我出色得多，就算我最近這兩個月來加倍努力，也遠遠的比不上她。」敏瑜想了想，決定如實說。

「就這樣？老夫人把她誇得……我還以為有多了不起呢，原來也不過如此。」福安公主有些失望，皇宮裡才女可多了去，三歲能賦詩，五歲能作畫，七歲能彈奏〈陽春白雪〉，八歲、九歲就才名遠播，十三、四歲便名冠京華，甚至天下聞名的都不少，福安公主見多了，也見煩了，真不覺得才女有什麼了不起的，更何況這個秦嫣然和她們相比起來，還真是差遠了。

「已經很了不起了，起碼我是比不上的。」敏瑜心平氣和的道，她現在明白了，比別人差並不是什麼恥辱，只要能夠努力地讓自己進步那就是好的。

「妳犯得著和她比嗎？」福安公主輕輕的白了敏瑜一眼，道：「妳就是妳，她還是她，幹麼要和不相干的人相比？」

「這叫做知恥而後勇！要是沒有個榜樣和趕超的目標，我哪能加倍的努力呢？」敏瑜吐了吐舌頭，沒有說出她現在最大的願望就是勝過秦嫣然，而是問道：「公主怎麼忽然問起秦表姊來？」

「純粹好奇。」福安公主也吐了吐舌頭，道：「妳不知道，妳祖母那天一個勁兒地誇她，想讓母妃鬆口答應讓她當我的侍讀，甚至還透露出讓她頂替妳的意思……哼，光這一點就讓人生氣了，她算什麼東西！」

敏瑜一點都不意外，那日在家中，祖母不就已經這麼說了嗎，她輕輕地搖搖頭，道：「其實這也不能怪祖母偏心，只不過她覺得我當不當這個侍讀其實都一樣，對表姊來說卻不同，所以想為表姊爭取一下罷了。」

「那也不能踩著妳吧！再說，我真心想要的只有妳一個，別的多一個少一個都無所謂，憑什麼用一個我壓根兒就不認識的頂替妳呢？」福安公主還是很不滿，她頓了頓，道：「更何況這個秦嫣然和妳關係不好，我才不想要個和妳不對頭的呢！」

「公主怎麼會說表姊和我不對頭？」敏瑜微微一愣，不明白福安公主為什麼會說這樣的話，她很肯定自己只和福安公主提過，家中來了一個長得好、又聰明的表姊，更多的就沒有說過了。

「這還不簡單啊？」福安公主皺皺鼻子，道：「妳都沒有和我說過她好，她能是個好的嗎？」

呃……敏瑜無言以對，而福安公主繼續道：「再說，我們可是最好的朋友啊，妳要真的想讓她一起，直接和我或者母妃說也就是了，哪裡用老夫人親自跑一趟？」

也就是說祖母往宮裡跑也算是弄巧成拙了？敏瑜噗哧一聲笑了起來，然後認真地道：「公主說的一點都沒錯，我確實和表姊的關係不好，甚至還經常起爭執。」

「那就是說，母妃拒絕老夫人是一點都沒錯了，要不然的話我們身邊就多了個討厭的人。」福安公主笑著，沒有問敏瑜和秦嫣然之間到底是什麼矛盾，她和敏瑜是好朋友，敏瑜不喜歡的她也不喜歡，不用問緣由。

敏瑜想了想，說道：「我和表姊關係不好，有不少齟齬，但表姊還是有她的好，並沒那麼惹人厭。」

「她和妳關係不好，那就是她不好！」福安公主卻不想那麼多，人都是偏心的，她也不例外。

「誰不好啊？是我嗎？」外面有人插進話來，還叫冤道：「七妹妹，我可很久都沒有招惹妳了，妳可不能說我不好啊！」

「九哥哥，你怎麼來了？」福安公主不滿地看著來人，道：「你這麼冷不丁的出聲音，就不擔心嚇到我們嗎？」

「妳們是那種膽小的嗎？」九皇子笑盈盈地反問一聲，然後笑咪咪的看著敏瑜，道：

「敏瑜妹妹，好久沒有見到妳了，可把我給想壞了！」

「臣女丁敏瑜見過九皇子。」敏瑜規規矩矩地向九皇子行禮，一點都沒有親近的意思。

「敏瑜妹妹，我們之間不用這麼客套生分吧！」九皇子對敏瑜的疏遠很不滿意，他上前一步，道：「我可是聽母后說妳跟著侯夫人進宮就飛奔過來了，我都三、四個月沒有見到妳了。」

「這是規矩。」敏瑜退了一步，九皇子是皇后所出，丁夫人每次進宮都會到皇后宮裡請安，敏瑜和九皇子自然也不陌生，甚至還是很好的玩伴。敏瑜以前進宮經常和他還有福安公主一起調皮搗蛋，不知道惹了多少禍，然而，這一、兩年來卻疏遠了很多，主因是九皇子以前總夥同福安公主和敏瑜捉弄別人，現在卻喜歡捉弄敏瑜。

「敏瑜妹妹，別這樣嘛！」見敏瑜退了一步，九皇子也不著惱，笑咪咪地又上前兩步，道：「這麼久沒有見到妳，我可想妳了！妳呢？應該也想我吧！」

「不想！」敏瑜一點好臉色都不給他，想他？要是可以的話，她恨不得永遠不要再見到他，上次見他，他往自己身上放了一隻蜘蛛，把自己嚇得一邊蹦跳，一邊拚命地想把蜘蛛拍下去；再上次，他悄悄地往自己頭上插了草標，然後當著大人面往自己手裡塞了一顆金豆子，說要買下自己……每次見到他都要被他作弄，能想他嗎？

「我傷心了！」九皇子裝模作樣地捂著胸口，然後從懷裡掏出一個盒子，笑咪咪的道：「敏瑜妹妹，妳猜猜這是什麼？」

「我不想知道！」敏瑜連連後退，想也知道那盒子裡不會有什麼她喜歡的東西。

「可是我想妳知道嘍！」九皇子連連逼近，逼得敏瑜退無可退的時候，壞笑著打開盒子，一隻被關了許久的小老鼠從盒子裡躥出來，躥到敏瑜身上，把敏瑜嚇得尖叫起來……

「敏瑜妹妹，明兒就要換新的先生授課了，妳見過新請的先生嗎？知道她們擅長什麼嗎？能不能和我們說說，我真的好好奇，很想知道啊！」女紅課上，秦嫣然頗有幾分得意地問道。

先生們最近一個勁兒地誇讚敏瑜、敏心，卻不止一次的批評秦嫣然，這讓秦嫣然又怒又惱，便在老夫人面前說了很多先生們的不是，老夫人聽了她的話，就逼著丁夫人換先生。昨天晚上，老夫人告訴她，已經請了新的先生。

「表姊，妳算是問錯人了，我只知道母親新聘請了先生，別的一無所知。」敏瑜輕輕地搖搖頭。

「妳也不知道？」秦嫣然瞪大了眼睛，一臉的不相信，道：「妳怎麼可能也不知道呢？難不成新來的先生到底怎樣，舅母連妳都沒有告訴嗎？」

「我沒有問，娘也沒有說。」敏瑜點點頭，而後直接道：「再說，又不是我對先生們有意見，吵著嚷著的非要換先生，自然不必關心這個了。」

敏瑜的話讓秦嫣然的臉上閃過一絲陰霾，但很快又笑道：「我知道敏瑜妹妹過完年就要進宮陪公主讀書，用不上家中的先生了，換不換先生、換什麼樣的先生，對敏瑜妹妹來說沒那麼重要。可是，現在離過年不還有一個月嗎？妳起碼還要跟著先生們上半個月的課，難道妳就一點都不好奇未來半個月要跟什麼樣的先生學習？」

「我素來沒什麼好奇心，這個表姊應該知道。」敏瑜皮笑肉不笑地回了一句。

她不好奇？好奇寶寶居然這麼說，也不覺得臉紅！秦嫣然心裡冷嗤一聲，臉上卻帶了一絲恍然，道：「我明白了，可是妳進宮陪伴公主的時間提前了？敏瑜妹妹，妳昨日的情緒似乎不太好，可是因為要提前進宮而鬧脾氣了？要真是這樣的話可就不該了，能提前進宮是好事……」

「表姊怎麼會認為我要提前進宮呢？」聽秦嫣然提到昨日，敏瑜就忍不住想到九皇子作弄自己的事情，臉色微微一沈，心情也不好起來——對她來說進宮陪伴福安公主最討厭的，就是和九皇子的接觸會增多，被他捉弄的可能也會更多，想到這裡，她還真希望出現變故，讓她當不成福安公主的伴讀，也不用整天擔心被人捉弄了。

「我猜的。」秦嫣然一直在觀察敏瑜的神色，見她沈下臉，便又帶了些試探地道：「敏瑜妹妹，看妳的樣子，我好像猜對了哦！」

「表姊素來聰穎機敏，更擅長猜度人的心思……」敏瑜心裡惱怒，便故意誇了秦嫣然一句，見她流露出「果然如此」的神情之後，卻又笑笑，道：「可惜的是，表姊這次猜錯了。什麼時候進宮陪公主，那得照著章法、照著規矩來，不是隨隨便便就能改變的。」

猜錯了？那是什麼原因讓敏瑜提到進宮就沈了臉呢？秦嫣然眉頭微微皺起，思索著可能讓敏瑜不悅的事情，然後眼睛微微一亮——或許是和公主之間發生了什麼不愉快？要是那樣的話會不會給自己帶來什麼轉機呢？

雖然不知道秦嫣然在想什麼，但敏瑜卻不認為她腦子裡會轉什麼好念頭，她笑笑，道：「不過，表姊會猜錯也情有可原，畢竟表姊到京城的時日短了些，很多規矩章法都不知道。」

秦嫣然的臉色一冷，她知道敏瑜這話的意思，不就是想說自己是鄉下人不懂規矩嗎？她心裡惱恨不已，就此打住話題卻又心有不甘，便朝著敏柔使了個眼色，讓她接話。

得了秦嫣然的暗示，敏柔立刻笑盈盈地道：「二姊姊，妳要是知道新來的先生如何就和我們說說吧，我們真的很想知道。」

「我卻是不知道！」敏瑜輕輕地一挑眉，道：「新來的先生怎樣，和我一點干係都沒有，我犯不著去打聽什麼。」

「二姊姊怎麼說這樣的話？難道二姊姊不跟著新來的先生學習嗎？」敏柔眨了眨眼。

「原來三妹妹知道啊！」敏瑜滿臉裝出來的詫異，道：「既然知道，妳和表姊解釋一下，讓她別盯著我追問不休了。」

「知道什麼？」敏柔微微一愣，和秦嫣然相視一眼，心頭都浮起不妙的感覺。

「妳不知道母親是特意為妳和表姊請了先生嗎？」敏瑜瞪大了眼睛，反問了一句，又道：「是妳和表姊說先生們對妳們不公平，錯待了妳們，在祖母面前又是哭訴又是撒嬌，求著祖母想辦法換先生的，對吧？」

「這個……」她們是在老夫人面前說先生們對她們不好，但就這麼坦然承認也不大好，敏柔一時之間有些不知道應該說什麼是好。

「怎麼？難道三妹妹沒有說那樣的話，那些話都是表姊說的？」敏瑜滿臉疑惑地看著敏柔，毫不猶豫地把秦嫣然拉下了水。

「我可沒有那樣說，我只是好奇，二姊姊認為我們應該知道什麼？」或許是因為耒陽侯最近忽然重視起忽視了很久的荷姨娘，時不時的會去清荷院小坐的緣故，敏柔也有了不小的變化，最明顯的就是她不再像以前那樣怯怯懦懦，和她說話的人聲音一大，她就噤若寒蟬不敢出聲了。

「看來妳們還真的是什麼都不知道啊！」敏瑜笑了，道：「新來的先生是怎樣的，和我，和大姊姊、四妹妹都沒有什麼關係，從明天起，表姊和三妹妹就由新來的先生教導，但是我們三個卻不變，還是黃先生她們教導。」

「什麼？」秦嫣然騰地一下站了起來，敏瑜的話讓她很意外，她甚至懷疑自己是不是聽錯了。

「表姊看起來很吃驚啊！」敏瑜縮了縮鼻子，道：「我剛剛也說了，對先生有意見，吵著嚷著非要換先生的可不是我們。相反，我們都覺得現在的這幾位先生很好，雖然嚴格了一些，要求也高，但俗話說得好，嚴師出高徒，先生嚴格點並不是壞事。所以，在某些人吵著嫌棄先生們的時候，我也和娘說了，現在的先生已經很好了，我們也很習慣她們的教導，還請娘不要聽了某些人的一面之詞就辭退先生，而娘仔細思索之後，決定留下黃先生她們，繼續教導我們三個，再單獨為表姊和三妹妹另請先生。」

單獨為她和敏柔另請先生？秦嫣然沒有被重視的感覺，腦子裡只是一陣發懵，心裡忽然有了一種明悟——古人似乎也不是那麼好糊弄的！

第十一章

時間過得飛快，很快就過了年，到了敏瑜進宮當侍讀的日子。

和皇子一樣，福安公主也是每日卯時開始上課，午時兩刻下學，其間有一個時辰的休息時間，每五日有一天休沐，和皇子們不一樣的是，福安公主每天只有一堂課。

身為公主侍讀，敏瑜需要在卯時之前進宮，並趕到嫻甯宮的西配殿，那裡是嫻妃娘娘為福安公主上課特意準備的，她和幾個侍讀會在那裡接受嬤嬤和先生們的教導。

這日，敏瑜寅時就起身，用最快的速度洗漱穿衣，然後坐上丁夫人為她準備的馬車前往皇宮，等到午時兩刻下學，向公主和嫻妃娘娘告退之後，又坐著馬車慢慢回家，等一身疲倦的她回到耒陽侯府，已經是未時了。

敏瑜回到房裡的時候，丁夫人已經等了好半天了，她帶了幾分心疼，一邊親自幫敏瑜換衣裳，一邊關心地問道：「瑜兒，今天是進宮的第一天，感覺怎麼樣？」

「娘，好累啊！」丁夫人的舉動讓敏瑜心裡暖暖的，她撒嬌道：「一個上午就跟著楊嬤嬤學規矩和儀態了。娘，楊嬤嬤還真的是很嚴格啊，光是一個坐姿就練了一個早上，坐得我是腰痠背痛，現在都還沒緩過來，可就算這樣，嬤嬤也只給了一個勉強入眼的評語。」

楊嬤嬤可是皇宮眾多教養嬤嬤中最有名也最嚴厲的，她以前負責教導的都是剛剛被選進宮的秀女，經她教導出來的秀女規矩都是一等一的好，但受的苦也是一等一的多。嫻妃娘娘知道女兒被眾人嬌寵著，規矩鬆散了些，又擔心一般的嬤嬤不敢對福安公主太嚴格，這才選中了楊嬤嬤。

「楊嬤嬤的規矩沒得挑，跟著她學規矩，吃苦也是難免的。」丁夫人自然知道楊嬤嬤有多麼的嚴厲，她接過秋霜捧過來的衣裳，為敏瑜換上，道：「但只要跟著她把規矩和儀態學好了，定然終身受益，妳可不能因為吃苦受累就打退堂鼓或者敷衍了事。」

「我知道。」敏瑜點點頭，道：「從上課到下學我一直很認真的聽楊嬤嬤的話，努力地照著楊嬤嬤的指點去做，就連休息、喝茶、吃點心的時候都沒有放鬆。王蔓如和馮英都笑話我，馮英說我傻乎乎的，連偷個閒都不會，王蔓如卻酸溜溜地說我愛表現！」

王蔓如和馮英也是福安公主的侍讀，王蔓如是內閣大學士王大人的嫡孫女，是那種溫柔可人的女孩兒，長得不算頂漂亮，但一張秀秀氣氣的小臉只有巴掌大，人又有些清瘦，看起來就楚楚動人。馮英則是威遠侯的嫡次女，威遠侯祖上是行伍出身，威遠侯自己也曾經幾次領兵，是當朝的一員虎將。威遠侯府的子孫，無論男女都要學習騎射，馮英七歲就學習騎射，也造就了一身的英姿颯爽。

「哦？」丁夫人的眉頭輕輕一挑，道：「那麼福安公主呢？她有沒有笑話妳呢？」

「公主倒是覺得我做得對，還和我一樣，就連休息時間都沒有鬆鬆垮垮的。」敏瑜笑了。她今日對福安公主的態度和王蔓如、馮英一樣，甚至比她們兩人還要恭敬和謙卑，但福安公主仍是一如既往的將她當成了好朋友，這讓她心裡很開心。

丁夫人笑了，一聽這話，她就知道，王蔓如說酸話的原因定然不是因為敏瑜愛表現，而是因為福安公主對敏瑜表現出了不一樣的親近，讓她感到失落甚至開始嫉妒了。

和敏瑜不一樣，馮英和王蔓如的侍讀位置都是動用關係才得到的。馮英是威遠侯嫡次女，威遠侯是掌了兵權的一等侯，比耒陽侯可尊貴得多，但馮英的生母出身不好，還是威遠侯的繼室。威遠侯常駐兗州，威遠侯府是老夫人當家，已故先夫人的子女對她不冷不淡，讓她們母女在侯府的地位都很尷尬。

而王蔓如雖然是內閣大學士的嫡孫女，但生父卻並非王大人的長子，而是次子，像她這樣的嫡親孫女並不少，姊妹多了，爭風吃醋的事情也就多了，王蔓如也就養成了愛拈酸的性子。

讓敏瑜當公主侍讀，丁夫人看中的是嫻妃娘娘為福安公主安排的先生和嬤嬤更好，黃先生等人雖然已經很優秀、很出名了，但和宮裡的先生、嬤嬤卻還是沒法比的，跟著她們學習，起點更高、要求更高，敏瑜也會學得更出色。加上丁夫人希望讓女兒早一點明白何謂尊卑，學會看清自己的身分、擺正自己的位置，這才讓她進宮去當侍讀。

馮英和王蔓如則不一樣，她們更看重的是這個能夠提升她們身分、地位的機會，讓她們從自己姊妹和京中眾多同齡的官家姑娘中脫穎而出，從而改變她們的未來。當然，和公主相處好了，也能夠給她們帶來巨大的好處。

目的不同，對公主的態度自然也就不一樣。敏瑜對福安公主會保持足夠的尊重，但是除了一貫的親暱之外，並不會刻意的巴結討好、阿諛奉承；而她們兩人定然不能保持平常心，定然會竭盡所能的和福安公主交好，藉此讓福安公主感受到她們的好，對她們另眼相看。

可惜福安公主可不是想討好就能討好的，誰是真心與她交好，誰又是刻意地討好她，她不會說，但卻心如明鏡。尤其這兩個人對她來說不過是侍讀，敏瑜卻是和她一起長大的好友，親疏有別。她不會故意地冷落疏遠這兩人，但一定會讓她們看到她對敏瑜的不一樣。

「那妳自己又是怎麼想的？為什麼沒有嬤嬤在一旁看著也不放鬆一下呢？」丁夫人接著問，臉上帶了隱隱的期望。

「楊嬤嬤說了，她教導的是規矩、是儀態，為的不只是讓我們知禮受禮，更是培養我們與眾不同的氣質，想要達到那樣的效果，我們就得嚴格要求自己，讓自己人前人後、一言一行、一舉一動都照著她的要求來，剛開始定然會很累，但日積月累之後，那些規矩就會成為我們的習慣，也只有到了那個時候，才算是學好了。」敏瑜回想著楊嬤嬤之前說的話，然後又道：「娘，我一直覺得皇后娘娘和嫻妃娘娘怎麼看怎麼都好看，以前不明白為什麼，但是今天楊嬤嬤這麼一說，我忽然間就明白了。那是皇后娘娘和嫻妃娘娘已經做到了將規矩儀態融入骨子裡，再加上她們自己特殊的氣質。想通了這一點，我才決定片刻都不放鬆，雖然剛開始會累一些，但我相信，慢慢的我就會習慣，也就不會覺得累了。」

「妳這樣想娘就放心了！」丁夫人將敏瑜頭上不多的髮飾取下，輕輕地撫摸著她的頭髮，道：「妳現在還小，現在跟著楊嬤嬤學規矩，那些規矩就能像妳說的，融到骨子裡去，所以，就算是再累、再辛苦也要堅持下去。」

「我明白，娘，我不怕累的。」敏瑜點點頭，然後帶了些好奇的道：「娘，您小的時候也是這樣學的規矩嗎？」

「娘小的時候可沒有這樣好的機會和條件。」丁夫人搖搖頭，帶了些傷感的道。「妳也知道，娘七歲那年，娘的親娘——妳的親外婆就過世了，妳外公心疼我和妳舅舅，也擔心再娶的繼室會在他看不到的地方對我們姊弟倆不好，畢竟看似賢慧的繼室將原配留下的嫡子、嫡女養成廢人的可不罕見，因此堅持不再娶。外曾祖母原本就很心疼娘，在教導為人處事、學習管理庶務的時候也很嚴格，但規矩學得卻很鬆散，所以娘並沒有好好的學過規矩。娘十二歲那年，先皇為諸位皇子選妃，京城三品以上官員的嫡女都是備選之人，娘自然也名列其中，也就是到了那個時候，娘才愕然發現，自己的儀態和規矩真不怎麼樣。」

「所以，娘就落選了？」敏瑜眨著眼睛，這件事情她還真沒有聽說過，她看著母親，道：「娘，您是不是覺得很遺憾？」

「遺憾？那還真沒有！嫁給妳父親，又生了你們兄妹四個，娘覺得人生真的很圓滿了。而當年那些被選中、嫁進皇室的女子，也不見得就比娘過得幸福。」丁夫人搖搖頭，而後笑著道：「落選之後，娘終於認識到自己的不足，下了狠功夫學規矩……想在短時間內將規矩學好可不是件容易的事情，為此，娘付出了常人難以想像的努力、汗水，和艱辛，娘不希望妳和我一樣。」

「我知道，我會好好學的。」敏瑜點點頭，卻忍不住地打了一個呵欠。

丁夫人輕輕地拍拍她的臉，牽著她上床，等她躺好之後為她蓋上被子，疼愛地道：「妳睡一會兒吧，養足了精神明天才有精力好好學習呢！」

「嗯。」敏瑜應了一聲，閉上眼睛，很快就沈沈睡去，丁夫人站在床邊看了好一會兒，才輕輕地離開……

「敏瑜，妳整天這樣端坐著不累嗎？」馮英看著敏瑜正襟危坐的樣子，直接問道。她們進宮陪福安公主已經半個多月了，彼此之間更熟悉了，說話也少了幾分客氣。

「累！」敏瑜乾淨俐落地回答了一聲，她看看同樣沒有鬆懈的福安公主，淡淡地笑道：「可是不能因為累就偷懶，妳說可是？」

「妳的意思是我們兩個不認真、偷懶了？」王蔓如笑得溫溫柔柔，但說出來的話卻一點都不溫柔，這半個月她算是看出來了，對福安公主而言她們就只是侍讀，雖然她沒有頤指氣使、目中無人，但上位者的姿態還是十足的，對敏瑜卻不一樣，說話、動作都透著親暱。這讓王蔓如又是羨慕又是嫉妒，恨不得取而代之。

「這是妳說的，和我無關。」敏瑜淡淡地回了一句，而後對臉色微微一沈的馮英道：「楊嬤嬤可是宮裡最好的嬤嬤，如果我們不是有幸成了公主的侍讀，根本不可能請她來教我們，學規矩是很累，可是想想這來之不易的機會，再累也應該咬緊牙關才對。妳們也不希望學不好規矩，讓別人笑話，甚至連累公主也被人取笑吧?!」

馮英和王蔓如不一樣，雖然她也因為福安公主的區別對待而對敏瑜起了嫉妒之心，但是她天生就是爽利的性子，沒有什麼城府，更不是那種心裡做事的人，她會故意和敏瑜嗆聲，也會故意挑剔敏瑜，但卻怎麼都學不會笑咪咪地說些陰陽怪氣的話在那兒做派。

「沒有那麼嚴重吧！」馮英愣了愣，神色卻已經有了幾分緩和。

「那可不好說，當我們成為公主侍讀的那一天，我們身上就已經有了不一樣的烙印，我們的一舉一動雖然不能夠代表什麼，但是多少會影響公主的聲譽。」敏瑜輕聲解釋道：「馮英，打一個不是很貼切的比方，要是妳身邊的丫鬟沒規矩、粗鄙不堪，別人會不會連著妳一起取笑、一併看不起呢？」

「妳說的倒也有幾分道理。」馮英倒也是個能夠聽得進別人意見的，見敏瑜態度很認真，便也認真的想了想敏瑜的話，越想越覺得敏瑜說得沒錯。

王蔓如輕輕地哼了一聲，但是馮英明顯消停了，她就不再說什麼了，她是那種跟在背後煽風點火，卻怎麼都不敢直接上前的性子。

福安公主輕輕地瞟了王蔓如一眼。對這個侍讀她並不滿意，甚至還對嫻妃娘娘發過牢騷，說過不想要她的話，但是嫻妃娘娘卻不同意將她換走，而是讓福安公主學會包容，學會和不喜歡甚至仇視的人和睦相處、談笑風生。嫻妃娘娘都這麼說了，福安公主也只能忍了。

馮英腦子裡琢磨著敏瑜的話，敏瑜和福安公主則稍微調整著她們的坐姿，務必讓自己在保持楊嬤嬤所要求的姿態下坐得更舒服，王蔓如腦子裡則飛快的轉著某些念頭，配殿裡一時之間安靜下來，直到一個聲音打破了這一室的沈寂——

「七妹妹，我來看妳了！」

「九哥，你今天不上課？」福安公主起身，似笑非笑地看著視線總往她身後飄的九皇子，用腳趾頭想都知道，九皇子定然在看敏瑜。

「昨兒的騎射課上我不小心從馬上摔了下來，受了點傷，母后讓我休息兩天，養好了傷再去上課。」九皇子簡單地解釋了一聲，一邊說一邊將右臂的衣袖捲起來，上面綁了棉紗，還透出一股子藥味來，棉紗包紮得很厚，似乎傷得不輕。

「怎麼會摔倒？是不是……」福安公主嚇了一跳，本能地就想到是不是有什麼人在暗地裡做了手腳，要知道九皇子今年十一歲，卻已經騎了三年的馬，騎術早已經出師，除非意外，否則絕對不會從馬上摔下來的。而皇宮，這世上最尊貴的一群人住的地方，最不缺的就是明槍暗箭。她不過是個沒有多少威脅的公主都有人惦記，更別說九皇子身為皇后嫡子，不知道有多少人想要算計他呢！

「沒事、沒事！是我自己不小心，騎馬的時候分神，所以才摔下來的。摔得也不重，就只是蹭破了一點皮，不過太醫們大驚小怪的，包紮之後看起來很嚴重而已。」見福安公主那麼緊張，九皇子連忙解釋，心裡有些懊悔，不應該讓太醫們一層又一層的包紮，沒有博得某些人的同情和眼淚，卻嚇到了妹妹。

「真的只是意外？」福安公主不相信的看著九皇子，見他肯定地點點頭，問道：「那母后怎麼說？」

「母后只是讓我以後小心一點，沒說別的。」九皇子這句話說得好不心虛，他原本以為自己演得很好，但是母后這句話卻讓他不確定了，覺得自己的小把戲還是讓母后給看透了。見福安公主還想問，他連忙又道：「七妹妹，妳身後的這幾位可是嫻妃娘娘為妳選的侍讀？給我介紹一下，免得以後見面都不認識。」

福安公主被他這麼一打岔，也就作罷，她微微側身，介紹道：「個子稍微高一些的是威遠侯府的二姑娘馮英，另外一個是內閣大學士王慶義王大人的孫女王蔓如。」

「還有一個呢？」九皇子眼巴巴地看著一臉微笑、讓他覺得陌生的敏瑜，宮裡的女人大多數都是這樣的一張笑臉，讓他看得都膩了。

「九哥，你今天是怎麼了？連敏瑜都認不得了？」福安公主奇怪地看著九皇子，不忌諱地將手貼上九皇子的額頭，然後再摸摸自己的額頭，道：「不燒啊，怎麼就說些奇怪的話呢？」

福安公主的舉動讓九皇子有些不自在了，他白了一眼，對福安公主惱道：「我又沒有生病，怎麼會燒呢？」

「公主，九殿下可能是摔到了。」敏瑜在一旁不安好心地提醒著，還故意指指頭，九皇子眼中的戲謔她看得清清楚楚的，雖然不知道九皇子為什麼裝作不認識自己，卻認定他沒安什麼好心，說不定腦子裡正在想著怎麼戲弄自己呢！

福安公主聽得大驚失色，連忙拉著九皇子的手，關切地問道：「九哥，昨天是不是不小心摔到了頭？有沒有覺得頭疼？」

「我把握得很好，怎麼可能摔到頭？」九皇子氣結，一邊說著一邊給了敏瑜一個白眼，要不是為了來看她，他怎麼可能故意摔下馬，故意讓自己受點不痛不癢的小擦傷呢？

「九哥，你……你……哼，懶得理你了！」福安公主素來聰慧，一聽就知道，九皇子摔下馬是自己設計的，枉她白白擔心一場。

「七妹妹，別生氣！」九皇子急了，一邊安撫著福安公主，一邊對敏瑜輕聲抱怨，道：「敏瑜妹妹，妳就不能不激我嗎？」

「如果不是殿下自己心裡有鬼的話，至於不打自招嗎？」敏瑜才不怕他，她心裡現在都還惱怒九皇子用小老鼠嚇唬自己的事情，她現在都還沒有忘記那種被嚇得手腳發軟、除了尖叫之外什麼都做不了的感覺，她冷冷地道：「還有，九殿下剛剛不是還裝作不認識人嗎？」

九皇子被敏瑜堵得無話可說，有些羞惱地從懷裡掏出一個巴掌大的盒子，也不管敏瑜願意不願意，就塞到她手裡，道：「這是我讓人尋來的，用真的狐狸毛做的一隻小狐狸，除了特別小、不會動以外，和真的狐狸一模一樣，我把它送給妳，就當是上次嚇到妳給妳的賠禮，妳也不要整天記仇了。」

「誰稀罕要你的東西！」敏瑜伸著手怎麼都不肯縮回來，她才不要當著馮英、王蔓如的面收他的東西，馮英也就算了，王蔓如定然會在心裡笑話她和男子私相授受。

「反正我給了妳，妳要就要，不要就丟了！」九皇子也起了牛脾氣，梗著脖子看著敏瑜，他就知道敏瑜沒有那麼好說話，但敏瑜這麼不給面子還是讓他臉上過不去了。

上次的事情他也後悔了，他只想著捉弄敏瑜一番，卻沒有想到敏瑜會被嚇成那副樣子。回去之後，他就讓人尋摸敏瑜可能會喜歡的東西，拿到之後又故意假裝墜馬——一來是可以名正言順的缺課，二來是希望敏瑜看在自己受了傷的分上，接受自己的歉意。沒有想到事情並未照他預期的進行，只能用強硬的態度來面對敏瑜了。

「一會兒用那些噁心的東西來嚇唬人，一會兒又裝作內疚地來給什麼賠禮，我才不要這麼讓你逗著玩呢！」敏瑜也生氣了，連最近一直掛在臉上的笑容都不見了。

「敏瑜，妳怎麼能這麼和殿下說話呢？」王蔓如嫉妒得眼睛都紅了，真不知道丁敏瑜有什麼好，公主對她和顏悅色，把她當成了親姊妹一樣，皇子對她也這麼好，要是他們對自己能有對丁敏瑜一半好，那該多好啊！

敏瑜氣極，但她理都不理王蔓如，只是狠狠地瞪著九皇子。

九皇子也有些惱怒王蔓如這麼插話，他冷冷的瞟了王蔓如一眼，冷冷的道：「我們說話妳插什麼嘴？」

「臣女只是見不得敏瑜對殿下這般無禮……」王蔓如沒有想到自己拍馬屁會拍到馬腿

上，心裡委屈，卻只能擠出笑容，小聲的為自己辯解。

「那也輪不到妳插嘴！」九皇子對王蔓如可沒有什麼好脾氣，一點都不給面子的訓斥一聲，又補充道：「還有，我不希望再聽妳說敏瑜妹妹的不好，要是讓我知道妳在背後嚼舌根子的話，可別怪我不客氣。」

王蔓如心裡氣極，但看著九皇子不怒自威的表情，只能弱弱的點頭應是。

「哼！」九皇子冷哼一聲，而後又換了一副笑臉，看著臉色微微有些鬆動的敏瑜，小心叫道：「敏瑜妹妹……」

「敏瑜，妳就收下吧！」看著九皇子覥著臉的樣子，福安公主噗哧一聲就笑開了，一點都不客氣地揭九皇子的短，道：「不為別的，就看在九哥故意從馬上摔下來的分上，也該收下這份禮，原諒他上次捉弄妳的錯。」

「就是、就是！就看在我摔一跤也不容易的分上，就收下吧！」九皇子也不生氣，笑嘻嘻的湊上前，道：「我真的知道錯了，妳消消氣，別和我計較了。」

「敏瑜哪有資格和九殿下計較。」敏瑜哼了一聲，一點面子都不給他，歸根結柢還是因為他們一起長大，她對九皇子也好，對福安公主也好，就算知道他們的身分高貴，也沒有多少敬畏之心，她氣惱不減地道：「九殿下還是不要說這樣的話，別讓人聽了，說我不識抬舉、不知尊卑、以下犯上，這樣的罪名我也是吃不消的。」

「誰說妳沒有資格的？至於非議別人的……」九皇子輕輕地瞟了一眼一旁沒敢再出聲的

王蔓如，眼神冰冷，讓王蔓如心裡發寒，然後又朝著敏瑜笑道：「這裡就這麼幾個人，相信不會有什麼人那麼不識趣，敢非議什麼的。」

九皇子話裡的意思，王蔓如和馮英都聽出來了，馮英只是羨慕，羨慕敏瑜能夠讓九皇子這般對待，而王蔓如則複雜得多，既羨慕又嫉妒，更帶了些憤恨，羨慕敏瑜的好運氣，也嫉妒敏瑜的好福氣，更憤恨九皇子，竟對自己說那樣的話。

「九殿下好大的脾氣啊！」敏瑜一點都不領情的哼了一聲，但臉色已緩和了許多，九皇子雖然頑劣，也喜歡作弄她，但是他極少語帶威脅的說這樣的話。

「嘿嘿……」九皇子深知敏瑜性情，知道她現在只是嘴硬而已，笑了兩聲，趁熱打鐵地道：「敏瑜妹妹，妳把盒子打開看看，看看喜歡不喜歡？」

敏瑜點點頭，將一直伸著的手縮了回去，準備要打開，卻又頓住，略帶懷疑地看著九皇子，道：「裡面真的沒有什麼稀奇古怪的東西？」

看著敏瑜防備的樣子，九皇子有些受傷地道：「敏瑜妹妹，難道妳一點都不相信我嗎？」

敏瑜還沒有說什麼，福安公主就噗哧一聲笑了起來，帶了幾分幸災樂禍地道：「敏瑜不相信你就對了，誰讓你總是捉弄人。」

九皇子抬眼望天，好一會兒才道：「這次我向妳們保證，裡面就一只狐狸毛做的小狐狸玩偶，別的什麼都沒有，要是有的話我當著妳們的面吃下去。」

「這可是你說的！」敏瑜終於放心了，打開盒子，就看到一只火紅的小狐狸玩偶放在盒子裡，映著黃色的緞子分外的耀眼，她輕輕地拿了起來，看著唯妙唯肖的小狐狸，歡喜的笑容爬上了臉。

福安公主卻一把搶過盒子，將裡面鋪著的黃色緞子取了下來，不懷好意地湊到九皇子面前，笑得更像一隻小狐狸，道：「九哥，除了小狐狸之外還有這個，你是不是該把它吃下去呢？」

「……」九皇子無言以對。

第十二章

「敏瑜，沒想到不光是公主對妳不一樣，連九殿下對妳也不同。」下學離開嫻甯宮，慢慢往皇宮外走的時候，馮英挨到敏瑜身邊，小聲說道，臉上帶著怎麼都掩飾不住的羨慕。

「我娘經常進宮陪皇后娘娘和嫻妃娘娘說話，擔心我在家中淘氣，也經常帶著我一起來，來的次數多了，和九殿下、公主殿下相處的時間也就多了，自然不會太生分。」敏瑜笑笑，她對馮英有好感，但也不會傻乎乎的和她說自己與皇子、公主是青梅竹馬。

「原來妳和皇子、公主是青梅竹馬啊！」敏瑜不說不代表別人不會那麼想，一旁早已經嫉恨得眼睛都紅了的王蔓如立刻接了一句，然後酸酸地道：「敏瑜，妳和公主的關係那麼好，為什麼不早點告訴我們呢？要是我們知道妳和公主與皇子殿下的關係非同一般，我們這段時間也不會將妳當成和我們一樣的侍讀，一定會敬著妳了。」

「我本來就和妳們一樣，都是公主的侍讀。」敏瑜忽然之間明白丁夫人為什麼要自己端正態度之後再作決定了，她看著一臉酸味、嫉妒的王蔓如，認真地道：「既然沒有什麼不同，為什麼要故意顯示自己的與眾不同呢？」

「不想說就算了，沒有必要用這樣三歲孩子都不信的話來敷衍我們！」敏瑜的話王蔓如是一個字都不相信，以己度人，換作是她，在占盡優勢的時候卻故意以平等姿態示人，定然是另有所圖。

「我怎麼想的就怎麼說，至於妳們信不信，那是妳們的事情，我不會勉強，更不會強求。」敏瑜笑笑，她知道她和王蔓如說不到一塊兒去，也知道自己說什麼王蔓如都不一定會相信，便沒有再解釋，她們可沒有那份交情！

「妳聽聽，就這種態度還說把自己當成和我們一樣的呢！」王蔓如心裡極度不平衡，卻又不敢一個人針對敏瑜，她可沒有忘記九皇子那冰冷的眼神、淡淡的警告，和對敏瑜親暱的態度，立刻想拉一個盟友過來。

「妳的態度也不見得有多好！」馮英卻沒有和王蔓如結成盟友的心思，她說了王蔓如一句之後，對敏瑜道：「她不相信妳的話，我信！」

「妳……」王蔓如沒有想到馮英會說這樣的話，氣得火冒三丈，但她們正走在出宮的路上，再怎麼氣惱也不敢發火，只能咬牙切齒的瞪著馮英，恨恨地道：「妳以為妳巴結她能得什麼好處嗎？」

「那麼，妳以為妳這樣針對敏瑜就能得到好處了嗎？」馮英一點都不讓地回敬一句，王蔓如氣得蹭蹭蹭加快了幾步，和她們拉開了距離，一副不想和她們為伍的樣子。

馮英皺皺鼻子，懶得理會發脾氣的王蔓如，大家家世出身相差不多，誰也犯不著讓著誰，她再一次挨近敏瑜，輕聲問道：「妳和公主關係那麼好，為什麼還要做這個公主侍讀呢？妳不覺得這樣會讓妳在公主面前矮了一截嗎？」

敏瑜笑了，道：「就算不做公主侍讀，我在公主面前也是矮了好幾截的。耒陽侯不過是二等侯，我一個二等侯府的姑娘，在公主這種天潢貴胄面前算什麼？公主對我友善，那是因為公主沒有驕縱的性子，又念在我們相熟、打小就認識的分上，但如果我因為公主對我好，就忘記了自己的身分，那可就是我的錯了，不但丟了耒陽侯府的面子，也辜負了公主。」

「妳這麼想啊?!」馮英看了看敏瑜，她並不大相信敏瑜的話，但，卻不會像王蔓如一樣挑刺，她輕輕地嘆了一口氣，道：「我要是妳的話，才不會進宮做這個侍讀，公主的青梅竹馬可比公主侍讀要讓人羨慕得多。要是我能讓公主像對妳那麼對我的話，我的嫡姊和長兄對我一定會更和善一些的。」

「妳的嫡姊和長兄對妳不好嗎？」敏瑜好奇地問道，她知道馮英的生母只是威遠侯的繼室，也知道威遠侯的原配夫人留下一子一女，但更多的卻不清楚了。

「我娘是搶了他們生母位置的壞女人，我是壞女人的女兒，他們對我能好到哪裡去？現在尚且好了一些，起碼不會無緣無故地給我臉色看，而以前……唉，我都不想說了。」馮英搖搖頭。或許有那種能夠成功的讓夫家所有人，包括原配所生的兒女都喜歡的繼室，但就算有，也只是極少數，更多的是怎麼努力都無法擺脫原配陰影的繼室，而她的生母就是後者。

「妳父親不管嗎？」敏瑜眨眨眼，都說小女兒更受寵，馮英好像是威遠侯最小的孩子，應該是最受寵愛的才對啊！

「我爹？」馮英嘴角微微抽了抽，威遠侯常駐兗州，一年能相處的時間只有月餘，哪能顧全那麼多？而老夫人眼裡、心裡都只有原配所生的孫兒、孫女，哪會在乎她們母女過得怎麼樣？但是，這些話馮英卻沒有說出口，只是淡淡地道：「我爹從來不管內宅的事情，他根本不知道嫡姊、長兄是怎麼對我的，而我娘不想讓爹煩惱，也從來不和爹爹說這些事情。」

「這就難怪了。」敏瑜立刻理解了，耒陽侯就是這樣的人，極少過問內宅的事情，一切都交給丁夫人，她笑著道：「我爹也是這樣的，內宅的事情都是我娘說了算。馮英啊，妳娘也是侯夫人，應該能夠護著妳才對啊！」

「我娘擔心她訓斥嫡姊、長兄讓人非議，說她這個繼母不慈。」馮英笑笑，她很能理解母親的難處，她笑著道：「我娘想盡辦法讓我進宮陪伴公主，就是想藉此提高我的身分，現在看來還是有效果的。對了，敏瑜，妳呢？妳進宮當侍讀應該也有所求吧！」

「有啊！」敏瑜點點頭，而後笑道：「公主有最好的教養嬤嬤、最好的教習先生，當公主侍讀就能跟著她們學習，多好的事情啊！」

「就為這個？」馮英微微一怔，沒有想到敏瑜的答案這麼簡單。

「這個還不夠嗎？」敏瑜笑咪咪地道：「有這麼好的先生教導，我們的起步就比別人好，只要認真努力，就算不能比同齡人優秀，但也不會被人比下去，這可是一輩子的事情，已經很足夠了。」

敏瑜還有一句話沒有說，那就是她不但要和同齡人相比，還要和秦嫣然那種名為「穿越女」的妖孽相比，沒有名師指導，沒有自己的用功努力，會很難、很難的。

馮英渾身一震，是啊，要是自己把握好機會，努力認真學習的話，別人或許比不上，但一定會比被祖母寵得一點苦都不能吃、學什麼都不願下苦功的嫡姊強。如果有一天，自己的光彩讓嫡姊暗淡無光的話……想到能有那麼一天，馮英就心潮澎湃。

馮英看著敏瑜，誠心地道：「敏瑜，謝謝妳的這番話，我以後定然不會再偷懶，更不會辱沒公主侍讀這個身分。」

「秋霜，妳說娘讓我過去有什麼事情？」敏瑜帶了幾分不解地問一旁的秋霜。

她每日天沒亮就起床，在往皇宮的路上，簡單地用過一點點心，到了皇宮之後要打起精神學習，要小心謹慎地對待每一件事情，福安公主的親近、王蔓如的挑釁、馮英的旁觀，還有先生、嬤嬤和宮女，她都要打足十二分精神對待。

丁夫人和她提醒過，若說皇宮是個吃人的地方，是稍微誇張了些，可這種說法也證明皇宮的凶險之處，她是福安公主的侍讀，和大多數人沒有什麼利益衝突，加上皇后娘娘和嫻妃娘娘會看顧一二，平安和順是沒有問題的，但丁夫人所希望的是她能夠在皇宮那樣的地方也過得如魚得水。為了不讓丁夫人失望，敏瑜每日踏進皇宮的那一刻，就打足了精神，小心應對每一件事、每一個人，等她離開皇宮，已經是疲倦不堪了。

丁夫人也知道，她每天回到家的時候，不管是體力還是精力都已經處於透支狀態，因此總讓她回家之後先回房好好地睡一覺，等精神恢復了再去給老夫人請安，然後全家人一起用晚餐。今天怎麼她剛一進家門，就讓人叫她過去呢？

「奴婢也不知道，不過夫人這樣吩咐定然有她的理由。」秋霜搖搖頭，她一直跟在敏瑜身邊，怎麼能知道丁夫人為什麼叫敏瑜？敏瑜一想也是，笑了笑，和秋霜慢慢地往丁夫人院子走去。

一進房，就見丁夫人和好幾天未見的耒陽侯丁培寧正坐在房裡，一邊喝茶一邊說話。見敏瑜進來，丁夫人臉上帶了幾分心疼，道：「瑜兒，妳怎麼又過來了？娘一再的和妳說，讓妳回家之後先回房休息，別過來請安了，妳這孩子怎麼就是不會心疼自己呢？姚黃，還不快扶姑娘坐下。魏紫，妳去廚房給姑娘端點熱乎的點心來，她在宮裡一天，定然餓了。」

魏紫應聲出去，姚黃也笑著去扶敏瑜，敏瑜微微怔了怔，輕輕地推開姚黃的手，規規矩矩地向丁培寧和丁夫人行禮，之後才笑盈盈地道：「娘，我每天一大早出門，都來不及給您請安，要是回來之後還不先過來給您問安的話，那不是無禮不孝嗎？我知道娘心疼我，可不能因為娘心疼我就恃寵生驕啊！」

「妳這個小滑頭！」丁夫人笑著伸指點在敏瑜腦門上，對女兒的隨機應變很滿意，而後對丁培寧笑道：「侯爺，你有沒有覺得瑜兒越來越鬼靈精怪了？」

「瑜兒從小就是個鬼靈精。」丁培寧看敏瑜的眼神滿是疼愛和喜歡。高氏從來不會像那些妾室一樣，一有機會就把兒女拉到他面前，而是一力承擔了對孩子的教導，從來不讓他為孩子的事情費心。在他心中，最重要的永遠是三個嫡子，尤其是長子敏彥，對他有著最大的期望，最疼的則是敏瑜這個女兒，畢竟兒子不能嬌寵太多，但女兒就沒有這樣的顧忌了。至於妾室生的兒女，他不會輕視，但也不會嬌寵他們，他知道過分的寵溺對庶子、庶女而言並非好事，不但會讓高氏心生不滿，也會讓他們滋生不該有的奢念。

「爹爹，可不能這麼說我了，我都已經九歲了，是個大姑娘了！」敏瑜朝著丁培寧皺皺鼻子，一副小兒女的嬌嗔。

「是，我們的瑜兒已經長大了，是個大姑娘了！」丁培寧呵呵的大笑起來，而後笑盈盈地道：「前些天我正好有空閒，去銀樓給妳娘選了幾樣時新的首飾，也給妳打了幾樣，妳快看看喜歡不喜歡。」

一旁的姚黃立刻拿過一個盒子，遞給敏瑜，敏瑜一邊笑嘻嘻的接過，一邊道：「爹爹什麼時候給我買過不喜歡的東西了？啊，怎麼這麼多？」

盒子裡裝了滿滿的首飾頭面，件件都閃爍著耀眼的光澤，敏瑜年紀還小，丁夫人沒有給她添置什麼首飾，她所有的首飾加起來都沒有這盒子裡的多。

敏瑜驚呼一聲之後，瞪大了眼睛問道：「爹爹，這是給我的還是給所有姊妹的？」

「瑜兒為什麼這樣問？」丁培寧笑著摸了摸女兒的頭髮，她今天梳了一個雙平髻，上面插了兩朵簡單的珠花，雖然也很漂亮，但卻太素了些。

敏瑜眼睛骨碌一轉，笑咪咪地把臉湊到丁培寧面前道：「要是給大家的，那麼就等姊姊妹妹都在的時候我們一起分，可不能自己先挑。要是給我的……爹爹，若姊姊妹妹們也有，我就不客氣地全數收下，要是她們沒有，爹爹還是別給我了，等我休沐的時候再拿出來大家一起分。我們是姊妹，都是爹爹的寶貝女兒，爹爹可不能厚此薄彼的。」

「這個鬼丫頭，心裡還知道有好東西要和姊姊妹妹一起分享！」敏瑜的話讓丁培寧心裡更是喜歡，他輕輕地拍了拍敏瑜的小臉，而後對一旁笑著的丁夫人道：「瑜兒這麼懂事，都是夫人教導有方。」

「要是連姊妹都不能友愛的話，她還能和任何人相處得好？」丁夫人笑笑。

「說這樣的話簡單，能做到卻不容易啊！」丁培寧輕輕地搖搖頭，不期然地想起，最近這兩個月來印象深了很多的三女敏柔。他雖然不知道荷姨娘是從什麼地方學會了潮州人的泡茶方法，但是他很享受那種愜意的感覺，除了每月在荷姨娘那裡歇息的日子之外，閒來無事的時候也會喚荷姨娘到書房為他泡茶。荷姨娘經常會在他面前提起敏柔，說敏柔如何的乖巧懂事，還會讓敏柔到他跟前討巧賣乖……

他已經習慣了姨娘們的這種做法，青姨娘和桂姨娘也會這樣，她們打什麼主意，他很清楚，無非是想讓兒女們在他面前多晃晃，讓他多疼愛一些罷了，只是和其他女兒不一樣的是，敏柔在他跟前偶爾會提及那個投奔來的表甥女，卻從來不會提及其他姊妹。

有的時候他故意問起，敏柔雖然會說姊姊妹妹都很好，但她的言不由衷誰都看得出來。問過幾次之後，他就不再問這些，對這個女兒的感覺也差了起來——要換作敏心、敏玥，每逢這個時候都會說姊姊妹妹的好，或者抱怨姊姊捉弄、妹妹淘氣，話語間都透著一股親暱，和敏柔完全不一樣。也正因為這樣，雖然老夫人曾經幾次和他抱怨過，說表甥女和敏柔的教導先生與敏心姊妹的不一樣，說高氏不能一碗水端平，他也只是聽過就算，就連詢問高氏一聲都不曾。

「這有什麼困難的？」敏瑜又一次皺皺鼻子，然後將盒子裡的首飾麻利地分成了五份，笑咪咪地道：「大姊素來喜歡鮮豔，這幾樣上面鑲的都是紅玉，大姊一定會很喜歡。這兩樣點翠的則適合表姊，她的眼光一向都很高，不喜歡鑲了寶石的，更不喜歡純金的，這兩樣應該能讓她勉強入眼。三妹的氣質戴碧玉的會更好看，這幾樣碧玉的可以給她；至於敏玥，這裡面的都不適合她，給她兩對珠花就好。」

聽敏瑜說得頭頭是道，丁培寧心裡歡喜，伸出手拍拍敏瑜，道：「這些都是瑜兒的，她們的爹爹已經準備了，一會兒讓人給她們送去就好。」

「嗯！」敏瑜點點頭，這個時候魏紫端了一碗銀耳粥過來，她接過後向魏紫道了一聲謝，一口氣就把銀耳粥吃完，吃完之後忍不住地打了一個呵欠。

「睏了吧？」丁夫人疼惜地問了一聲，然後道：「睏了就快點回去好好地睡一覺。」

「我沒事。」敏瑜強撐著搖搖頭，道：「我陪爹爹說一會兒話，然後就該去給祖母問安了。等問過安、用過晚飯之後再睡。」

看著敏瑜掩飾不住的困倦，丁培寧也很心疼，輕輕地拍拍敏瑜，道：「那先到榻上睡一會兒，要去給祖母問安的時候爹爹叫妳。」

「嗯！」敏瑜這一次乖乖地點頭，乖乖地躺到了一旁的軟榻之上，閉上眼，很快就沈沈睡去。

「瑜兒怎麼累成這個樣子？」丁培寧很是心疼，他從來沒有見過女兒這般疲倦，語氣也帶了幾分不悅。

「瑜兒每日寅時起身，未時才能回來，晚上也要到亥時才能入睡，每日能睡的時間本來就不多，加上來回奔波勞累，在宮裡又要打起十二分精神……看她這麼累，我心裡也很不是滋味。」丁夫人嘆了一口氣，道：「但能夠和公主一起成長、一起學習，對瑜兒來說也是個好機會，我再心疼也只能看著她受累了。只希望等慢慢適應了之後，她會稍微輕鬆一些。」

「妳就不擔心她還沒有適應就累倒了嗎？」丁培寧皺緊眉頭，一天只有三個時辰好好睡覺，別說女兒還年幼，就算是大人也都吃不消啊！

「擔心也沒有別的辦法啊，總不至於到了這會兒才和嫻妃娘娘說瑜兒不進宮了吧？」丁夫人看著丁培寧，一臉的無可奈何。

「還不至於到那一步。」丁培寧搖搖頭，道：「我看這樣，妳明兒一早就讓廚房單獨為瑜兒開小灶，她回到家之後直接回房休息，什麼時候睡醒，什麼時候自己用晚餐，別和大家一起用飯，也別給妳和母親問安了。」

「這不行！」丁夫人想都不想地就搖頭，道：「你不知道，母親想讓嫣然代替瑜兒進宮不成，心裡已經頗有怨言，要是再讓瑜兒這樣的話，母親定然大怒。」

「母親有的時候就是捏不清分寸，嫣然和她再親，能親得過自己的嫡親孫女？再說，嫣然是什麼身分，她怎麼能進宮陪伴公主？母親也是胡鬧！」丁培寧對老夫人的作為也並非一無所知，他冷哼一聲，道：「這件事情就這樣定了，至於母親那裡，我會和她商量的。」

「聽你的就是，不過母親那裡還是我去說吧！」丁夫人特意將敏瑜叫過來，就是為了讓丁培寧親眼看到她的疲倦，讓素來心疼女兒的丁培寧發話，現在目的已經達到了，也就不需要丁培寧去做那個惡人了。

「也好。」丁培寧點點頭，又交代一聲，道：「如果娘朝妳發火的話，告訴她這是我的主意，有什麼話叫我過去解釋就是。」

「我知道了。」丁夫人點點頭，而後看看天色，道：「時候不早了，我去廚房看看，再過一刻鐘讓人把瑜兒叫起來，她剛剛睡醒特別迷糊，早點叫起來過去給母親問安才不會出錯。」

「讓她安心的睡吧，娘問起來就照我們剛剛說的回話就是。」丁培寧看著女兒熟睡的樣子，哪裡捨得不等她睡夠就把她弄起來。

「好，我先過去了。」

「敏瑜呢？」剛剛坐下，在下人端著菜餚、魚貫而入上菜的當口，老夫人淡淡地問了一聲，自從丁夫人拒絕了為秦嫣然說情之後，老夫人對丁夫人就沒有過好臉色，心疼秦嫣然是其一，但更氣惱的是覺得丁夫人駁了她這個當婆母的面子。

「母親，敏瑜這會兒正在我房裡歇息，晚飯不過來用了。」丁夫人站在老夫人身後輕聲解釋道，嫁進耒陽侯府這麼多年，只要全家人一起用餐，她都會站在老夫人身邊為她佈菜，十多年來從未間斷，就連她身懷六甲的時候也一樣。

「這才幾點她就睡了？」老夫人啪地一下將手上的筷子重重放下，冷冷地道：「她睡多長時間了？是不是一回家就睡了？」

「從宮裡回來之後，媳婦看她一身疲憊，就讓她小睡一會兒……」丁夫人沒有將責任推到丁培寧身上，而是攬了過來。

「回來就睡了？我就說她今天怎麼連問安都沒來！」老夫人不等丁夫人說完就打斷了她的話，她冷冷的道：「敏瑜真是越來越不得了了，以前晨昏定省從不缺席，現在連晚餐前問個安都不樂意了，是不是覺得她當了公主的侍讀，身分不一樣了，不用理會我這個老婆子了？」

「母親，您別誤會。」丁夫人的臉上滿是無奈，解釋道：「瑜兒睡覺前還記著給您問安，是媳婦看她睡得熟，又心疼她每日要早早的起床，沒有捨得叫醒她……」

「心疼女兒也不能這樣嬌慣！」老夫人可聽不進去丁夫人的解釋，今日沒有等到敏瑜過來給她問安，她心裡已經很是不悅了，秦嫣然又故意說了些看似為敏瑜求情、實則火上加油的話，讓她心頭火燒得更旺，她冷冷地道：「我知道，我老了，不中用了，這家裡一個、兩個都不把我放在眼裡了，所以給我問安這樣的事情也是能省就省了！」

「娘，不過是一件小事，至於說得這麼嚴重嗎？」丁培寧皺緊了眉頭，不光是因為老夫人倚老賣老的話語，還有秦嫣然和敏柔眼中洋溢的幸災樂禍——她們雖然努力地讓自己面無表情，卻無法連眼神都掩飾住，她們心裡是怎麼想的，丁培寧一眼就看出來了。

「一件小事？」老夫人臉色更難看了，她尖銳地道：「給為娘這個當祖母的問安是小事？」

「娘，您明知道兒子不是那個意思。」丁培寧的眉頭皺得更深，道：「給長輩晨昏定省本是分內之事，但瑜兒現在的情況不是特殊嗎？她每日早起進宮，在宮裡又要打起十二分精神以免出錯，回家累了，也該好好休息……」

「所以，我就不贊成她去當什麼公主侍讀！」老夫人冷冷地道：「好好的侯府姑娘不做卻去給人當侍讀，讓人使喚……哼，就算是給公主當下人，也只會讓人笑話！」

丁培寧眉毛一挑，忍了又忍，才道：「瑜兒給福安公主當侍讀，對她、對耒陽侯府而言都是榮耀，還請娘慎言。」

剛才話一出口，老夫人就覺得有些不妥，但被丁培寧指出來還是讓她覺得很沒面子，她沒有糾結這個，回到之前的話題，對丁夫人道：「不給我請安也就算了，反正我老了，不中用了，但是寧兒一個月難得回來一起吃頓飯，她卻還在睡覺，是不是也太過了些！」

「我今日回來得早，已經見過瑜兒了。」老夫人揪著那麼一點點事情不放，讓丁培寧心裡很不耐煩，他淡淡地看著老夫人道：「是我見她給累壞了，讓她小睡一會兒，過來用膳的時候，也是我見她睡得正熟不讓人叫醒她的。」

丁培寧的話讓老夫人更意外、也更生氣了，她不看兒子，而是將視線投向丁夫人，帶了火氣地道：「你們夫妻今天是合夥起來氣我的嗎？」

丁培寧臉色一沈，母親的胡鬧他早就清楚，但每次都還是很生氣，當下直接道：「娘別誤會，我們沒有那個意思。對了，從今天起，敏瑜和敏彥他們一樣，膳食單獨準備，每日下學回來之後，先回房休息，而後在自己的院子裡複習功課，不得整天有事沒事的亂竄，當然休沐的日子還是會給您請安，也會和家人一起用膳的。」

「讓她和敏彥他們一樣？耒陽侯府可從來沒有這樣的規矩！」老夫人的臉色鐵青，耒陽侯府的少爺，包括庶子敏文在內，都是七歲之後就遷出內院，在外院單獨住一個三進的院子，除了休沐的時候進內院給老夫人請安，和家人一起吃頓晚餐之外，其他時候都不進內院，這是耒陽侯這一代才有的規矩。

「規矩都是會變的。」丁培寧淡淡地道。「耒陽侯府從來沒有哪個姑娘像瑜兒一樣進宮當公主侍讀，小小年紀就每日累得不成樣子，為她重訂規矩也不過分。」

老夫人心頭惱怒到了極點，看看一臉堅持的兒子，再看看一臉恭順的丁夫人，知道他們已經作了決定，現在說不過是知會自己一句罷了，自己說什麼都沒用。

「菜上齊了，用膳吧！」丁培寧知道老夫人心裡定然惱怒，但選擇完全無視她的情緒，他雖孝順母親，卻不會愚孝，更不會眼睜睜的看著她針對自己的妻兒，該站出來為妻兒擋風雨的時候他絕對不會遲疑。

「我沒胃口，不吃了！」老夫人哪裡還吃得下去，她有幾分負氣地站起來，丁夫人沒有不識趣地上前扶她，而是悄然地讓了讓，依霞乖巧的上前攙著她的手，扶住了她。

「既然這樣，那就全部撤下去吧！」丁培寧沒有因此就退步，而是說了一句讓老夫人更加胸悶的話，而後對丁夫人道：「讓人把菜分一分，送到各人的房裡。」

「是。」不管心裡怎麼想的，丁夫人臉上只有滿臉無奈。

老夫人氣得轉身就走，秦嫣然咬了咬下唇，起身向丁培寧和丁夫人告退，追著去了，敏柔也很想跟著去，她知道現在是討好祖母、讓祖母對自己另眼相看的好機會，但她悄悄地瞄了臉色不好的丁培寧一眼，沒敢動彈。

「都散了吧！」丁培寧擺擺手，然後自己先起身離開，等他出去之後，丁夫人才無奈地吩咐下人將菜餚撤下去，然後照各人的口味和喜好，再加幾個菜送到各自房裡。等她處理完，有些坐不住的姑娘們才起身告退，敏心和敏玥相攜離開，而敏柔站在原地愣了愣，孤零零地出了飯廳……

第十三章

「瑜兒，妳知道娘為什麼想讓妳像妳大哥他們一樣嗎？」一家三口用過簡單而溫馨的一頓飯之後，丁夫人親自送女兒回房，一邊走一邊和女兒說著話。

「娘是心疼我，覺得我這段時間過得太累。」敏瑜牽著丁夫人的手，臉上帶著依戀。

「這是一方面，但卻不是全部。娘知道，妳最近很累，也知道妳以後還會更累，但娘相信妳能夠撐下去，娘之所以讓妳爹爹出頭，讓他和妳祖母說妳以後的作息習慣照著妳大哥他們來，還有一個更主要的原因……」丁夫人微微頓了頓，而後道：「娘不想妳和秦嫣然整日見面，妳時時刻刻和她相比。」

「呃？」敏瑜疑惑地看著丁夫人，她想不明白丁夫人為什麼忽然這樣說，一直以來她不都是讓自己以趕超秦嫣然為目標嗎？

「很疑惑吧？」丁夫人輕輕地拍拍女兒，淡笑道：「為敏柔和秦嫣然請來的先生們，無論是名望還是真才實學，都不如黃先生她們幾位，但有兩樣卻是黃先生等人比不上的，一個是她們識人的能耐，一個是她們捧人的本事。她們和我說了，秦嫣然看似天才，不管教什麼她幾乎都能一聽就懂，學得極快極好，但她學會之後，卻不求甚解，想要再有進步很困難，或許她不管什麼都是一學就會，但可能永遠都是那樣了。

「至於敏柔雖然相對差很多，很多知識都要一再地教、反覆地學，但每一次都會有一點進步，認真努力的時候進步大一些，分心的時候進步小一些。所以，秦嫣然現在或許還能將妳們姊妹死死地壓制著，但是再過兩年，就不一定了。妳們的進步會越來越大，而她……如果沒有意識到自己的致命弱點，或許還在原地踏步呢！」

「為什麼會這樣呢？我一直都覺得她很聰明啊！」敏瑜的疑惑更重了。

「她是很聰明，但卻不是個肯吃苦、肯下苦功夫的孩子。」丁夫人淡淡地道。「當然，如果她沒有挑剔黃先生、非要換先生的話，黃先生等人素來嚴厲，察覺到這樣的情況之後，定然會加強對她的監督，督促著她上進，這便不算大問題。但是現在……那幾位先生對敏柔還有幾分嚴厲，對秦嫣然卻不然，該誇獎的時候固然是沒口子的誇，平常卻也不會吝惜好話，至於該批評的，則是能忽略就忽略，頂多也就輕描淡寫地說兩句。長此以往，秦嫣然想要不成為目無下塵的人也難。那樣的人，不值得讓妳和她相比。」

「我大概知道了。可是，娘，如果……我只是說如果，如果秦表姊真的是妖孽的話，她不會那麼簡單就被蒙蔽了吧！」敏瑜一聽就明白，嚴師出高徒這句話真的是一點都沒錯，而那種永遠只會誇獎人的先生，他們學生除了自傲之外也只有坐井觀天了。

「她再是妖孽，出不了這府門，長不了見識，也只能當瞎子、聾子和傻子。」丁夫人冷哼一聲，看著敏瑜道：「瑜兒，妳記住，想要保持一顆謙虛的心，想要讓自己一直努力不鬆懈，既需要適當地接納批評，更需要廣闊的見識，沒有這兩樣，嘴上說得再謙虛，這心裡也只剩貽笑大方的傲氣了。」

「嗯，我明白了。」敏瑜點點頭，然後道：「娘，那從今以後，我在她們面前是不是應該裝傻呢？」

「裝傻倒也沒有必要，我的女兒天生就是個鬼靈精，沒有必要為了掩飾自己而裝傻。」丁夫人笑了，道：「但是學會韜光養晦卻很有必要。」

「韜光養晦？我不會耶！」敏瑜老實地搖搖頭。

「不會沒關係，妳在皇宮待得久了，自然就會了。」丁夫人笑笑，皇宮裡能夠活得長久的，除了有真本事之外，還得學會隱藏自己，女兒在宮裡，和這樣的人接觸多了，自然也就知道了……

「哦。」敏瑜點點頭，而後帶了些期望地看著丁夫人，道：「娘，我從明兒起可以自己安排時間了，那我去什麼地方，您都不會干涉的，對吧？」

敏瑜現在很想去找姑母丁漣波，她都已經一個月沒有見到她了！

「當然。」丁夫人點點頭，或許是母女間心有靈犀，她立刻猜到敏瑜這話背後的意思是什麼了，她笑笑道：「如果在外面，秋霜、秋露要隨時跟著妳，片刻不離身，但如果是在家中，妳可以不必讓她們跟著。」

「謝謝娘！」

「哎喲，真是笑死我了！」秦嫣然笑得前俯後仰，而後看了一眼臉上只帶了淡淡微笑、端坐在那裡的敏瑜，問道：「敏瑜妹妹，妳怎麼不笑？是覺得老祖宗的笑話沒意思，不好笑嗎？」

老夫人講的不過是個陳年的笑話，不但沒什麼新意，還不止一次的講給人聽，別說整天在她身邊的秦嫣然，就連敏瑜也聽過好幾遍，哪裡會覺得好笑了？不過，這樣的話現在的敏瑜是怎麼都不會說出口的。

敏瑜淺淺一笑，道：「故事好，老夫人講得生動詼諧有趣，很有意思。」

不知道從什麼時候起，敏瑜不再稱老夫人為祖母，而是帶了恭敬和更多疏遠的，稱為老夫人。對此，老夫人心裡不悅，但敏瑜對丁夫人的稱呼也變了，和敏心幾人一樣，敬稱為母親，老夫人除了接受之外還能怎樣？

讓老夫人心裡更不悅的是，除了敏瑜之外，敏心和敏玥有樣學樣，也稱她為老夫人，這讓老夫人心裡有淡淡的失落，有一種失去了這三個親孫女的感覺，而另一方面，卻對沒跟著改稱呼、依舊稱她為祖母的敏柔，以及總是親熱地叫她老祖宗的秦嫣然越發的心疼起來。

「真的嗎？」秦嫣然臉上帶了懷疑，道：「那妹妹為什麼不笑呢？」

「我笑了啊！」敏瑜又是輕輕一笑，而後帶了幾分提點地道：「表姊，女孩兒家笑不露齒是最基本的儀態，這是在家中，沒有什麼外人，妳這般笑倒也罷了，要是有外人在場，妳這樣可就不妥當了。」

「妳……」敏瑜是好意還是故意埋汰她不知矜持，秦嫣然心裡很清楚，氣得瞪著敏瑜，但是想到這一年多來，自己極少在言語交鋒上討到好，便又忍了忍，轉身對老夫人撒嬌道：「老祖宗，都怨您，講這樣好笑的故事，把嫣然逗得忘了儀態，被敏瑜妹妹笑話了。」

「怨我！都怨我！」老夫人笑呵呵地伸手，將秦嫣然摟到懷裡，而後笑著道：「老祖宗我就喜歡嫣然這般鮮活的樣子，也喜歡妳這般天真爛漫的大笑。」

是天真爛漫嗎？敏瑜臉上的表情沒有絲毫變化，就連嘴角上翹的弧度都沒有改變，只有眼底飛快地閃過一絲嘲諷，這侯府或許有天真爛漫的人，但絕對不是她秦嫣然！

說起來，秦嫣然到耒陽侯府也有兩年多近三年的時間了，可是這三年來，她的變化卻真的不大——身量長高了，眉眼長開了，也更漂亮了，但她的神態、她的心智，還有那眉宇間淡淡的風情都沒有什麼變化，似乎時光只讓她拔高了身形，卻沒有留下別的痕跡。

敏瑜不知道別人有沒有發現這異樣，又是否因此而感到迷惑和困擾——兩、三年說來不長，但卻會讓稚齡的孩子發生翻天覆地的變化，就像她，就像敏心、敏玥甚至敏柔。但對於一個成人而言，只要不發生什麼重要的事件，那不過是白駒過隙而已，或許在他們的臉上會留下一道或深或淺的皺紋，但他整個人的氣質卻不會發生變化，比如老夫人，比如丁夫人，再比如秦嫣然，時光在她的精神氣質上似乎定格了一般。

一個連時間都無法改變氣質的人，能談得上天真爛漫？敏瑜嗤之以鼻！

「我也喜歡表姊這樣子！」敏柔也笑嘻嘻地擠進老夫人懷裡，而後道：「二姊姊是整天學規矩，學得都魔怔了，自己一舉一動都照著嬤嬤教的規矩來不說，還讓別人也和她一樣……二姊姊，不是我說妳，妳就不擔心時間長了，變成一個木頭美人了嗎？」

這兩年來，秦嫣然頻頻為荷姨娘的爭寵出謀劃策，而她的點子大多都是有效的，耒陽侯除了每月固定的日子以外，別的時候也會到荷姨娘房裡留宿，荷姨娘赫然成為耒陽侯的寵妾。而她，身為寵妾之女，自然也不會再像以前那樣，總躲在別人身後，一副膽小怕事、誰都可以欺負一下的懦弱樣子了。

「二姊姊這是儀態大方！有些人，就算是想學這些規矩，恐怕也是不夠格的。」敏玥立刻反駁了一句，這深宅大院都一樣，不是東風壓倒西風、就是西風壓倒東風，荷姨娘這兩年風光無限，以前的寵妾青姨娘就算沒有被打進冷宮，也大不如前，就連以前最愛用的、將耒陽侯從別人房裡請走的小手段也早就不管用了。

侯府最不缺的就是跟紅頂白的下人，雖然還沒有人敢對青姨娘不敬，但像以前那樣上趕著巴結的人卻少了。就說廚房，以前青姨娘和敏玥想要什麼小點心，只要招呼一聲，給點銀子，馬上就有人把點心做好或者買來送過去，而現在，卻要等大半天，有的時候甚至等不到。

這還是因為耒陽侯只是去青姨娘房裡的時候少了，去荷姨娘房裡的日子多了，並沒有明顯冷淡青姨娘的跡象，要不然的話，還不知道會變成什麼樣子呢！因為這些緣故，更讓她覺得自己和敏心、敏瑜是一夥的，秦嫣然和敏柔則是另一夥的，她和敏柔見了面三次倒有兩次要針鋒相對，比火爆脾氣的敏心還要沈不住氣。

「四妹妹是在說妳自己嗎？」敏柔吃驚地捂著嘴，而後道：「我還以為二姊姊那麼疼妳，多少會教妳一些規矩的，看來我想錯了。」

「三妹妹，妳怎麼認為我會教四妹妹學規矩呢？」敏瑜淡淡地接了話，又再反問道：「妳覺得四妹妹很沒有規矩嗎？」

「我看三妹妹是把妳當成了教養嬤嬤。」敏心笑吟吟地接上，她伸手拍了拍敏玥的手，笑著道：「敏玥雖然年紀最小，可卻不是個沒規矩的，比有些人可強多了！」

「表姊和敏瑜妹妹一定誤會了，敏柔妹妹可沒有想那麼多，她只是單純的以為，敏瑜妹妹是個重規矩的，又那麼心疼敏玥，一定不會讓敏玥妹妹變成像我和敏柔這樣沒有規矩、不講究儀態的野丫頭。」秦嫣然立刻為敏柔說話。

「敏玥妹妹是該學些規矩了。」敏瑜知道秦嫣然是在給自己挖坑，她的手段以前看來還是很不錯的，但現在，見多了宮中嬪妃貴人言語交鋒的敏瑜只覺得不夠看。

她輕輕地笑著道：「下個月宮裡要放一批教養嬤嬤出宮養老，母親可能會請一位教養嬤嬤回來教大姊姊規矩，四妹妹和大姊姊一直以來都是一起上課的，要是不怕累的話，跟著大姊姊一起學規矩吧！」

敏瑜這話讓所有人，包括老夫人在內都是微微一怔，秦嫣然還在思索這件事情背後有沒有別的涵義，敏柔就著急地問道：「那我和表姊呢？母親有沒有準備為我和表姊請教養嬤嬤？」

雖然剛剛笑話敏瑜，說敏瑜學規矩學得都快成了木頭美人，但敏柔卻深知，有沒有教養嬤嬤教規矩，對自己——尤其是對自己未來找夫家——是十分重要的，所以也不管敏瑜會不會取笑她，立刻問了出來。和她有相同想法的人還有秦嫣然，雖然她很不屑那些規矩，覺得那就是些封建糟粕，但是也不介意學學。

「這個倒是沒有聽母親提過。」敏瑜輕輕地搖搖頭，道：「可能暫時還不會為表姊和三妹妹請教養嬤嬤吧！」

老夫人的臉色一沈，冷冷地道：「為什麼？妳娘這樣做未免也太厚此薄彼了吧！」

「老夫人，母親不是看大姊姊不學規矩、過得輕鬆，才故意想要為難大姊姊，給大姊姊請教養嬤嬤的。」敏瑜知道老夫人是什麼意思，卻故意理解錯誤，她輕聲解釋道：「大姊姊都已經快十三歲了，母親是想讓她先跟著學規矩，等學得差不多了，也好帶著大姊姊出門應酬，讓人知道耒陽侯府的長女已經長大了。至於其他姊妹，年紀尚幼，再等兩年也無礙。」

老夫人沈默了一下。

敏瑜接著道：「不過現在看來，表姊和三妹妹對學規矩都很排斥，都更願意當個鮮活的、天真爛漫的，那麼要不要給她們請教養嬤嬤，這還得從長計議。」

敏瑜的話讓秦嫣然聽了暗恨，臉上卻還是笑著道：「敏瑜妹妹，聽妳的意思，舅母為表姊請教養嬤嬤是想帶表姊出門應酬，然後給她張羅婚事？」

「大姊姊才十三歲，本朝女子十五、男子十八便能談婚嫁，母親犯不著現在就忙著為大姊姊張羅婚事。母親只是想著大姊姊規矩學好了之後，可以帶著大姊姊出門多走動，也好多認識些年紀相仿、能夠談得來的姑娘，多交幾個朋友，別的暫時還不會考慮。」

敏瑜輕輕地搖搖頭，而後卻說了一個讓秦嫣然花容失色的消息。「再說，母親為大哥的親事已經弄得是焦頭爛額了，哪裡還有更多的精力去考慮大姊姊的終身大事？我想，可能等大哥的親事定好之後，母親才會張羅大姊姊的吧！」

第十四章

「表哥請留步！」看到敏彥的身影出現在小徑上，秦嫣然便揚聲挽留，只要沒有特殊的事情，敏彥每日傍晚都會在耒陽侯府的藏書樓中待一個時辰。耒陽侯府的藏書樓，經歷四代人的經營，藏書甚豐，敏彥自幼愛書，最喜歡的便是待在藏書樓之中看書。

他的這一愛好，耒陽侯府無人不知，秦嫣然自然也清楚，她更清楚敏彥每日從藏書樓回他自己所居住的院子的時辰和路徑，曾經幾次在這條小路上和他上演偶遇的戲碼，只是敏彥對她並不在意，每次見面也都只是淡淡的頷首算是打過招呼，極少和她多說。

而秦嫣然呢，雖然她已經將敏彥當成了備胎，也已經做好了敏彥向她表白時給他一點回應的準備，卻從沒有想過主動出擊——敏彥還沒有好到可以讓她放棄高貴冷豔的風範呢！

至於心中偶爾浮現的、淡淡的不自信，秦嫣然總會在發現的第一時間將它拋到腦後——她是什麼人？是集聰明、睿智、美麗於一身的穿越女，她有著這個時代女子最缺乏的特質，和超越她們上千年的知識積累。但凡敏彥是個有眼光的，都會發現她的不凡，進而深深地愛上她的。

因為有自信，相信敏彥遲早都會拜倒在自己的裙下，也因為自己尚年幼，沒有必要將自己拴死在耒陽侯府，當然還因為心中那一股雄心，那股不願意白來這個時空一趟的雄心，秦嫣然只是製造了幾次偶遇，和敏彥見了幾次面，淡淡地打過招呼，藉此在他心上留下痕跡，卻沒有糾纏——

她不知道的是正因為她沒有糾纏，敏彥才將幾次偶遇當成了偶然，要不然的話，敏彥可能早就不會從這裡走，更不會讓她今日堵到自己了。

「表妹叫我？」敏彥腳下微微一頓，轉頭的瞬間用淡淡的笑容掩飾了骨子裡的不耐煩。

敏瑜當了公主侍讀之後，整個人由裡到外都有了可喜的變化和進步，這讓他對這個寄居侯府的表妹少了些厭惡感，但也沒有什麼好感——秦嫣然給荷姨娘出主意爭寵的事情，在侯府並不算什麼秘密，別說丁夫人對她的所作所為很清楚，姨娘們心中透亮，就連耒陽侯也沒有被蒙在鼓裡，不過大家都很有默契的裝聾作啞而已。

敏彥是耒陽侯的嫡長子，自然也有所察，對秦嫣然哪還能有好感——給表舅的姨娘出招，教著姨娘爭寵的表姑娘，能是個好的嗎？

「嗯。」秦嫣然點點頭，看著敏彥平靜的眼神，心裡微微一顫，那種時不時浮上來的不自信和不確定，像幽靈一樣，又在她腦中閃現，她一如以往的將它掐滅，而後盈盈笑著，道：「嫣然有些話想要對表哥說……」

敏彥眉頭微微一皺，目光中帶了幾分審視和探究的看著秦嫣然，秦嫣然臉上帶著笑，亭亭而立的站在夕陽中，雖然才十歲出頭，身上卻帶著若有似無的風韻……風韻，意識到自己腦子裡忽然浮現這個詞的時候，敏彥臉色微微一僵，而後淡淡地道：「表妹請直言。」

「這……」秦嫣然的臉上有幾分難為情，卻又神色堅強地道：「昨日聽敏瑜妹妹無意中提起，說舅母已經在為表哥張羅親事……」

「不錯。」敏彥坦然地點點頭，他已經滿十六歲，從定親到成親至少需要一年多兩年的時間來準備，丁夫人想要為他定下親事也是情理之中的事情。

「是真的?!」秦嫣然有幾分失神，而後又振作起精神來，看著敏彥道：「那表哥自己是怎麼看這件事情的呢？」

「男大當婚，自然是由母親作主了。」敏彥微微皺眉，不明白秦嫣然為什麼忽然關心起自己的婚事了，她更應該關心的是敏行那個傻弟弟才對啊！

敏彥理所當然的回答讓秦嫣然心底微微一沈，難不成是因為自己太過矜持，他沒有發現自己對他其實是不同的？這樣的認知讓秦嫣然有些後悔，她輕輕地咬了咬下唇，用一雙靈動的眼睛看著敏彥，道：「表哥，你不能再等幾年再議婚嗎？」

呃？敏彥微微一怔，不明白這個素來不熟、更沒有多少交集的表妹，為什麼忽然說這樣的話，他詫異地看著秦嫣然，卻看到她滿臉羞紅、輕咬下唇的模樣，再想想她剛剛那些有點奇怪的言語和動作，他心裡忽然有了一種哭笑不得的明悟，她不會是想要讓自己等她長大，然後娶她吧！

「表哥……」敏彥的失神和愣怔讓秦嫣然心底一喜，雖然她還沒有將敏彥當成她這一世的良人，但敏彥卻是她目前為止認識的男人中最配得上她的——咳咳，目前為止，她接觸過的男人，除了耒陽侯父子之外，只有耒陽侯府的下人，以及老夫人經常上香的白雲寺裡的和尚了。

想到這裡，秦嫣然很是鬱悶，為什麼別的穿越女穿越之後，總是會遇上或邪魅或俊朗或斯文或尊貴的各種優秀男人，每一個男人都對她傾心不已，然後周旋在不同的男人中予取予求，等玩夠了、玩累了，再選擇一個或者幾個，過著逍遙自在的富貴生活，而她呢？

付出了那麼多的代價，才能穿越到秦嫣然這個死了父母、一個親人都沒有的小孤女身上。之後到了耒陽侯府，雖然成了老夫人最心疼的人，但卻不得不困守在這府裡，一年到頭難得有出去透風的時候，就算出去了，也都只是跟著老夫人到寺院上香。

傳說中夫人間的應酬，貴女們的詩會、茶會、賞花會，她從沒有參加過，就連出門遇貴人的機會都沒有……雖然覺得敏彥只是勉強配得上自己，也只能先將他攥在手裡再說了——萬一，她以後也沒有機會出去結識更多更好更優秀的男子，敏彥可就是她最好的選擇了。

「不知道表妹說這話是什麼意思？」敏彥回過神來，臉上不由地帶了幾分意味不明的笑。

「表哥……」秦嫣然很是羞惱地嗔了一聲，敏彥臉上的笑容讓她誤會了，她的心踏實了，而後像是鼓足了勇氣一般的道：「表哥不想等我長大嗎？」

還真是……敏彥哭笑不得，他不明白眼前這個表妹哪來的信心，竟覺得自己會喜歡她，甚至喜歡到了這種地步。雖然她長得很漂亮，也有幾分小聰明，但是衝著她的那些作為，他就絕對不會喜歡她，更別說娶她了。

敏彥從來都很清楚自己的身分，他是耒陽侯的嫡長子，等到他及冠之後，耒陽侯定然會為他請封世子，他必然是未來的耒陽侯。他的妻子可以不漂亮，但一定要聰慧大度雍容，要像他的母親一樣，讓他能夠將內宅的一切交付給她，而眼前的秦嫣然，除了漂亮以外，沒有更多的優點。更何況，她還有一個硬傷——她的出身！

或許秦家曾經輝煌過，但只是曾經，現在的秦家除了眼前這個自以為是的女子之外，什麼人都沒了，而他雖不會非要娶一個家世顯赫的妻子回來，但對方起碼也得家世相當，畢竟自己也是需要妻族的幫助的。

別說他的妻子所應該有的品德和條件，秦嫣然一樣都沒有，就算有……他的那個傻弟弟對秦嫣然的心思他可很清楚，他怎能為她和弟弟鬧不愉快？

「表哥？」看敏彥聽了自己的話只是陷入沈思，沒有驚喜萬分地衝到自己面前驗證他的耳朵沒有出錯，秦嫣然剛剛踏實的心忽然又沒底了，試探地叫了一聲。

敏彥好笑地搖搖頭，看著臉上帶了幾分忐忑不安和期待的秦嫣然，淡淡地道：「我不明白表妹為什麼會說這樣的話，但這些話卻很不妥當，表妹原不該說出口的。」

他這是拒絕了自己嗎？秦嫣然有些不敢置信地看著敏彥，他知道他的拒絕會讓他錯過了什麼嗎？她覺得自己的自尊心受到了傷害，她看著敏彥，道：「表哥這是拒絕嫣然了嗎？」

話還說得不夠明白嗎？敏彥輕輕地一挑眉，認真地看著秦嫣然，認真地點點頭，然後道：「今天這些話我會當作表妹從未說過，自己也從未聽過，還希望表妹以後不要再說。」

說完這些，敏彥便轉身離開，他沒有必要為這種無聊的人、這些無聊的事情繼續耽擱時間。

傷心的表情在看不見敏彥的背影之後被一臉的憤恨取代，秦嫣然恨恨地扯了一把花葉，將它在手心裡碾碎，然後丟到地上，恨恨地道：「丁敏彥，你會後悔的！一定會後悔一輩子的！」

「她真的找上大哥，和大哥說了這種話？」敏瑜瞪大了眼睛，一臉的驚嘆和難以置信。她實在是想不通秦嫣然到底哪裡來的自信和勇氣——這兩年來，丁漣波偶爾也會與她提起「穿越女」的不一樣和驚世駭俗，但聽說是一回事，就這麼一個人在眼前做那種讓她想都不敢想的事情，這又是另一回事啊。

「娘還能騙妳？」丁夫人輕輕地白了敏瑜一眼。

「娘，我可不是懷疑您，只是這件事情太不可思議了！」敏瑜膩著丁夫人，只有母女倆的時候，敏瑜才不會古板地稱丁夫人為母親，整個人也不會像在秦嫣然她們面前那樣儀態端莊到一板一眼，而是帶了靈動和女兒家的嬌氣，她笑嘻嘻地道：「娘，您讓我透露大哥親事的時候，是不是便預料到秦嫣然會做這種不顧顏面的事情了？」

「她會有小動作我已經猜到了，但她敢直接找上妳大哥還是讓我大為意外。」丁夫人冷笑一聲，道：「真不明白她哪來的信心，以為敏彥會看上她，甚至會為了等她長大而不願成親。」

「娘也覺得意外？那娘之前以為她會怎麼做呢？」敏瑜看著丁夫人，她現在最喜歡的就是聽丁夫人剖析事物或人心，那能夠讓她長不少見識，也能讓她學會很多未來某一天可能會用得上的東西。

「娘原以為她會求老夫人，也等著她出那樣的昏招，只是沒想到她膽子這麼大、臉皮這麼厚，自己去找敏彥了。」丁夫人輕輕地搖頭，她原本以為一直以來總是依仗著老夫人疼愛而狐假虎威的秦嫣然，這一次也會求老夫人成全她對敏彥的某些心思。

她知道老夫人對秦嫣然的疼愛勝過了敏瑜姊妹，也知道老夫人心裡存了將秦嫣然留下來當孫媳婦的心思，但是老夫人再怎麼疼愛秦嫣然也不可能讓她嫁給敏彥——

敏彥是長子嫡孫，他的妻子絕對不能是一個沒有家族支撐的小孤女。秦嫣然要是對老夫人提那樣的要求，就算老夫人憐惜她的一片癡心，也不會同意，更會打消了將她留下來當孫媳婦的念頭。

「娘這是為了三哥哥吧！」敏瑜了然地道，這兩年來，她課業繁重，忙得暈頭轉向，但也知道敏行對秦嫣然越來越迷戀的事情。對此，她既氣敏行沒有眼光，沒看清秦嫣然的真面目，也惱恨秦嫣然，對敏行分明就沒有那樣的心思，卻為了她自己的虛榮心和某些便利，硬是不挑破這一層關係。當然，她更擔心的是敏行對秦嫣然的愛慕越深，將來受到的傷也越重。

「是。」丁夫人點點頭，很有些無可奈何，和敏瑜一樣，她最擔心的也是敏行受到傷害。

「三哥哥也是不爭氣，怎麼會那麼喜歡秦嫣然呢？」敏瑜嘆口氣，然後對丁夫人道：「娘，您說，要是三哥哥知道秦嫣然找大哥的事情，會不會讓他從那種迷戀中清醒過來呢？」

「有這樣的可能，但也可能讓他大受打擊之下一蹶不起，他啊，有的時候還真的比不上妳懂事有擔當。」丁夫人嘆了一口氣，道：「所以，這件事情暫時還得瞞著他。」

「唉……」敏瑜也嘆了口氣，然後忿忿地道：「娘，您該給秦嫣然一個教訓了，她現在行事越來越沒有顧忌，整天哄得老夫人對她言聽計從，幫著姨娘爭寵，籠絡敏柔和家中下人，現在還敢攔下大哥說些亂七八糟的話，這府裡都快容不下她了。」

「她再怎麼鬧騰也翻不了天去。」丁夫人淡淡地評價了一句，這是她的真心話，她真沒有將秦嫣然的上躥下跳放在眼中。

「我知道她翻不了天，可是……」敏瑜贊同地點點頭，而後又戲謔地看著丁夫人，道：「她一會兒幫這個姨娘爭寵，一會兒幫那個庶女出頭，多少也會惹人心煩不是？」

「壞丫頭，都會擠兌娘了，該打！」丁夫人微微一愣之後，哭笑不得地輕輕打了敏瑜一下，表示自己生氣了。

敏瑜也不躲閃，笑嘻嘻地挨了這一下，然後帶了幾分好奇地道：「娘，跟女兒說真話，您有沒有吃醋？有沒有氣惱爹爹被荷姨娘給迷惑了去？」

「瑜兒，娘要是連這個醋都吃的話，早就被酸死了。」丁夫人原本覺得女兒還小，不想和她說這些，但是轉念一想，她整天在宮裡打轉，這些事情就算沒有見過也聽多了，沒必要總瞞著她。

想到這裡，丁夫人輕輕地笑著道：「瑜兒，這世間癡情的女子常有，專情的男子卻不常有。在勛貴之中，妳爹爹已經是很難得的好男人了，雖然有幾房妾室，但家中沒有豢養歌姬、舞姬，在外偶爾會逢場作戲，卻從來不將麻煩帶到家中……娘很滿足，不會不知足地想要妳爹爹就這樣守著娘過一輩子……」

說到這裡，丁夫人頓了頓，道：「當然，娘也有拈酸吃醋的時候，但凡事都要有一個度，娘偶爾吃點小醋，妳爹爹會高興，會覺得那是因為娘在意他，也是夫妻間的小情趣，但要是過了，那可就不好了。」

「有什麼不好？」敏瑜癟著嘴，道：「娘這麼好，爹爹難道不能就守著娘過一輩子嗎？」

「要是娘努力的話，妳爹或許會做到，但……」丁夫人輕輕地搖搖頭，沒有哪個女子不希望丈夫只守著自己過日子，但是那終究只能是一種念想，想要做到實在是太難了，尤其是像耒陽侯這樣的人家，旁人的閒話可以不去管，但老夫人呢？家中四房妾室，可有三個是老夫人塞進來的。她輕嘆一口氣，道：「妳祖母那一關就過不了。」

「也是。」敏瑜也想到了老夫人一再的將她身邊的丫鬟塞給父親當通房的事情，她忿忿地道：「真不明白，她腦子裡在想什麼，她就見不得爹爹和娘恩愛過日子嗎？」

「傻丫頭！所有的女子都希望自己的丈夫眼中只有自己，再看不到別的女人，但是所有的母親卻都希望自己的兒子享齊人之福。」丁夫人輕輕地拍了拍敏瑜的臉，道：「瑜兒，以妳的身分，以後所嫁不是勛貴人家就是王公貴族，妳萬不能有這種夫君眼中只能有妳的念頭，那只會讓妳痛苦。」

「那我應該怎麼想、怎麼做呢？」敏瑜眨眼。

「得之我幸，不得我命。」丁夫人輕輕地摟著女兒，道：「能夠有個疼妳到骨子裡、願意一輩子守著妳過日子的夫君固然好，但如果他做不到，那也沒有必要一味的強求，多疼愛自己一點，讓自己過得更好，更快樂一點，不要自艾自怨。」

「嗯，我記住了！」敏瑜重重地點點頭，而後卻又揪著自己最感興趣的話題不放，道：「娘，所以荷姨娘把爹爹給迷惑了去，您真的沒有生氣啊？」

「娘又不是拈酸吃醋的那種人，至於為這種事情生氣嗎？」丁夫人看女兒的表情就知道，那些話女兒只聽進去卻沒有細想，但那也夠了，她笑著道：「妳知道荷姨娘有了些什麼手段嗎？」

敏瑜搖頭，道：「只知道泡茶的法子，旁的不知。」

丁夫人笑道，道：「除了那個，秦嫣然還教會了荷姨娘用藥湯給妳爹爹泡腳。妳也知道，妳爹爹那雙臭腳的味道有多討厭，腳上又經常會生些水泡，那雙腳看都不能看。荷姨娘學會了用藥湯給妳爹爹泡腳，腳光滑了，也不怎麼臭了，別說妳爹爹喜歡，我心裡也是開心的。」

「噗哧！」敏瑜吃吃地笑了起來，丁培寧別的都挺好，最讓人無法忍受的就是一雙臭腳，因為這個他不知道被丁夫人嫌棄過多少次，這麼說來，秦嫣然和荷姨娘還真是做了件好事情，也難怪母親對此只是高興，而不氣惱了。

「明白了吧？」丁夫人看著笑成一團的女兒，道：「妳爹爹的腳臭好很多了，起碼我已經可以忍受他在房裡脫鞋洗腳了，要是以前……妳爹爹敢在房裡脫鞋，我就敢翻臉把他給攆出去。」

丁夫人的話讓敏瑜肚子都笑疼了，她一邊揉著肚子一邊道：「這麼說來，荷姨娘不但是爹爹的寵妾，還是爹爹最合格的大丫鬟嘍？這麼貼心、任勞任怨，還會主動想法子侍候主子的丫鬟可不好找啊！」

「妳這張嘴啊！」丁夫人也大笑起來，還有一件事情她不好和女兒說，那就是丁培寧雖然在清荷院過夜的日子增多，但極少在半夜要水，說白了，他去清荷院就是喝茶、泡腳，然後蓋棉被純睡覺的。

「荷姨娘真蠢！」敏瑜下了一個結論，而後問丁夫人，道：「娘，您說爹爹這些姨娘，有沒有哪個是真的得了爹爹寵愛的，也是真的聰明的？」

「最聰明的是桂姨娘，從來不忘記自己的身分，對敏心的期望甚多，對敏文或許也有很多期望，但卻從來不過問敏文的事情，放放心心地將敏文交給娘教導。」

說到桂姨娘，丁夫人也帶了幾分佩服，佩服她那麼乾脆的就將親生兒子交給自己，但無疑，她的做法是對的，如果她想要將庶子養成廢人，桂姨娘防備得再緊也是沒用的。因為她的放手和故意疏遠，讓敏文對自己的嫡母既尊重又親近，這樣的庶子好好教養，對自己、子女都不是件壞事。

「我也覺得桂姨娘是個聰明的。」敏瑜點點頭，而後又問道：「那青姨娘呢？她文采好、相貌好，出身也好，也不是個蠢的吧？」

「她出身不錯，人也聰明，尤其是吃過虧之後更聰明。」丁夫人搖搖頭，青姨娘有些小聰明，但是卻不見得是真的聰明，真正聰明的人進了府之後會守本分，而不是一朝得寵就試圖獨佔寵愛。但是話又說回來了，像她這樣的人其實是最多的。

「娘，我曾經聽敏玥說過，說青姨娘小產可能是桂姨娘害的？」敏瑜聽丁夫人這麼評價，就想起好幾年前的那樁舊事。

「不是桂姨娘，也不是我。」丁夫人輕輕地搖搖頭，道：「桂姨娘是個聰明人，她很清楚青姨娘不論生兒生女，對她或是對敏心、敏文都沒有太大影響，犯不著害青姨娘和她肚子裡的孩子。只要伸手，難免會留下痕跡，說不定哪一天就會害了她自己和她的兒女，她不會冒那樣的險。至於娘，若不想有庶子、庶女出生有的是辦法，沒有必要讓她們落了胎，害了一條命，不是娘心善，而是娘不願意造孽，免得有一天報應到了你們兄妹的身上。」

丁夫人的話讓敏瑜微微一怔，腦子裡不知道為什麼閃出一個念頭——難道耒陽侯府這些年沒有弟弟妹妹出生，甚至姨娘們都沒有再懷孕，是因為娘做了什麼了嗎？

那個念頭在腦子裡一閃而過，敏瑜沒有繼續想下去，而是咬了咬下唇，道：「不是桂姨娘會是誰呢？荷姨娘沒有那個腦子，也沒有那個本事，而麗姨娘，她除了給娘請安之外，就守在她的院子裡吃齋唸佛，老實安分得像是不存在一樣，應該也不會是她啊！」

「青姨娘剛進府的時候，仗著妳爹爹寵愛，很是囂張，有一次和麗姨娘起了爭執，兩人鬧將起來，鬧到最後甚至動了手，麗姨娘被青姨娘推倒在地摔了一跤……她當時剛剛懷了孩子，還沒發現就流產了。青姨娘被狠狠地責罰了一頓，娘甚至請出家法打了她一頓板子，但麗姨娘的孩子卻還是失去了，以後也無法再生養。」丁夫人淡淡地說出一件敏瑜從未聽說的事情，那個時候她還在襁褓之中。

「難道青姨娘流產是麗姨娘的報復？」敏瑜直覺得心驚肉跳，皇宮裡這樣的事情時有發生，她也不覺得新鮮了，但沒有想到自己的家中也有這樣的事情。

「娘只是告訴妳一樁往事，可沒有說是麗姨娘做的。」丁夫人搖搖頭，她手裡倒是有確鑿的證據，但是沒有必要將它拿出來，更沒有必要讓所有的人知道。

丁夫人淡淡地笑道：「這件事情已經過去了，也沒有必要再追究。再說，青姨娘流了產不見得是壞事，起碼她知道收斂了，也知道怎麼做才是對敏玥好，她現在或許還會恨，但等她老了，說不定會覺得那是一件幸事。」

「這人還真沒哪個是簡單的！」敏瑜輕輕地嘆息著，看來她要學的還有很多很多……

第十五章

「表姊，臉色不大好，可是有什麼心事？」敏柔看著臉色難看的秦嫣然，問了一聲。

今天是丁培寧宿在清荷院的日子，也是她在丁培寧面前討巧賣乖的日子，卻被秦嫣然叫了過來，心裡很不痛快。但再怎麼不高興，敏柔也沒有顯露出來──

荷姨娘能夠有今天全依仗秦嫣然，她對秦嫣然心存感激的同時，也帶了些小心，就擔心秦嫣然某一天忽然不理睬她們，她們就被打回原形。

「我能有什麼心事，只是忽然有些自憐身世而已。」秦嫣然輕輕地搖搖頭，心情低落得連笑容都擠不出來──

敏彥的拒絕對秦嫣然來說是一個巨大的打擊，讓她驟然之間明白了一件事情，就算她是無敵的穿越女，也不能讓每一個人喜愛她，義無反顧地愛上她。

她以前都是用一種俯視蒼生的姿態在看身邊眾人，老夫人是她未成年之前暫時攀附的對象；丁夫人有眼不識金鑲玉，是個眼中只有親生女兒的無知婦人；敏心、敏瑜姊妹是她的墊腳石，注定的炮灰；而敏柔則是仰她鼻息獲得幸福的小跟班；敏彥只是她穿越人生的男一號，或許會成為男主，但也可能是那種無可奈何另娶他人，卻一輩子深愛著她的深情男配角；至於敏行，那不過是個有名有姓的路人甲而已……

可現在，原以為會因為得到她的垂青而歡天喜地，如獲至寶的拉著她的手，賭咒發誓，承諾一輩子只對她好、只看得到她的敏彥，卻拒絕了她，這對她是一種深深的打擊，更是一種諷刺，讓她充滿了一種出師未捷身先死的悲傷。

不過，她不是那種連一點點小挫折都經受不起的人，經歷過短暫的失落悲傷，將那種憤恨埋到心底之後，她很快就振作起來了，決定努力讓自己變得更完美，讓敏彥為今日拒絕了自己而後悔終生。

「自憐身世？」敏柔微微一怔，她心裡其實真的想不明白秦嫣然為什麼會說這樣的話，要是說她在府裡過得不如意倒也罷了，但事實上她在老夫人面前比誰都更得寵，要什麼有什麼，為什麼還會說這種自顧自憐的話呢？

「敏柔妹妹是不是覺得我太過貪心了？老祖宗對我那麼好，甚至比對妳們這些親孫女都更好，我應該惜福才對？」秦嫣然對敏柔最是瞭解，一看她的表情就知道她心裡在想什麼，她輕輕地嘆了一口氣，道：「老祖宗對我的好我心裡清楚，這一輩子也都不會忘記，但是……敏柔妹妹，老祖宗的疼愛和父母的疼愛是不一樣的，老祖宗再怎麼疼愛我，都不能彌補失去父母的傷痛。」

「原來表姊是想父母了。」敏柔了然地看著秦嫣然，只是心裡卻犯嘀咕，她記得她的父母長什麼樣子嗎？

「是想他們了。」秦嫣然點點頭，幽幽地嘆著氣，道：「雖然我都已經不記得他們的音容笑貌了，但是他們對我的關愛卻永遠藏在心頭，我……」

「表姊怎麼忽然多愁善感起來了？」敏柔真不能理解秦嫣然。

「沒什麼，只是看到舅母為表姊她們那般用心，再想想自己，所以……」秦嫣然又輕輕地嘆著氣，然後對敏柔道：「這會兒將妹妹請過來，是有一件事情想要和妹妹商議。」

「表姊請講。」敏柔看著秦嫣然，只盼望她長話短說，好讓自己早點回去，她真的不想錯過這種討好父親的機會。

「我這兩天思來想去，覺得妹妹繼續像現在這樣和我一道跟著齊先生她們學習不大妥當……我和妹妹先打聲招呼，我會去求老祖宗，讓妹妹還是回去和表姊、表妹做伴，至於我，把妹妹安排好了再說吧！」秦嫣然一副為敏柔考慮的樣子。

「表姊為什麼忽然說起這個了？難道表姊嫌棄我愚鈍，不想我再給妳拖後腿嗎？」敏柔一驚，想不通秦嫣然怎麼忽然提這件事情，只以為秦嫣然是嫌棄她笨，總是拖慢進度，要不然以秦嫣然的聰慧和領悟能力，定然早就將幾個先生能教的都學會了。

「我怎麼會嫌棄妳呢？」秦嫣然還真嫌棄過敏柔，她身體內有一個成熟的靈魂，別說原本就有底子的古琴，就算以前沒有學過的書畫，學起來也比敏柔快得多，而幾個先生也不是什麼大家，要是只教她一人的話，早就可以出師了。但是，她從未說過嫌棄敏柔的話，現在更不會說，她輕輕地搖搖頭，道：「不是我嫌棄妳給我拖後腿，而是我不想再連累妳！」

「表姊怎麼會說這樣的話？」敏柔愣了愣，而後忽然想到一件事情，道：「是不是母親要給大姊姊請教養嬤嬤的事情讓表姊想歪了去？表姊，二姊姊不是說了嗎，專門給大姊姊請是因為大姊姊年紀到了，等我們到了那個時候，母親定然也會為我們請教養嬤嬤的。」

「妳確定？」秦嫣然斜睨著敏柔，等到她臉上露出不確定的表情時，涼涼地道：「敏柔妹妹，妳可別把舅母想得那麼好，我還真不認為她會再給我們請什麼教養嬤嬤。妳想啊，敏瑜早就在宮裡把規矩給學好了，現在給表姊專門請了教養嬤嬤學規矩，敏玥或許也順道跟著一起學了，這家裡可就只剩妳我了。妳確定舅母會為了妳我專門請教養嬤嬤？」

敏柔張了張嘴，卻什麼話都沒有說出口，她真不敢肯定丁夫人到時候會給她和秦嫣然再請教養嬤嬤，就算請了，也不一定能夠請到宮裡出來的。

「不敢肯定了吧！」秦嫣然冷笑一聲，而後語重心長地道：「妹妹，為了妳好，妳還是和表姊她們一道去學規矩吧！」

「那表姊妳呢？」敏柔有些鬆動，但還是堅持問了一聲。

「我……」秦嫣然苦笑一聲，道：「表妹不用管我，反正我是個沒爹沒娘疼愛的孩子，就算不懂規矩，有失禮之處，也不會讓人笑話……」

「表姊，妳也別這麼想，妳別忘了，祖母最疼妳，她也會為妳安排好一切的……」敏柔原本是想安慰秦嫣然，但是話一出口，自己省悟過來，是啊，祖母可是一心一意想要將表姊留在侯府的，就算是為了三哥哥，她也一定會給表姊請一個最好的教養嬤嬤回來。想到這裡，她忐忑的心又踏實了，笑道：「我啊，還是再等等，等著和表姊一起學規矩的好。」

秦嫣然心裡暗惱，這個敏柔，該聰明的時候偏偏不開竅，該糊塗的時候卻偏偏機靈，真是……再怎麼著惱，秦嫣然也只能笑笑，道：「妹妹，萬一老祖宗也忘了呢？到時候妳想後悔可都來不及了！」

「祖母怎麼可能會忘呢？她心心念念的就是讓妳當我的三嫂，親上加親呢！」敏柔打趣道，這樣的話這兩年來老夫人說過不少，秦嫣然每次只是又羞又惱地嬌嗔一番，不管是老夫人還是敏柔都當秦嫣然也認同了這件事情。

「這樣的話妹妹以後別再說了！」秦嫣然這一次冷了臉，正色看著敏柔，道：「和妹妹一樣，在我心裡，三哥哥就是我的親哥哥，我怎麼可能嫁給自己的親哥哥呢？那可是亂倫！」

「可是……可是……」敏柔混亂了，不明白秦嫣然怎麼忽然改了態度。

「沒有可是！我對三哥哥除了兄妹之情以外，再無其他感情，這樣的話妹妹以後休要再提。」秦嫣然的態度很堅決。她想清楚了，她很有必要將自己某些真實的想法透露給敏柔，讓她早點接受，然後配合自己，她認真地道：「我是把妹妹當成了自己最親的人，所以才會和妹妹說這樣的話，妹妹可不能讓別人知道！」

「好吧！」敏柔點點頭，卻又道：「可是祖母一直都是那麼打算的，而三哥哥也明顯有那個心思……」

「妹妹忘了舅母了吧？妳覺得舅母會坐視祖母將我和三哥哥送做堆而什麼都不做嗎？」

秦嫣然搖搖頭，道：「別說我真的只將三哥哥當成了親哥哥，就算沒有，就舅母的態度，這事也絕對不成的。」

「也是。」敏柔想想也對，兒女親事最終還是要看父母的意思，老夫人始終是隔了一輩，說了不算，她好奇的問道：「表姊不嫁三哥哥，那將來表姊想嫁一個什麼樣的人呢？」

「我啊，要求也不高，只希望我未來的夫君能像大哥哥一樣，有個好出身、好相貌、好性情，又肯長進，就足矣！」秦嫣然脫口而出，話一出口便有些後悔，後悔自己不該和敏柔說這麼多。

「像大哥那樣的？」敏柔微微一愣，而後卻勸說道：「表姊，妳可不能那麼想，妾不是那麼好當的！」

這是什麼話！秦嫣然怒了，她怎麼可能給人當妾，她連丈夫納妾都不許，怎麼可能當妾？她是穿越女，怎麼可能和別的女人分享男人，又怎麼可能屈居別的女人之下？

秦嫣然的怒意是那麼的明顯，敏柔自然不會感受不到，她微微地縮了一下，卻還是鼓足勇氣，道：「表姊，我知道妳又聰慧又漂亮又能幹，有滿肚子的想法，不管誰娶了妳都是三生有幸，可沒有個好的出身，沒有父兄親族依靠，什麼都是虛的。」

出身？英雄都不問出處了，她這個穿越女還會被出身給侷限住？秦嫣然心裡嗤了一聲，卻沒有多說，而是笑笑，道：「妹妹，不說這個，妳還是仔細想想，是去跟表姊她們一起學規矩，還是再等等……學不成規矩，舅母就不會讓妳跟著她出門應酬，外人不認識妳，對妳的終身大事可是很不利的。」

敏柔咬著下唇，有些猶豫。

秦嫣然又添了一把火，道：「妳想想，要是妳能早一點學好規矩，說不定舅母帶著表姊出門應酬交際的時候也會帶上妳，妳可比表姊漂亮多了……」

「可要是我去了，就剩表姊一個人了。」敏柔心動了，是啊，她和敏心出身一樣卻出挑很多，要是和敏心一起出現在人前，打聽自己的人家一定會更多，嫁的也一定會比敏心更好。

「不用管我！」秦嫣然搖搖頭，心裡卻暗笑，她就不信所有的人都在學規矩，丁夫人還能獨獨的將自己給篩下，要出門應酬的時候也一樣，敏心、敏柔都去了，自己露出想去的意思，就算丁夫人不帶自己出去，也能纏著老夫人帶自己出門，到時候……

想到自己能更風風光光的在人前露面，用自己備受先生誇讚的琴棋書畫在眾人面前嶄露頭角，而後再用自己超越這些古人上千年的學識折服他們，折服比敏彥更出色的權貴男子，秦嫣然就有壓抑不住的興奮。

她看著敏柔，輕聲道：「妹妹學好了規矩也能指點我一二，不是嗎？」

「也是！」有了秦嫣然這句話，敏柔終於覺得將秦嫣然拋下並不是什麼自私的行為了，她點點頭，道：「我這就去求父親，求他和母親說說，讓我跟著大姊姊一起學規矩。表姊，妳放心，不管我學了什麼都會回來教妳的。」

等妳這個笨蛋來教我？秦嫣然心裡不屑之際，嘴上仍應著，道：「那我就等妹妹給我當先生了！」

敏柔到清荷院的時候，丁培寧正半閉著眼睛坐在特製的太師椅上，兩隻腳搭在太師椅前的小方杌上，兩隻腳上都蓋了一塊柔軟的白疊布方巾，荷姨娘正在其中的一隻腳上按摩著，從她的神態和已經出現汗水的額頭可以知道，這並不是一件輕鬆的事情。

這椅子也是秦嫣然畫了圖紙，荷姨娘讓人照著做出來的，和一般的太師椅大不相同，扶手不但更寬一些，還用上好的、夾了棉絮的錦緞裹上，靠背比尋常的太師椅更往後一些，靠上去整個人更舒適也更放鬆，荷姨娘還依照著秦嫣然的交代，親手做了一個大小剛好的靠墊放上，坐上，往後一靠，要有多舒坦就有多舒坦。

丁漣波要是看見的話，說不定也會為秦嫣然的奇思妙想而叫好——這不就是一個簡約版的單人沙發嗎？

而眼前的這一幕則可能讓她捧腹大笑——這不就是一個洗腳小妹和正在享受小妹按摩服務的客人嗎？

敏柔已經見慣了荷姨娘這麼侍候丁培寧，她乖巧的上前，恭恭敬敬地道：「女兒給父親請安了！」

丁培寧睜開眼睛，輕輕的點點頭，淡淡地道：「敏柔過來了啊！」

敏柔甜甜地一笑，「嗯」了一聲，然後便走到丁培寧身後，揚起小拳頭，輕輕地為丁培寧捶肩，丁培寧眼中閃過一絲不悅和無奈，心裡微微的嘆了一口氣，卻什麼都沒有說。

荷姨娘的侍候丁培寧是很滿意的——用藥物熱呼呼地泡了腳，又好好按摩一番之後，不但腳板心會熱呼呼的很舒坦，整個人也會有一種十分放鬆舒坦的感覺，困擾他的腳臭味也淡了很多，他現在去高氏房裡，也不會因為腳臭味而被高氏嫌棄了。

但是，丁培寧對沒有腦子的荷姨娘竟讓敏柔在這個時候出現在他面前很不滿意——他也知道，荷姨娘和敏柔這樣做不過是想讓他對敏柔的印象更深，對敏柔多幾分寵愛，但博取他的喜愛也要看時候和場合啊！他人正半靠在太師椅上，一雙光腳丫子放在方杌上，而荷姨娘坐在小杌子上，侍候著他……這樣的情形要是換了敏瑜，迴避猶自來不及，怎麼可能還湊上來？

為此，他說過荷姨娘，也說過敏柔讓她避嫌，但不管是荷姨娘還是敏柔都不明白他這是為了敏柔好。他每次說這個，敏柔就一臉孺慕的說什麼她喜歡給父親捶捶肩，這表示她和父親親近，而荷姨娘則說兒女就該孝順父親……若他堅持要敏柔離開，荷姨娘就會雙目含淚的看著他，而敏柔也是一副委屈不已的樣子，似乎他是在嫌棄她們一樣。

丁培寧真的不知道她們腦子裡想些什麼，她們難道就不知道，有些情況就算是父女也是該避嫌的嗎？

這一點高氏就做得很好，他們兩人單獨相處的時候，她從來不會讓孩子們打擾，更不會刻意地讓孩子們出現。而敏瑜，一貫嘴甜機靈的她自然也會討好賣乖地為自己捶捶背、捏捏肩，尤其是有所求的時候更是如此。他素來嬌慣敏瑜，此時更是有求必應，只要敏瑜開了口，不管丁夫人是什麼態度，他總會讓敏瑜如願。但敏瑜很會看場合，在自己衣冠不整的時候，她就算無意中闖了進來，也會避嫌地離開，絕對不會多停留。

敏柔只比敏瑜小兩個月，難道她就不知道，她出現得不是時候，討好賣乖得也不是時候嗎？這樣的情形下，能給自己捏肩捶背的，除了姨娘之外也只有奴婢了。她就算是庶出，生母就算只是婢子出身，也都是耒陽侯府的姑娘，不該做這樣自折身分的事情。

敏柔自然不知道自己這樣的親近，讓丁培寧既感到無奈又覺得她不爭氣，在荷姨娘侍候丁培寧的時候，她在一旁討好賣乖，這其實是秦嫣然出的主意，她說這個時候丁培寧正享受著荷姨娘的貼心侍候，心情定然會很好，看什麼都會更順眼，正是拉近父女關係的好機會。

自從秦嫣然出了點子讓荷姨娘將丁培寧留住，讓丁培寧來清荷院的日子越來越多之後，敏柔就將秦嫣然的話奉為圭臬，秦嫣然怎樣說，她就怎樣做，根本沒有細想丁培寧的態度和話語。

敏柔進來的時候，荷姨娘就已經為丁培寧按摩得差不多了，敏柔才捶了一小會兒，荷姨娘就按摩好了，她認真地將丁培寧略帶異味的大腳擦乾淨，為他穿上襪子，穿好鞋。這個時候一旁的丫鬟才上前，叫桃紅的將方杌搬開，叫柳綠的則攙荷姨娘起身淨手，等荷姨娘將手洗了好幾遍，確定乾乾淨淨沒有任何異味，又簡單地整理了一下自己之後，桃紅已經快手快腳的準備好了泡茶要用的器具，荷姨娘沒有半刻歇息，便又開始為丁培寧泡茶。

「敏柔坐下歇息一下吧！」丁培寧淡淡地說了一聲。

敏柔輕聲應諾，然後坐到了丁培寧身邊，一副溫柔乖巧的樣子。

「這幾天的課業可還跟得上？」丁培寧隨意地問道，幾個兒子包括庶子敏文的課業他都會時時關心，不時地還會親自考校他們的功課，但女兒們的功課他卻不是很關心，敏柔功課有些吃緊跟不上，還是她自己主動和他說的。

「還是有些吃緊，但聽了父親的話，和先生溝通過了之後，先生照顧女兒，放緩了進度，比之前好很多了。」敏柔露出一個不好意思的笑容，這也是秦嫣然教她的，秦嫣然說過，在丁培寧面前不要逞強，不要說自己什麼都好，自曝其短比逞能更容易得到丁培寧的關愛。

聽了秦嫣然的話，敏柔上一次故意在丁培寧面前說自己的小苦惱，說自己有些跟不上先生的進度云云，果不其然，丁培寧不但關心地問她學了些什麼、學到哪裡，還給了她一些建議，這讓她心裡快活極了，私下認為，就算是敏瑜也不見得能夠讓丁培寧這麼關心。

「那就好。」丁培寧點點頭，這個時候荷姨娘泡好了第一泡茶，為他斟了一杯，他輕輕地啜了一口，滿口茶香，唇齒生津的感覺讓他的神態更輕鬆了。

敏柔知道這個時候丁培寧的心情一般都會很好，立刻不失時機的開口道：「父親，女兒有件事情想問問父親的意思。」

「妳說吧！」丁培寧不置可否地道。

「女兒想和大姊姊一起學規矩。」敏柔在來的路上就已經仔細地想好自己該怎麼說，她看著丁培寧道：「聽二姊姊無意中說起，說宮裡最近會放一批教養嬤嬤出宮，而母親想請一位回來，讓她教導大姊姊規矩，女兒想趁這個機會，和大姊姊一起學規矩。二姊姊說過，早點學規矩，就能早一點用規矩來要求自己，也能讓自己早一點養成好習慣。」

「這件事情妳和妳母親說過了嗎？」丁培寧沒有說好或者不好，而是問了另外一個問題。

「還沒有。」敏柔輕輕地搖頭，帶了幾分怯懦的道：「母親一向嚴厲，女兒有些怕她，所以想先和父親說說，問問父親的意思。」

敏柔對丁夫人確實十分敬畏，就算現在覺得荷姨娘倍受寵愛，自己今非昔比，也不敢在丁夫人面前大聲說話，但是故意將她對丁夫人的敬畏表現出來卻別有用心——秦嫣然說了，不用在丁培寧面前掩飾她對丁夫人的畏懼之心，她不能向丁培寧控訴丁夫人對她不好，但是卻也沒有必要讓丁培寧以為丁夫人將她視若己出，讓他知道丁夫人精明厲害，能夠讓他在心裡產生疏遠丁夫人的情緒，對她、對荷姨娘都是有好處的。

「妳母親有的時候確實是太嚴厲了些。」丁培寧贊同的點點頭，卻是想起了高氏對兒子們的高要求，他常覺得她對兒子們太過嚴厲了些，但是高氏這個當娘的都狠得下心來了，他這個當父親的自然不能心軟。

丁培寧的話讓敏柔心中一喜，帶了幾分殷切的看著他，道：「父親能不能和母親說說，讓母親點頭同意女兒跟著一起學規矩呢？」

「不行！」丁培寧想都不想地就搖頭，和高氏成親之後他就答應過她，內宅的一切事情全部交給她，不管發生了什麼事情他都不得過問的。

三年前，因為青姨娘流產，他暴怒之餘忘了對高氏的承諾，插手內宅的事情，高氏當時一個字沒說，但是事後卻足足一個月不讓他進房。旁人包括兒女們都以為是他惱怒高氏治家不力，故意冷落她一個月，但誰知道，他其實是被攆了出來的，事後不知道賠了多少小心，才讓她軟化、放他進房的。他可不想再為敏柔的這些小事情，讓高氏生氣。

丁培寧的態度是那麼的堅決，讓敏柔愣了愣，她萬萬沒有想到，對她越來越和藹、越來越關心的父親會拒絕，這不過是順口一說就成的事情啊！她有些受傷，也有些不敢置信的看著丁培寧，眼眶一紅，叫道：「父親……」

「不是為父的不為妳說話，但內宅的所有事情，包括妳們的教養，都是妳母親在管，我是絕對不會插手的。」丁培寧解釋了一聲，也表明了自己的態度，但看著敏柔傷心的樣子，又道：「妳母親雖然一貫嚴厲，但做事卻素來公正，妳只要好好的和她說，就將剛剛和我說的這番話與她說，她定然會同意讓妳和敏心一起學規矩的。」

敏柔心裡委屈得不得了，但也不敢朝著丁培寧發脾氣，只能低聲應是。

「對了，妳不是和嫣然一起上課嗎？她是不是也想跟著一起學規矩？」丁培寧也就順口一問，並非是關心秦嫣然，事實上他對秦嫣然並沒有太多的好感，她的言語、行為實在不像是一個好姑娘。

「表姊讓我不用管她！」敏柔情緒低落，沒有細想便隨口道，而她的回答卻讓丁培寧皺起了眉頭……

第十六章

「我前些天求了皇后娘娘的恩典，提前和這一次要放出宮的教養嬤嬤們見了面，更和其中一位姓方的嬤嬤談好了，再過四、五天，她就會來府上教敏心學規矩。」難得一家人全部都在，丁夫人便將請教養嬤嬤的最新進展說了出來，她看著臉上帶了驚喜的敏心，道：「敏心，學規矩可不是一件容易的事情，需要吃苦耐勞，妳可要做好心理準備。」

「女兒知道，女兒一定不會讓母親失望的。」敏心臉上放光地看著丁夫人，她知道，並不是每一個像她這樣出身的庶女，都有機會跟著宮裡出來的嬤嬤學規矩的，她會珍惜這樣的機會。

「我相信妳。」丁夫人點點頭，這兩年來，敏心的努力她是看在眼中的，她天資不好卻能以勤補拙，黃先生等人雖然沒有將她視為得意學生，但對她的努力卻很讚賞，都說她是個好的。

「母親，那我呢？」敏玥一雙大眼睛忽閃忽閃地看著丁夫人，她遺傳了青姨娘的美麗，雖然比敏柔稍微遜色一些，但比敏瑜、敏心都更漂亮，她一派天真地道：「我所有的功課都是和大姊姊一起的，也要跟著嬤嬤一起學規矩嗎？」

「敏玥想跟著學規矩嗎？」雖然敏玥比敏心更可愛，也比敏心嘴巴更甜，但丁夫人心裡還是更重視更疼愛敏心一些，青姨娘可沒有桂姨娘那麼聰明，也沒有桂姨娘的那份膽識，她可不敢將敏玥的事情完全交給丁夫人管，就算吃了虧之後，教敏玥跟緊敏瑜，以敏瑜馬首是瞻，也一樣不敢放手。

「這個……」敏玥很有些猶豫，青姨娘知道敏心要學規矩，她或許能夠跟著一起學的時候萬分欣喜，但是她自己卻還真的是不大願意學規矩的，不為別的，就是不願意那麼吃苦受罪——她曾經好奇的央著敏瑜教她一些規矩，也好奇地照著敏瑜教的去做，自然知道學規矩可不是什麼輕鬆的事情。

「怎麼？」丁夫人好笑的看著敏玥皺巴巴的小臉，知道她正在天人交戰。

「我其實也拿不定主意！我知道學好了規矩是好事，但是學規矩好辛苦，我怕自己吃不了那份苦。」敏玥苦惱地看著丁夫人，帶了商量的語氣道：「母親，能不能這樣？讓我跟著大姊姊一起學規矩，但是對我的要求稍微寬容一點點。」

「妳這個小滑頭！」丁夫人笑罵一聲，然後道：「這樣吧，妳跟著敏心一起學規矩，我會和嬤嬤說，不放鬆對妳的要求，但是卻可以放慢妳的進度，這樣可好？」

「太好了，謝謝母親！」敏玥歡呼一聲，小臉上立刻又光彩熠熠的了。

「母親，女兒也想跟著嬤嬤學規矩。」看到敏玥輕而易舉的就讓丁夫人鬆了口，一直盤算著該怎麼求丁夫人的敏柔弱弱地開口，她看著丁夫人，道：「女兒不怕吃苦，女兒一定會努力認真的。」

「妳們都是耒陽侯府的姑娘，我這個當嫡母的自然不會厚此薄彼，既然都不怕吃苦，那麼就一起學規矩吧！」丁夫人一口答應下來，不等敏柔開口道謝，便淡淡地道：「知道上進，想要學規矩是好事，以後這樣的事情直接與我說就是，不用去求妳父親，他已經很忙很累了，別用這種小事情給他添麻煩。」

是姨娘身邊的丫鬟嘴巴不嚴實，告了密，還是父親和她說的？敏柔的心突地一跳，偷偷地瞄了丁培寧一眼，他似乎什麼都沒有聽到一樣，老神在在的坐在那裡，看不出任何異樣的情緒，她只能低聲應是，看起來乖巧無比。

「那嫣然呢？」敏柔是真的聽進去了還是只是敷衍了事，丁夫人不關心，她將視線轉移到了坐在老夫人身邊的秦嫣然，滿臉慈愛地看著她，道：「學規矩雖然苦了些，但學好了規矩能夠帶來的好處也不少，最起碼能讓人言行舉止有度，儀態端莊大方，蛻去一身的稚氣。妳看敏瑜，她看起來是不是比她的年紀更懂事？」

「我……」秦嫣然輕輕地咬了咬下唇，看起來很有些拿不定主意的樣子，她原本已經打定了主意要跟著一起學規矩的，故意對敏柔說那些話，讓敏柔當那個出頭鳥，就是想著只要敏柔也開始學規矩，那麼就算丁夫人想要把自己給漏掉也不可能。但是現在，丁夫人主動提出讓她學規矩，又說了這番話，她卻遲疑了——要是學了規矩，讓她與這個時代的女人迥異的氣質減弱，甚至泯然眾人，那才不划算呢！

「有什麼為難的嗎？可是擔心吃不了苦？」丁夫人的態度更和藹了，她看著秦嫣然，不等她回答就笑道：「嫣然素來乖巧懂事，蘭心蕙質，不管學什麼都一學就會，齊先生幾次與我提起，說嫣然學什麼都很快，已經將她們能教的都學會了，只是年紀尚幼，學的時日尚短，要不然的話早該青出於藍了。我相信，這學規矩也是一樣的，也相信嫣然一定能夠輕輕鬆鬆地將規矩學好。」

丁夫人這般急切地希望秦嫣然點頭，秦嫣然就越發的覺得這其中有貓膩，她才不相信丁夫人會安什麼好心，她看看一臉殷切期盼的丁夫人，然後將目光投向一臉為難的老夫人。

「怎麼了？嫣然不想和敏心她們一起學規矩嗎？」不負所望的，老夫人開口了，但是她卻想歪了一些，只以為秦嫣然不願意和敏心、敏玥一起，這兩年來，秦嫣然和敏柔不遺餘力地灌輸她一種她們經常被敏心、敏玥姊妹排擠、欺負的錯覺。

秦嫣然暗自翻了一個白眼，臉上卻只能帶著微笑道：「嫣然倒是也想和表姊她們一起學規矩，只是每日的課業已經占去了嫣然的大部分時間，嫣然能夠陪老祖宗、在老祖宗膝下承歡的時間已經不多了，要是再學規矩的話，嫣然就更沒有時間陪老祖宗呢！對嫣然來說，最重要的是能夠陪老祖宗說說話、散散步、逗老祖宗開心，別的與之相比都不重要。」

秦嫣然的話讓老夫人心都酥了，一邊憐愛地拍拍秦嫣然，一邊道：「妳有這份孝心老祖宗就滿足了，可不能因為這個就耽擱妳學規矩。」

「嫣然還小，規矩再過兩年學也是可以的，不急在這一時。」秦嫣然握著老夫人的手，然後看著丁夫人，道：「舅母，嫣然知道您的好意，不過嫣然還是再過兩年再學吧！」

「再過兩年？」丁夫人皺起了眉頭，略帶為難地道：「再過兩年，方嬤嬤也不一定能夠教妳學規矩。方嬤嬤家裡已經沒有什麼親人了，我承諾她，只要她好好的教導敏心規矩，那麼等敏心出嫁的時候，她就是敏心的陪嫁嬤嬤，讓敏心給她養老，敏心已經不小了，兩年後怎麼都該出嫁了。」

「沒有方嬤嬤就學不了規矩了嗎？」秦嫣然眼中閃爍著諷刺，難不成全天下的嬤嬤都死絕了，只剩這個方嬤嬤了？

「那倒不至於，但是宮裡放出來的教養嬤嬤不是那麼好找，這一次是得了皇后娘娘的恩典，才請到一位，下一次恐怕就沒有這麼簡單了。」丁夫人笑笑，不和她一般見識的解釋道。

「這樣啊……」丁夫人越是這麼想讓秦嫣然跟著學規矩，秦嫣然就越是不想，她轉頭對老夫人道：「老祖宗，如果嫣然不跟著方嬤嬤或者別的宮裡出來的教養嬤嬤學規矩，您會不會對嫣然失望？會不會生嫣然的氣？」

「當然不會！」老夫人一聽這話就知道秦嫣然還是不想學規矩，她只以為秦嫣然是想多陪自己，她心裡熱乎，語氣溫和地道：「學不學規矩妳都是老祖宗最心疼的寶貝兒！」

「既然這樣，嫣然就賴在老祖宗身邊不去學什麼規矩了！」秦嫣然笑嘻嘻地說了一句，而後又看著丁夫人道：「舅母，嫣然只能辜負您的好意了。」

丁夫人將眼底的諷刺藏好，臉上卻閃過一絲失望，語氣淡淡地道：「既然嫣然不想學，那也不勉強。只是，下個月京城各種聚會、宴會很多，我原本打算讓妳們學一些規矩，大體上不會出錯後，就帶著妳們姊妹一道去見見世面，要是嫣然不跟著學規矩……」

丁夫人的話沒有說完，但意思卻很明顯，那就是學規矩的才能跟著她出門，不學規矩的恐怕就只能關在家裡了。

威脅利誘都來了？秦嫣然心裡冷嗤一聲，更堅信丁夫人讓自己學規矩沒有安好心，她甜甜地一笑，道：「嫣然不過是個投奔老祖宗的孤女，跟著舅母出門應酬只會讓人笑話看不起，還是老老實實地待在家陪老祖宗的好。」

那更好！丁夫人心裡冷笑，她就知道秦嫣然是個自作聰明的，但是臉上卻又閃過失望之色，看了看老夫人，似乎有些忌諱再說什麼會讓老夫人不滿，悶聲道：「既然嫣然不嫌整日關在家悶得慌，那就這樣吧！」

「陪在老祖宗身邊怎麼會悶呢？」秦嫣然討巧地道。「再說，要真是悶了，老祖宗也一定會帶嫣然出門透透氣的。」

「妳這孩子就是會討我開心！」老夫人笑得嘴都合不攏，讚了秦嫣然一句之後對敏心姊妹道：「妳們總是說我偏心，只心疼嫣然，妳們自己說說，妳們哪一個能像嫣然這般孝順貼心？但凡妳們有嫣然一般好，我也會把妳們當成心尖子。」

敏心很是不以為然，想要反駁，卻被一旁的敏瑜輕輕地、不動聲色地踩了一腳，她張了張嘴還是什麼都沒有說。

敏瑜則笑著道：「老夫人說的是，我們以後會以表姊為榜樣，好生向表姊學習的。」

看著一板一眼的敏瑜，秦嫣然心裡嗤了一聲，看到她這般古板的樣子，她對學規矩就沒有半點期望了……

「表姊，妳來了啊！」進屋見到坐在臨窗大炕上的秦嫣然，敏柔也不意外，隨意地打了一個招呼，就坐到了另外一側，將腿微微一抬，她的大丫鬟冬伶立刻將她的腿放到一旁的方杌上，而後坐到一側輕輕地為她捶起來。

「累壞了？」秦嫣然將手上的書放下，臉上帶了一抹關心地看著敏柔，那方嬤嬤到耒陽侯府已經有二十多天，而跟著她學規矩的三個人也受了二十多天的罪，每次看到敏柔累得一進屋就恨不得趴下的樣子，秦嫣然就慶幸自己及時地打住了學規矩的念頭，要不然受罪的人還會多一個自己。

「嗯……」敏柔有氣無力地應了一聲，輕輕地扭動著自己的脖頸，臉上滿是痛苦之色，似乎就那麼動動對她來說都很艱難。

「今天又學什麼了？怎麼看妳的樣子似乎比前幾天還要累。」秦嫣然關心地問了一聲，雖然認定丁夫人讓人教規矩沒有安什麼好心，也下定決心暫時不去受那個罪，她卻還是很關心敏柔她們到底學了些什麼。

「走路！」敏柔恨恨地道。「讓我們從屋裡走到屋外，從屋外走到屋裡，又在院子裡轉了好些圈子，走得我腿疼腰疼頭也疼！」

想到方嬤嬤板著一張棺材臉，讓她們滿院子走來走去，敏柔就是一肚子的怨氣，她也是嬌生慣養長大的，從來沒有像今天這樣，走過這麼長的路。

「噗！」秦嫣然一點都不同情地笑了起來，看著忿忿然的敏柔，道：「這方嬤嬤也真是的，就這麼教規矩啊！難不成她覺得妳們都這麼大了，還不知道怎麼站、怎麼坐、怎麼走路嗎？」

秦嫣然說這話也是有由來的，方嬤嬤到耒陽侯府這些天，就只教敏心姊妹坐姿，站姿，把她們坐得屁股生疼，站得腿腳發麻，腰背更是僵硬得不得了，別人秦嫣然不知道，但是敏柔卻是整天的叫苦。

「可不是！」敏柔點點頭，抱怨道：「和打小養成的習慣其實也沒有多少不一樣，無非不過是腰挺得更直、手應該放在哪個位置、下巴又要抬多高……這些不起眼的小細節而已……表姊，我真的後悔跟著湊這個熱鬧了，每天被折騰得渾身都疼，還學不到什麼有用的東西。」

「這也都怪我，以為真的能學到什麼，鼓動著妳去，要不然的話妳也不會這麼遭罪。」看到敏柔一臉的懊悔，秦嫣然不是很真心地自責了一句。

「這怎麼能怪表姊呢？表姊也是為了我好才會鼓勵我啊！」敏柔原本有些怨懟，但被秦嫣然這麼一說，心裡的怨氣頓然不見，還為秦嫣然開脫了一句。

「妳不怪我就好。」秦嫣然大大地鬆了一口氣，似乎心裡很擔心敏柔責怪她一樣，然後又道：

「敏柔妹妹，妳要真覺得實在是太累、支持不下去，我去和老祖宗說說，看看能不能免了妳去學規矩？」

「真的可以嗎？」敏柔眼睛一亮，但很快卻又黯淡下去，道：「還是算了吧！這才學了不到一個月，要是連這點毅力都沒有，還不知道父親會對我失望成什麼樣子呢！還有姨娘，她一直盼著我能夠把大姊姊她們給比下去，一定不會贊同我因為怕苦怕累就退縮的。」

這兩年來，荷姨娘雖然一躍成為丁培寧的「寵妾」，丁培寧在清荷院過夜的次數也不少，可是肚子卻遲遲沒有動靜。她懷疑過自己的身子是不是有什麼不妥，也私下找大夫看過，卻什麼問題都沒有找到，只能嘆息自己的命不好，而後無奈地將所有希望放在了敏柔身上，希望她長大以後能夠嫁一個好人家。

「既然這樣，那就沒辦法了。」秦嫣然輕輕地一攤手，而後又對苦著臉的敏柔道：「現在剛開始妳還不適應，自然覺得很苦，等慢慢地適應了之後，應該就不會這麼累了。」

「希望這樣吧！」敏柔嘆口氣，而後對正給她捶腿的冬伶道：「腿上舒坦一些了，妳給我捏捏肩頭，我覺得我整個肩，甚至整個背都是硬邦邦的……唉，這樣的日子什麼時候是個頭啊！」

「快了，快了！」秦嫣然看著因為太累私底下越發的沒有了儀態的敏柔，心裡忽然很好奇，很想知道敏心、敏玥現在是不是和她一樣，也累得恨不得直接癱倒下去，要是那樣的話，她們學規矩學到的也不過是在人前裝模作樣而已。

「對了，母親身邊的姚黃說了，明兒錦繡坊的人會進府，來給我們量一量身量，給我們每人做兩身衣裙……」被冬伶捏得又是舒坦又是痠脹難受的敏柔忽然想起一件事情來，她看著秦嫣然道：「除了過年添置的衣裳以外，我們平日裡穿的可都是針線房自己做的，母親忽然讓錦繡坊的人上門是為了什麼？表姊，妳說是不是她真的要帶我們出門了？」

錦繡坊是京城有名的老字型大小，有京城最好的裁衣師傅、最好的繡娘、最好的綾羅綢緞，當然，價格也不便宜，隨隨便便做一身衣裙少說也要十多兩銀子，考究一些的衣裙就更貴，有的甚至要上百兩銀子。

耒陽侯府雖然家大業大，但花銷也大，丁夫人又是個慣會精打細算的，自然不可能什麼都從錦繡坊訂製，現在非年非節的卻讓人進府量身，不能不讓人浮想聯翩。

「應該是吧！」秦嫣然微微一怔，丁夫人之前是說過，說學一段時間的規矩之後就會帶著她們出門，但她一直以為那是丁夫人拋出來的誘餌，誘惑自己去學規矩，更在心裡猜測這所謂的一段時間不知道會是多久以後，但現在看來，自己的猜測錯了。

她稍微整理了一下自己的思緒，笑著道：「舅母素來言出必行，她之前就說過，等妳們學了規矩就帶妳們出門長見識，自然不會食言。」

「表姊，妳說母親會帶我們去什麼地方呢？」見秦嫣然也贊同自己的猜測，敏柔便帶了幾分興奮，連渾身的痠痛都暫時忘記了，她長這麼大，除了跟著老夫人去上香之外，還真沒有出過門，對外面的世界充滿了好奇和幻想。

「我也猜不到。」秦嫣然搖搖頭，道：「不過，我想應該不會帶妳們到很重要的宴會去，妳還是不要抱太大的期望，免得期望太大，失望更大。」

「表姊為什麼這樣說啊？」秦嫣然的話像是一盆冷水，將敏柔滿腦子的幻想都澆熄了，她嘟著嘴，帶了幾分不高興地看著秦嫣然，心裡冒出一個念頭——難道是因為表姊自己不能出門，所以就故意說這些話？

「妳想啊，妳們才學了多久的規矩，舅母能帶著妳們去什麼重要的宴會嗎？要是妳們不小心出了什麼錯，豈不是讓人笑話？到時候，妳們不自在，舅母臉上也無光，妳們不是她親生的，她豈會願意因為妳們在人前丟面子？」敏柔的不高興秦嫣然看得很清楚，她不慌不忙地分析道：「要是換了敏瑜肯定就不一樣了，她可是從小就跟著舅母進出皇宮的。」

「妳說的有道理。」敏柔素來都沒有什麼主意，立刻信了秦嫣然的話，整個人也有些懨懨的，嘆氣道：「母親面上從來不會虧待我們，但也不會像對二姊姊一樣對我們的。」

「妳也別太喪氣，這不過是我的猜測罷了，當不得真。」看著敏柔那不爭氣的樣子，秦嫣然心裡暗笑，卻又道：「說不定舅母就會出人意料的帶妳們去那種貴人雲集的宴會，畢竟以舅母的身分，太過普通的宴會恐怕也不會去參加。」

「這倒也是！母親的眼界素來高得很，一般的宴會她可不一定會去。」聽秦嫣然這麼一說，敏柔又高興起來，然後看著秦嫣然，道：「表姊，妳想不想一起去呢？」

「我都沒有學規矩，舅母怎麼可能帶我去？」秦嫣然心裡不能說完全不後悔，但是臉上卻半點都沒有表現出來，而是笑笑，道：「我啊，還是老老實實地待在家，陪老祖宗的好！」

「表姊，妳要是真想去的話，可以求老祖宗啊！老祖宗那麼疼妳，一定會發話讓母親帶妳一起去的，反正也就是順道的事情，母親不會拒絕的。」敏柔雖然很想出去見世面，但對未知的一切卻又帶了些畏懼，就想拉上秦嫣然一起，好有個伴，也能相互鼓勵壯膽。

「讓老祖宗和舅母說？」秦嫣然心裡微微一動，但略一思索，還是搖頭，道：「還是算了，如果舅母一口應承也就罷了，要是舅母用之前說過的話把老祖宗給駁了回去……老祖宗那麼疼我，我可不願意老祖宗為了這點小事，在舅母面前丟了分！」

「我知道表姊對祖母最孝順，不想祖母為難，但是這一次不開口的話，下一次也不好開口了，表姊就不擔心錯過好時機嗎？」敏柔鼓動著，道：「表姊難道不想去見識見識嗎？」

「當然也想，不過比起讓老祖宗為難來，那真的不重要了。」秦嫣然搖搖頭，看敏柔還想說，她又搶先道：「妳去了回來和我多講講妳的見聞，和我自己去也沒有太大區別，我就等妳回來給我長見識了。」

「那好吧！」秦嫣然的話讓敏柔打消了再勸下去的心思，在秦嫣然面前，她素來都只能乖乖地聽她說，極少有在她面前顯擺的時候。她不去，固然少了一個相互照應的伴，但卻多了一次對她顯擺的機會，這可更難得啊！

秦嫣然笑笑，沒有說話，她當然想出門，更想利用那樣的機會一鳴驚人，但是她對外界的情況一抹黑，就這麼跟著去了，沒有一鳴驚人卻出了醜怎麼辦？

機會是給有準備的人，她現在還沒有完全準備好，還是不去為妙！至於敏柔，她就當自己的前鋒，給自己探探路吧！

第十七章

「郡主，這三位是耒陽侯府的姑娘，請郡主招呼。」

「我知道了，妳回去告訴母親，就說我會好好的招待丁家妹妹們，讓她不用擔心。」被稱為郡主的姑娘點了點頭，笑著道：「我是李安恬，剛剛及笄，不知道幾位妹妹怎麼稱呼？」

敏心上前半步，笑著將自己姊妹三人簡單地介紹了一下，而後帶了幾分恭維地道：「我們姊妹年幼，也是第一次到王府來，要是有什麼失禮之處，還請安宜郡主指點。」

今日是靖王府的木樨宴，丁夫人特意帶了三姊妹赴宴，一來是為了讓她們在人前露露面，多結交幾個同齡的姑娘，二來卻是讓敏瑜趁這個機會與幾個她覺得不錯的姑娘接觸接觸，然後給她一個參考意見。

值得一提的是，原定計劃中，敏柔也是要一起來的，卻因為她的裝扮實在是不合適——穿了自覺最漂亮的新衣、戴了晃人眼的珠寶首飾、塗抹了本不該她這個年紀的小姑娘用的脂粉、梳了看起來頗為貴氣的髮髻，看上去光彩照人，但若真帶她出門的話，她會被人笑話，丁夫人這個當嫡母的會被人笑話，耒陽侯府更會成為京城笑柄。看著她自以為是的樣子，丁夫人嘆了一口氣，將她留下了。

「不過是大家聚在一起玩罷了，沒有多少講究，更談不上指點什麼的，妳們也別太拘束。」李安恬笑著道：「我還是給妳們先介紹一下在座的姊姊妹妹吧！」

李安恬是個極稱職的主人，琳琅閣內有二十多個姑娘，還有近一半她也是第一次見面，但是卻將對方的姓名、身分說得一點不錯，既讓知情的人感到佩服，又讓那些被她叫出名字的人心裡舒坦，誰都不想遇上那種被人叫錯了名字的尷尬事情啊！

李安恬將三姊妹介紹給在場的人，也將在場的姑娘介紹給她們之後，便笑道：「我們正在玩自己感興趣的小遊戲，妹妹們看自己的喜好去玩便是，我就不在一旁擾人心煩了。」

「我們姊妹自己玩就是，不敢再煩勞郡主了。」敏心連忙點頭，李安恬便笑著回到了她們進來之前她坐的位子上，她正和另外一個與她年紀相仿的姑娘下棋，從她剛剛介紹中，敏瑜知道，那姑娘就是丁夫人看中的內閣大學士王大人的嫡長孫女王蔓青。她和王蔓如是堂姊妹，但是兩人模樣不同，氣質也迥異，王蔓如是那種溫柔可人的類型，而王蔓青看起來則淡然大方。

王蔓如什麼性子，敏瑜再清楚不過了——看起來溫柔可人，但總愛說些尖酸刻薄的話，心胸狹窄不說，還喜歡掐尖，真不是個好相處的。因為王蔓如的緣故，敏瑜下意識地決定最後再去和王蔓青搭話。

敏瑜將目光轉向了另外兩個丁夫人提過的姑娘，定國侯府的四姑娘陳月華正在看兩個姑娘玩雙陸，吏部尚書蔣大人家的大姑娘蔣文媛則在另外一邊和幾個姑娘玩投壺，敏瑜微微頓了頓，朝著陳月華走過去。

「又輸了！」

敏瑜剛一靠過去，就聽到定國侯府的三姑娘陳月梅悻悻的聲音，聽這話，她已經輸了好幾次。

「妳今天運氣不好，這都是第五局了。」她對面的姑娘笑盈盈地伸出手，道：「願賭服輸，把彩頭拿來吧！」

陳月梅嘴裡嘟囔了兩句，順手往手腕上一摸，卻什麼都沒摸到，來的時候戴的兩只鐲子、一串珠鏈，早已經當成彩頭輸了出去，她眉頭微微一皺，想都不想，就伸手去摘頭上的金釵，然後順手遞給她對面的姑娘。

「這個我可不敢要！」那姑娘卻沒有去接，而是笑盈盈地道：「要是一會兒讓妳家長輩發現妳頭上的金釵不見了，追問起來，妳討不了好，我也要受牽連，還是換樣不打眼的吧！」

陳月梅微微遲疑了一下，就將金釵收了回去，似乎也意識到自己用金釵當彩頭實在是不妥，但是收回金釵她卻再沒有什麼合適的東西了，她不假思索地將目光轉向身側的陳月華，什麼話都沒有說，直接向她攤出一隻手。

「不成！」陳月華連忙搖頭拒絕，陳月梅臉色一沈，陳月華連忙解釋道：「三姊姊，不是我不願意幫妳，實在是不成啊！我身上戴了什麼，娘比我還清楚，要是少了一樣，我可交代不過去。到時候，還不是一樣要給妳惹來麻煩。」

「當我借妳的，回去之後還妳便是！」陳月梅不在乎地道，手沒有縮回來，就那麼明晃晃的放在那裡，看陳月華滿臉的不情願，她又冷冷地道：「怎麼？連這點小忙都不肯幫我嗎？」

「三姊姊，我娘那裡不好說啊！我答應過娘不玩雙陸，更不賭什麼彩頭的，要是這樣說了，娘一定會很生氣，我可不想受娘責罰。」陳月華往後退了一步，要不是敏瑜反應快，往旁邊讓了讓的話，說不定就撞到了一起，而陳月華卻沒有留意這個，還是一臉戒備的看著陳月梅，大有陳月梅再逼她，她就躲得遠遠的打算。

「妳好像也答應過嬸娘連看都不看吧！可是妳還是耐不住癮頭上來，一直站在一旁看。」陳月梅頭微微一偏，冷笑道：「反正都已經犯了規，又何必裝成乖巧聽話的樣子呢？妳要是幫我出了這一次彩頭，我就起來讓妳玩一局。妳的運氣素來比我好，玩得也比我好，說不定還能將東西給贏回來。」

「這個……」陳月華大為意動，卻還是有幾分遲疑，顯然很擔心自己違例的事情讓母親知道了後果不堪設想。

「別這個那個的，反正嬸娘看不到，妳不說，我不說，她自然不知道，既然不知道又怎麼會責罵妳呢？」陳月梅一邊說著一邊起身道：「喏，我讓妳位置。」

「既然這樣，那我就打一局吧！」陳月華終究還是坐下了，褪下手上的一只鐲子遞給對面的姑娘，道：「我只打一局，要是我贏了的話這只鐲子可要還給我哦！」

「沒問題！」那姑娘笑盈盈地接過鐲子，在陳月華低頭的瞬間和陳月梅交換了一個眼神，眼中閃爍著的光芒讓敏瑜心裡微微一嘆。

敏瑜心裡輕輕地搖搖頭，將陳月華給否決了——喜歡打雙陸沒有什麼大不了，賭點彩頭也不算大毛病，但是答應了其母卻還犯錯卻讓人看不上了。更重要的是，陳月梅明顯是與人合謀算計她的，她還渾然不覺的踏進陷阱，這一點更讓敏瑜看不上眼。

看到這裡，敏瑜歇了和陳月華攀上話的心思，朝敏心、敏玥使了眼色，一起往那群玩投壺的姑娘們走去。

「幾位姊姊，我們能一起玩嗎？」敏瑜笑吟吟地湊上去，她刻意站在蔣文媛身旁，這樣就能將她的表情盡收眼底。

「當然可以！」一個姑娘爽朗的笑著，然後指著蔣文媛道：「等蔣姑娘投完，妳們姊妹跟上就是。」

「謝謝姊姊！」敏瑜連忙點頭。

敏心、敏玥雖然不明白她為什麼往這裡湊，但卻沒有發表什麼意見，而是和她靜靜地站在一旁，看著幾個姑娘依次上前將手中製作精美的箭矢投擲過去，有的準頭極好，一投即中，但更多的卻是投了一個空，惹來一陣善意的嬉笑。

很快就輪到蔣文媛了，她從容地瞄準，輕輕地一擲，手上的箭矢準確無誤的投進壺中，敏瑜在一旁拍手叫好，臉上帶了幾分欽佩之色，道：「蔣姊姊，妳好厲害啊！」

「這有什麼，只要瞄準之後手穩心不慌，就有九成的把握能夠投進去。」蔣文媛很和善的笑笑，臉上洋溢歡喜卻沒有半點得意之色。

「可是我覺得很難啊！」敏瑜臉上帶了幾分羞澀，不好意思地道：「我們姊妹平日就沒有玩過這個遊戲，蔣姊姊能不能教教我們？」

「當然可以！」蔣文媛很是和氣地點點頭，這種舉手之勞她自然不會推辭。

「大姊姊，妳先來。」敏瑜笑咪咪地推了敏心一把，投壺這種小遊戲她在耒陽侯府確實沒有玩過，但在宮裡隔三差五的就會玩，還有精於箭術的先生專門教導，她雖然比不得幾乎百投百中的馮英，但也能做到十發九中，自然要將確實沒有玩過這個的敏心給推出去了。

蔣文媛輕輕地皺了一下眉頭，眼中閃過一絲不易察覺的嫌惡，簡單地和敏心講了幾點注意的事項和小技巧，便道：「說得再多不如自己親手試一試，丁家妹妹還是自己試試手，那才能更好把握。」

「謝謝蔣姊姊。」敏心很誠心地道了謝，而後拿起一個姑娘遞過來的箭矢，朝著箭壺投擲過去。

敏心第一次玩這個，準頭很差，別說投進壺裡，就連壺邊都沒挨上，惹得一旁的姑娘嬉笑幾聲，蔣文媛眼中更閃過一絲鄙夷，讓一直留意她的敏瑜看在了眼底。

「我真笨！」敏心自嘲地笑笑，卻沒有灰心喪氣，她這兩年來認清了一個現實，那就是自己天資真的很一般，不管學什麼都不能很快掌握，但是她更明白了一個道理，不管是多難的事情，只要努力去學，就算學不了多好也不會太差。

「大姊姊，妳也別灰心，我們再請蔣姊姊指點一下。」敏瑜笑嘻嘻地看著蔣文媛，道：「蔣姊姊，妳投得這麼好，有沒有什麼訣竅？能不能教教我們姊妹呢？」

「我也是常玩手熟而已，沒什麼訣竅。」蔣文媛輕輕地搖搖頭，帶了幾分疏遠意味。

「這樣啊……」敏瑜小臉上帶了失望之色，而後似乎想到了什麼似的，眼睛一亮，笑道：「那蔣姊姊能不能握著我大姊的手，投一次呢？說不定，我大姊就能找到感覺。」

蔣文媛眼中剛剛閃過的那些神色敏瑜不是很能理解，但卻本能地知道，蔣文媛的嫌惡、鄙夷都是針對敏心的，所以才故意這樣建議。

「我又不是什麼厲害的，哪有本事帶著丁大姑娘投呢？還是算了吧！」蔣文媛不是很直接地拒絕，而後又笑道：「投了這麼半天，我也站累了，先去那邊休息一下，妳們自己玩吧！」

「這……」看著蔣文媛離開，敏瑜臉上帶了幾分無措，她滿是無辜地看著之前和她說話的女子，吶吶地道：「這位姊姊，可是我說錯了什麼，怎麼蔣姊姊看起來好像生氣了！」

「沒事。」那女子寬慰著敏瑜，而後看了敏心、敏玥一眼，道：「蔣姑娘素來不喜歡和庶出的姑娘往來，所以才這樣，和妳沒什麼關係。」

「原來是這樣啊，那我就放心了！」敏瑜面上大鬆一口氣，心裡卻犯起了嘀咕，不和庶出的姑娘打交道，這又是什麼怪癖啊！嫡出的姑娘自持身分倒也正常，但像她這樣也未免有些太過了吧？

丁夫人看中的三女中，蔣文媛無疑是最美的一個，也是讓敏瑜第一印象最好的一個，但是她對敏心的態度卻讓敏瑜心中有了一種說不出來的奇怪感覺。

敏瑜和敏心、敏玥一起玩了一會兒投壺，和那幾個女子都有了幾分熟悉之後，便找了一個藉口，讓敏心帶著敏玥玩，自己一個人慢慢地踱到了正和王蔓青對弈的李安恬身後。

在宮裡，敏瑜也學了棋藝，教她們棋藝的是內廷供奉辜省已辜老大人。辜老大人不是內廷供奉中棋藝最高的，卻是最有威望的一個，請他教授福安公主幾人棋藝也讓嫻妃娘娘頗費了些心思。

敏瑜素來機敏，對棋藝本來就有極大的興趣，學得極好，就連辜老大人也對她讚賞有加，說她只要努力鑽研，假以時日就算不能成為難得一見的女國手，也差不了太多。

站在李安恬身後粗略地一看，敏瑜就知道李安恬處於劣勢，王蔓青的一條大龍眼看就要成形將她困死，李安恬也知道自己已然要走到死路，她正眉頭緊皺，手中執一子，卻猶豫不定，不知道應該放哪裡。

「我輸了！」思索半天，李安恬卻終究無法找到合適的位置，她乾脆將手中的棋子收回，坦然認輸，而後看著王蔓青道：「妳的棋藝大進，原本和妳下棋還有輸有贏，現在卻完全被妳殺得無還手之力。妳是不是找了什麼高手指點啊？」

「妳也知道，我娘最怕我整日的沈迷下棋，不做正事，哪能給我請什麼高手來指點迷津啊！我能有進步，是好不容易從我那堂妹手裡借了兩本珍貴的棋譜，自己偷偷鑽研一番而已。」王蔓青臉上沒有得意，而是帶了幾分痛惜道：「妳不知道，我那堂妹沾了公主的光，能夠得到辜老大人的指點，可惜的是她偏偏對棋藝不感興趣，辜老大人讓她看棋譜，她卻視為苦差事……唉，要是我能得到辜老大人的指點，哪怕只有一次，我作夢也能笑醒。」

「要是那樣的話，姨母又該苦惱了！」李安恬輕笑起來，王蔓青和她一般年紀，王夫人和靖王妃又是在閨閣之中就相熟相好的密友，她們兩人打小就在一起玩，最是熟稔不過，自然知道王蔓青對棋藝的癡迷，也知道王夫人對此的無奈——女兒喜歡棋藝是件好事，但是癡迷到了為之瘋魔的地步可就不好了。

「真不知道娘有什麼好苦惱的！」王蔓青輕輕地嘆了一口氣，道：「不管她讓我學什麼我都乖乖地去學，也盡最大的努力讓自己學到最好，連她自己也說我認真努力了，可為什麼還是不讓我多花點時間在棋藝上呢？」

「妳看棋譜、打棋譜經常連飯都忘了吃，覺都睡不著，姨母能不苦惱嗎？」李安恬帶了幾分取笑，然後伸手就要去收棋子，笑道：「妳還是別苦惱那個了，趁著有時間，我們還是再來一盤，要知道妳回去之後，可是連棋都見不著了！」

「嗯嗯！」王蔓青點點頭，因為她癡迷棋藝，王夫人將她房裡的棋子、棋盤、棋譜等等和棋藝有關的東西都收刮一空，她也只有出門，和幾個關係好的朋友在一起的時候能夠殺上幾盤過過乾癮了。

她們的手卻被一隻小手給擋了擋，兩人微微一愣，一起抬頭，卻看到雙眼正盯著棋盤、眉頭緊鎖的敏瑜，看樣子她正在思索著什麼。

「丁家妹妹也喜歡下棋？」一看敏瑜的表情，李安恬就笑了，敏瑜這臉上的表情她實在是太熟悉了，她不知道在王蔓青的臉上見過多少次，一看就知道，這個才十一歲出頭的小姑娘就算不是王蔓青這樣的棋瘋子，也差不了太多。

「嗯……」敏瑜似乎只是無意識地應了聲，她一動不動地盯著棋盤，而後眼睛忽然一亮，抬起頭，看著李安恬道：「安宜郡主，我覺得這盤棋還能再下，能不能讓我試試？」

看著敏瑜驟然亮起來的小臉，還有眼中的那一抹期盼，李安恬有心答應，但仍是顧及了好友的感受，將詢問的目光投向王蔓青，看見王蔓青臉上除了情致盎然之外並無不悅，她心裡一笑，直接道：「好啊，妹妹且坐下，看看能不能幫我收拾這殘局。」

敏瑜靦覥的一笑，沒有推辭，直接落坐，而後更不客氣地執一子，落到了自己早就看好的地方，這一子落的位置看起來似乎堵死了自己一大片棋子，但同時也將王蔓青即將成形的大龍所剩不多的棋路給占了。

「咦？」王蔓青驚訝的「咦」了一聲，臉上的表情帶了幾分慎重，她原本只是以為遇上了一個和自己一樣喜愛棋藝的小姑娘，並不認為她能有多高的水準，畢竟兩人的年紀擺在那裡，但敏瑜這一子卻讓她慎重起來，心裡甚至升起棋逢對手的感覺。

「姊姊請！」敏瑜對自己下的那一子極有信心，那一子或許不能將這似乎必敗的殘局拉回來，但絕對能將王蔓青梗得難受，讓她再落子的時候沒有那麼順暢。

「這位丁妹妹年紀不大，棋藝卻不俗啊！」王蔓青誇了一聲，而後又將所有的精力放到了棋盤上，思索半晌也落下一子。

「好棋！」敏瑜讚了一聲，王蔓青這一子下得極巧，雖不能將她剛剛那一子帶來的困境解開，卻成功地將自己的棋子堵死了一大片，顯然她已經意識到自己的大龍絕難成形，所以當機立斷的改變戰術，決定生生將自己堵死。

只是，王蔓青的棋藝雖高，終究沒有高手指點，更兼她好幾步棋都脫胎於辜老大人給敏瑜等人看過的棋譜，敏瑜早已經在辜老大人的指點下將那幾本棋譜吃透，哪會被王蔓青這種靠自己琢磨的人給難住。她佯裝思索了一會兒，又下了一子。

王蔓青的眉頭緊皺起來，不是這一子又梗了她一下，而是這一子看起來著實平淡無奇，和剛剛的那一子給她的感受差別實在是太大，讓她有些琢磨不透。但是，她並沒有糾結太久，琢磨不透別人的棋路，那就先把自己的給下好，她照著自己的思路又下一子。

敏瑜稍微思索，再下一子，兩人就這樣妳來我往地殺了起來，其間兩個人臉上的表情都很相似，都是一會兒眉頭緊皺，一會兒舒眉而笑，一會兒遲疑不定，一會兒又帶了幾分殺伐之氣落子……

「我輸了。」敏瑜看著再無挽回餘地的棋局嘆了一口氣，對這樣的結局她並不意外，她接過的是無藥可救的殘局，她能做的也只是不要輸得那麼難看而已。

「妹妹好棋藝！」王蔓青這一個贏家卻滿臉佩服，原本是輸得一塌糊塗的局面，敏瑜不過落了十二子，就成了現在只輸五子的局面，可以說雖敗猶榮，她看著敏瑜，真心的道：「妹妹的棋藝比我高出太多，如果起手就是妹妹與我下的話，輸的人定然是我。」

「姊姊誇獎了。」敏瑜靦覥地笑笑，剛剛下棋時的那種神態完全沒了，不好意思地道：「若不是剛才在一旁旁觀，看了姊姊的棋路，一上來就下了讓姊姊難受的一子，還不知道要輸成什麼樣子呢？我這是占了旁觀者清的優勢。」

「說來說去就我是個臭手。」李安恬看她們這般相互恭維，湊趣的笑道：「要是沒有我之前的那些爛棋拖累，丁家妹妹定然不會輸，只是沒有我這個水準差的作陪襯，也顯不出丁家妹妹的厲害啊！」

「丁？」王蔓青一直沈迷在棋盤上，不管是敏瑜姊妹進來，李安恬為她們作介紹的時候，還是敏瑜剛剛插進來時，她都是一副心不在焉的樣子，壓根兒就沒有聽進去什麼話，這會兒聽李安恬這麼稱呼，微微一愣之後立刻笑道：「妹妹可是耒陽侯府的二姑娘丁敏瑜，和我那堂妹王蔓如一樣，都是福安公主的侍讀。」

「我是丁敏瑜。」敏瑜笑著點頭，不用問也知道，王蔓青定然是聽王蔓如說起過自己，而且定然不是什麼好話，她們兩個算得上是兩看兩相厭，只是現在都長大了，都懂了規矩也都有了城府，心裡再怎麼不喜歡對方，面上都不會顯露出來而已。

「難怪了！」王蔓青臉上帶著果然如此的表情，笑道：「一看妹妹就是喜歡棋藝又聰慧的人，又有辜老大人指點，難怪棋藝這般的好。」

「敏瑜愚鈍得緊，是老夫子教導有方。」敏瑜謙虛地笑笑。

「辜老大人固然是名師，但也要遇上高徒才能欣然而笑啊！」王蔓青也笑笑，心裡卻不由得想起了那個有好機會卻沒有好好把握的堂妹，心裡著實為她感到惋惜，但也就那麼一會兒，她便將那些給拋開，笑道：「妹妹可願意陪我再下一盤？」

「姊姊既然有此雅興，敏瑜自當奉陪。」敏瑜笑了，和辜老大人下棋那是找虐，和福安公主等人下棋卻沒有挑戰，下棋還是要找一個水準相差不多的人才有意思。如今她最愛找敏彥，敏彥比她略高一籌，但只要使盡渾身解數還是有贏的可能，而眼前的王蔓青或許要略遜一籌，但也相差不大，想要贏她也不是一件輕鬆的事情，是個很好的對弈對手。

看著渾然將自己忘了的兩人，李安恬莞爾一笑，一點都沒有被人冷落的不悅，相反，還有鬆了一口氣的感覺——幾個閨蜜之中，除了王蔓青之外，她的棋藝是最好的，所以每次都是她被推出來陪王蔓青，而她經常被虐，自然期望能有人幫自己一把，敏瑜的出現對她來說是件好事。

看著已經殺起來的兩人，李安恬帶著微笑做別的事情去了，沒有留意到敏瑜分心看了她一眼，眼中帶了滿滿的欣賞和喜歡……

第十八章

「瑜兒，今兒妳也見過這三位姑娘了，妳覺得哪一個更合適妳大哥？」丁夫人斜靠在臨窗大炕上，從靖王府回來，簡單的梳洗了一下之後，她就讓人將敏瑜叫了過來，她這是想趁熱打鐵，趁著敏瑜印象最深的時候把話給問了。

「一個都不合適！」敏瑜搖搖頭，對丁夫人看中的三個人，她是一個都不滿意，總覺得應該可以找到更好更合適的。

「哦？為什麼？說說妳對她們三人的印象和觀感。」丁夫人輕輕地一挑眉，敏瑜的回答大出她的意料，她還以為敏瑜會覺得三個人都很好呢！

「先說陳月華……」敏瑜將陳月華和陳月梅之間的事情說了一遍，而道：「沒有定力、沒有提防心，這樣的人再優秀也不能成為一個稱職合格的主母，更別說大哥將來可能要繼承耒陽侯的爵位，要是他的妻子這麼容易被人算計的話，他又怎麼能夠放心將內宅的一切、家中的一切交給她呢？」

「陳月梅是定國侯府三爺的長女，定國侯府只有二爺和大姑娘是嫡出，大爺、三爺都是庶出。陳月梅和陳月華不一定就有什麼矛盾或者恩怨，平日說不定相處得還極好，只是這些年定國侯年紀漸老，外面已經有傳聞，說老侯爺會在有生之年讓幾個兒子分家……」丁夫人輕輕地搖搖頭，道：「空穴來風事必有因，看來傳聞不假，老侯爺就算沒有作這樣的決定也在做打算，陳月梅這樣做不過是想要帶壞陳月華，影響二房在老侯爺心裡的地位，進而在分家的時候獲利而已。」

「那陳月華的母親就不管不問嗎？」敏瑜輕輕皺眉，在宮裡這兩年，她見多了這種利益糾葛的傾軋，見得越多，越是讓人心裡生厭。

「二夫人或許還沒有發現這件事情。」丁夫人輕輕地搖搖頭，道：「陳月梅的母親、定國侯府的三夫人和二夫人沾親，平日關係極好，據說三夫人嫁到定國侯府還和二夫人有關係，兩人素日都是聯手對付大少夫人的，但現在看來，她們的聯盟已然出現問題了。」

「因為利益而結成的聯盟，必然會因為利益而崩塌！」敏瑜撇了撇嘴，下了一個注解。

「陳月華妳是看不上眼了，那麼蔣文媛和王蔓青呢？又是哪裡讓妳覺得不滿意了？」丁夫人沒有心思再談陳月華和定國侯府的事情，那個不是她該關心的。

「王蔓青下得一手好棋，對棋藝很是癡迷，從她的棋路、棋品來看，她真的很不錯，只是……」敏瑜後來又和王蔓青下了兩盤棋，對她的棋藝和這個人都有了更深的瞭解，對她的印象也是極好，但印象好歸好，卻不認為她就合適敏彥。她輕聲道：「我擔心她癡迷棋藝，現在有王夫人管著，還能收斂一二，等到王夫人管不著了，就把所有的精力和時間都花在了棋藝上，別的事情都撒手不管了。」

「就這樣？」和陳月華喜歡玩雙陸，還愛賭彩頭不一樣，王蔓青喜歡下棋也擅長棋藝並不是什麼秘密，丁夫人在打聽的時候就已經知道了，她對這點其實是很欣賞的，敏彥也善手談，要是能夠給他娶一個有共同愛好的妻子，對他、對他們的婚姻都是有利無害的。

「這樣已經夠了！」敏瑜看著丁夫人，道：「娘不是說過，耒陽侯府將來必然是由大哥來繼承的嗎？既然這樣，那麼未來的大嫂就不僅僅是丁家的長媳這麼簡單，她還是未來的世子夫人，將來某一天還要像娘一樣，為大哥、為子女、為整個耒陽侯府裡外操持。如果她對某件事物太過癡迷，就有可能玩物喪志，將自己應盡的義務和責任拋諸腦後。」

「瑜兒覺得一個善手談的人會是那種沒有大局觀、為了自己的喜好就可以將自己的責任拋諸腦後的人？」丁夫人反問一聲，善弈者必善謀，那樣的人也必然不會忘記自己的責任和義務。

敏瑜嘟了嘟嘴，道：「我不是怕萬一嗎？」

「瑜兒好像對王蔓青有顧忌和成見哦？」丁夫人最瞭解女兒，一看她的樣子就知道她並非覺得王蔓青不好，而是有外因影響了她對王蔓青的觀感。

「我不喜歡王蔓如，她們是堂姊妹，一定有很多相似的地方！」敏瑜嘟了嘴，沒有否認自己是因為王蔓如而對王蔓青有了先入為主的印象。

「我就猜是這樣。」丁夫人笑了起來，道：「王蔓青是妳舅母和我說起的，妳舅舅和王蔓青的父親都在國子監，關係不錯，所以妳舅母和王夫人平日來往也極多，她對王夫人極為推崇。妳也知道妳舅母那個人，心高氣傲得緊，極少對什麼人滿口稱讚，能讓她真心推崇，王夫人定然錯不了。王蔓青是王夫人唯一的孩子，她在王蔓青身上付出的心血定然比我在妳身上所付出的要多得多，這樣的姑娘差不了。尤其王蔓青平日關係親密的幾個姑娘都是些性格、品行和才華上乘的，她就算差也差不到哪裡去。」

「既然娘堅信王蔓青很好，和大哥很相配，為什麼卻又猶豫不決，還讓我去相看，然後給您意見呢？」敏瑜不理解了。

「王夫人子嗣艱難，嫁到王家三年無出，到處尋醫問藥，好不容易才懷上了王蔓青，生了王蔓青之後就再無動靜，最後不得已，納了良妾，生了庶子。」丁夫人輕輕地嘆了一口氣，道：「娘是擔心王蔓青和王夫人一樣，子嗣上艱難。」

「我卻覺得娘不應該擔心這個！」敏瑜搖了搖頭，道：「王夫人自己在子嗣上受了那麼多的苦難，肯定不希望女兒也受自己受過的苦，一定從小就給王蔓青好生調養，只要沒有天生的毛病，她必然不會走王夫人的老路。」

「萬一就有天生的毛病呢？妳大哥是耒陽侯府的長子，如果他不能有自己的嫡子，對他、對耒陽侯府都是一個打擊，娘不願意看到那樣的事情發生，更不希望自己將來有一天像妳祖母一樣，往兒子房裡塞人。」丁夫人不敢賭那個萬一，她輕輕地搖頭道：「還有蔣文媛呢？妳對她感覺怎麼樣？」

「她？」敏瑜微微有些遲疑，將和蔣文媛的互動說了一遍，而後道：「蔣文媛很漂亮，您說的三個姑娘中她長得最漂亮，和人說話很和氣，也很有條理，看起來和不少姑娘相處得也不錯，投壺玩得也很好，看她的姿勢應該學過騎射，只是我總覺得她有些怪怪的。她很不屑和大姊姊說話，似乎很看不起大姊姊一樣。聽一位姓吳的姑娘說起，她素來不喜歡和庶出的姑娘來往。我不知道她為什麼會這樣，我知道嫡庶不和很常見，也知道某些人家嫡庶之間像是仇人一樣，但她這樣卻還是太過了。」

「蔣文媛這樣應該是受了她母親蔣夫人的影響，蔣夫人應該極不喜歡庶出的子女和姊妹，蔣大人有三、四房妾室，好幾個通房丫頭，但只有一個庶出的女兒。」丁夫人輕輕地搖搖頭，而後道：「蔣夫人治家甚嚴，蔣家家風極好，蔣文媛的兩個哥哥也都是年少得意的俊秀人才，娘唯一擔心的就是蔣姑娘容不得妾室通房，更容不得庶出子女。」

「這對別人來說或許是大問題，但是對娘您而言應該是無關緊要的事情啊！」敏瑜其實並不喜歡蔣文媛——敏心、敏玥就算是庶出，那也是她的姊妹，還是和她感情極好的姊妹，蔣文媛就因為兩人庶出的身分，看她們的眼光就充滿了不屑，帶了高高在上的傲氣，這讓敏瑜心裡也很不舒服。

但是敏瑜卻還是道：「娘不是說過，妾室通房也好，庶出子女也罷，都是正室嫡母眼中心中的刺，您曾經被人往眼裡、往心口扎了一根又一根的刺，知道其中的痛楚，所以絕對不會往自己的兒媳婦身上扎這樣的毒刺。我相信，娘既然這樣說了，就一定能夠做到，那麼蔣文媛是否能夠容忍妾室通房，是否能夠容忍庶出子女就不重要了啊！」

「娘是不會往兒子房裡塞人，讓兒子、媳婦因此有矛盾，但是娘可不敢保證妳大哥這一輩子就不納妾、不收通房丫頭啊！」丁夫人輕輕地搖了搖頭，雖然她還沒有晉升為婆婆，但是她對往兒子身邊塞人的做法卻十分的反感。

在她看來，往兒子身邊塞自己培養出來的丫鬟是件極愚蠢的事情，會讓媳婦心生怨懟，影響兒子、媳婦之間的感情。兒子要是沒有定力更會沈迷女色，要是得寵，這丫頭還可能仗著是自己所賜興風作浪，鬧得家宅不寧……

至於那些往兒子房裡塞人的理由，什麼讓兒子身邊有自己信得過的人，可以經常和兒子提及自己，避免出現娶了媳婦忘了娘的情況，什麼為家族開枝散葉，在丁夫人眼中都是笑話。只要兒子教導得好，只要當娘的不無理取鬧，有幾個兒子會狠得下心來娶了媳婦就將母親丟到一邊的？要真有那種天生薄情寡義的人，就算妳往他身邊塞一百個整日說妳好的「自己人」也一樣不管用。

至於說開枝散葉就更可笑了，再得寵的妾室通房生出來的孩子都是庶出，當嫡母的想要讓庶出的子女夭折，想要將庶出的子女養成廢物，多的是辦法，她寧願敏彥只有一個成器出色的嫡子，也不願意看到他生出一大幫子被養成廢物的庶子。

只是，自己不做，卻不能代表敏彥這一輩子就能守著正妻過完，丁家的血脈中天生就流淌著多情——

丁培寧的父親不用說了，他不長不短的一生不知道愛過多少個女子，不知道有過多少的寵妾，光是養大成人的庶出女兒就有七個，沒有機會出生的、好不容易生下來卻夭折的可不知道有多少。

丁培寧的祖父雖然沒有那麼誇張，但丁夫人卻從自己祖母口中得知，他年輕的時候曾經是京城最風流倜儻的勛貴，紅顏知己也是不少。

至於丁培寧，可別忘了，這府裡還有一個他的確很寵愛的青姨娘啊！萬一敏彥將來的某一天，像丁培寧一樣，對某個女子有了好感，更有了機會將她納進府來……

「娘是說大哥將來會主動納妾納通房？」敏瑜微微一皺眉，三個哥哥中她最親近的雖是三哥敏行，但在她眼中最完美的卻是大哥敏彥，能文能武，有擔當有責任，也有柔情的一面，敏行怎麼都比不上，至於二哥敏惟，那就是一個粗魯的武夫，唯一的優點是疼妹妹。

「男人納妾納通房是件再普通不過的事情，妳大哥以後這樣做不足為奇。雖然娘曾經教導過妳大哥，妻妾成群是內宅不寧最大的隱患，但也沒有要求他一生一世就守著正室過日子。」丁夫人輕輕地搖搖頭，她對丈夫、對女婿都沒有這樣的要求，對兒子就更不會如此了，不管是勛貴也好，清流也罷，守著正室恩恩愛愛過一輩子的才是鳳毛麟角。

「所以，娘對蔣文媛最大的擔憂，就是擔心大哥要是娶了她之後再納妾納通房，她會強烈反對，還會對庶子、庶女不慈？」敏瑜了然地看著丁夫人，縱使丁夫人並不喜歡看到兒子們左擁右抱、享齊人之樂，但她也不願意看到兒媳為了兒子納妾吵得不可開交、家宅不寧，更不願意看到身上同樣流著兒子血脈的庶出孫子、孫女有什麼閃失。

「不錯！」丁夫人點點頭，道：「王夫人李氏和蔣夫人盧氏都是很高明、很有手腕的女人，但卻有所不同。王夫人子嗣艱難，在不得已的情況下為丈夫納了良妾，生了庶子，但王家大爺只有那麼一個庶子，也只有那麼一房妾室。蔣家的情況不一樣，蔣大人的妾室通房不少，卻只有一個庶女，生母還是蔣夫人的陪嫁丫鬟，妳知道這意味著什麼嗎？」

「王夫人的高明在於能夠將丈夫牢牢的攬住，而蔣夫人則是將妾室通房死死壓住？」敏瑜微微思索之後立刻明白了其中的不同。

「嗯。」丁夫人讚許地點點頭，道：「我仔細查過，蔣家雖是只有這一個庶出的姑娘，卻並非只有這麼一個庶出的孩子出生，至少三、四個庶出的姑娘和少爺在三到六歲之間因故夭折，妾室通房不小心流產的事也有好幾起，但王家大爺的那個良妾只懷過一胎。」

「王夫人好本事，蔣夫人好狠的心腸手段！」敏瑜嘆了一聲，她在宮闈之中也混了兩年，自然知道太多孩子的夭折和太多女子的流產都是人為的。

「娘和妳說過，真正有本事有手段的女人，是讓丈夫死心塌地的對自己，沒本事攬住丈夫的女人才只知道對付妾室、對付通房、對付庶出子女。蔣夫人出身好，是下嫁到蔣家的，蔣大人能夠成為吏部尚書，固然是因為他有才華、有本事、有能耐，但如果沒有仰仗岳家的幫助，也走不到這個位置。因此，他在蔣夫人面前底氣自然要弱一些，他或許也清楚自己妾室通房、庶子庶女被蔣夫人打壓整治，但卻只能裝作什麼都不知道。

「相反，王夫人李氏是高嫁進王家的，但若非子嗣艱難，只生了王蔓青的話，王夫人說不定能讓王家大爺守著她過一輩子……」丁夫人搖搖頭，道：「娘最看不起那種沒有本事阻止丈夫風流花心，只能將所有的手段施加在妾室通房甚至無辜孩童身上的女人，更不想娶一個攬不住兒子，只會對兒子的女人、兒女下狠手的兒媳婦。」

「說來說去，娘還是更中意王蔓青。」敏瑜嘟了嘴，她對王蔓青的感覺也不錯，但只要想到她是王蔓如的堂姊，心裡就覺得彆扭。

「娘是更中意王蔓青一些。」面對女兒，丁夫人自然不隱瞞自己的心思，事實上和王蔓青三女年紀相仿，門戶相當的好姑娘不在少數，丁夫人之前見過不少，其中不乏比王蔓青還要出色的姑娘。但是當丁夫人見過王夫人母女之後，就沒有了再相看其他姑娘的心思，若非擔心王蔓青可能出現子嗣艱難的問題，她定然會為長子定下王蔓青，而不是像現在這樣猶豫不定。

「娘既然對她樣樣都中意，又何必讓我認識她們、觀察她們，而後給您意見呢？」敏瑜帶了幾分嗔怪的看著丁夫人，覺得被丁夫人給戲弄了。

「娘對她確實很中意，可娘很擔心她……唉，所以才讓妳和她們結識，給娘意見，讓娘下定決心。」丁夫人輕輕地嘆口氣，她只是想找一個理由，一個讓她果斷接受或者否決王蔓青的理由。

「娘就這麼喜歡她？」敏瑜有幾分吃味地看著丁夫人。

「瑜兒吃醋了？」丁夫人看著女兒酸氣沖天的樣子忍不住大笑起來，她這樣子實在是太可愛了，她笑道：「放心，娘不管有多中意她，也絕對不會把她看得比瑜兒還重要的。」

「娘笑話我！」敏瑜不依地撲進丁夫人懷裡賴了起來，她學了規矩之後極少這樣賴在丁夫人懷裡撒嬌賣癡，丁夫人也將心頭最大的煩惱暫時拋開，和她笑鬧起來。好大一會兒之後，兩人都鬧得有些氣喘吁吁，丁夫人輕輕地推了推她，讓她坐起來，不要再鬧下去。

「娘為什麼這麼中意她，就不擔心她像王夫人一樣手腕高明，將大哥吃得死死的嗎？」敏瑜卻不願意起來，還是懶洋洋地賴在丁夫人懷裡，丁夫人推兩下，見她就是不動也就由著她了。

「她能將妳大哥吃得死死的是件好事，娘為什麼要擔心？」丁夫人失笑，她對三個兒子要求都相當的嚴格，除了對他們寄予厚望之外，還有心懷擔憂，擔心對他們稍微放鬆些，他們會像公公一樣成為拎不起來的紈袴子弟。但是她也知道，自己不可能管兒子們一輩子，娶一個能將兒子牢牢地攬住的媳婦勢在必行，她還擔心娶進門的媳婦攬不住兒子的心呢！

「那麼娘也希望大哥能守著妻子過一輩子了？」敏瑜瞪大了眼睛看著丁夫人，一直以來丁夫人都對她說，能夠守著正室過一輩子的男人是鳳毛麟角，不要奢望自己有那麼好的命，不要有那樣的念頭，但是她為什麼卻又希望兒子成為那樣的男人呢？

「是。」丁夫人點點頭，而後輕輕地點了一下敏瑜的鼻子，笑道：「是不是覺得很吃驚？」

「能不吃驚嗎？」敏瑜嘟囔著，人家當娘的都希望兒子左擁右抱，希望女婿從一而終，怎麼到母親這裡就倒了一個個啊！

「我的傻瑜兒，這世上能像娘這樣，不希望兒子多納妾，還這樣教導兒子的母親少有，娘不敢期望妳能有那麼好的運氣，遇上那樣的婆婆和男子，更不敢期望妳將來所嫁之人能夠一輩子守著妳……」

丁夫人將敏瑜摟進懷裡，嘆息道：「妳從未有那樣的奢望，如果將來所嫁之人能夠一心一意地對妳，不再有其他的女人，那麼妳會覺得幸福無比；如果他像妳爹爹一樣，有長輩塞進來的、自己納進門的，妳也能接受。但相反，如果娘讓妳有了那樣的期盼，他一輩子守著妳一個，妳只會覺得理所應當，可他若是有了妾室、有了通房，甚至有了心愛的女人，妳會埋怨命運不公，妳會無法接受，會痛苦終身，甚至會因此毀了他而後毀了自己……娘不讓妳有那樣的奢望，是不願意看到妳所抱的期望太大，而後失望更大，大到自己無法承受。」

敏瑜默默地點點頭，心裡羨慕將來會成為自己嫂子的女子，她輕輕地嘆了一口氣，道：「其實，就算未來的大嫂生養困難，大哥要子嗣也未必就一定要納妾納通房。」

「妳的意思是過繼？」丁夫人微微一皺眉，這一點她也想過，但是過繼來的終究不是親生兒子，她不希望敏彥將來因為這件事情怨她。

「嗯！那是不得已的選擇，但也是一個選擇不是？」敏瑜點點頭，而後又道：「娘，您有沒有想過，在您覺得不錯的這三位姑娘以外再找合適的？我覺得靖王府的郡主李安恬就是個極好的，長得漂亮、人和善客氣，待人接物也極好，我看她比王蔓青更優秀。」

「安宜郡主確實很優秀，樣貌出身都比王蔓青出色，總的來說是比王蔓青更好，但是她卻並不適合妳大哥。靖王妃可不一定看得中妳大哥，就算看得中，耒陽侯府也不一定能容下安宜郡主這尊大佛。」丁夫人輕輕地搖頭，然後道：「瑜兒，最好的不一定是最合適的，選擇兒媳婦就像選鞋子，最好的不一定合腳，合腳的才是最合適的，明白了嗎？」

「不明白！」敏瑜乾脆地搖搖頭，而後道：「但是我看出來了，娘現在除了王蔓青之外再看不中別的姑娘了，既然這樣，娘就別杞人憂天，想那麼多，反正車到山前必有路，等真的走到那一步再說。」

「娘還是再想想吧！」丁夫人搖搖頭，兒子一輩子的事情容不得有半點閃失啊……

第十九章

丁夫人的糾結敏瑜幫不了，她還是照常過著自己的日子——每日進宮陪福安公主一起讀書，和馮英說說笑笑，和王蔓如相互擠兌。

九皇子依舊不時地會來騷擾她們的清靜，他就像個沒長大的孩子，還是經常捉弄敏瑜，也經常向被惹惱翻臉不理他的敏瑜，小心賠禮討好，這兩年來，光是道歉的小禮物，敏瑜就收到了十多件……

就這樣，日子很快過去了兩個月，再從丁夫人嘴裡聽到王蔓青的名字時，丁夫人已然下定了決心，向王夫人傳達了欲結兩姓之好的意向。

王夫人沒有拒絕，還找機會讓敏彥和王蔓青見了面。

顯然，雙方的談話也罷，見面也好，都是很愉快的，於是這樁婚事比預想的進行得更快、更順利，不過兩個月，丁夫人就請了官媒到王家提親了。

耒陽侯府和王家聯姻的消息很快就傳開，而最讓人津津樂道的是，納采用的除了一對足金的金雁之外，還有一對活雁。要知道兩家納采是在大雪紛飛的十一月，這一對活雁比那一對金雁還要難得，不但讓耒陽侯府的求親顯得誠意十足，連帶著也讓人對名聲不顯的王蔓青好奇起來——她到底有多出色啊？能讓耒陽侯府為嫡長子求娶，還這般的重視，大費周折地弄來了活雁。

「敏瑜，你們耒陽侯府還真是財大氣粗啊，這種時令居然還能找到活雁！」王蔓如臉上帶了驚嘆的表情，一如既往的，什麼話從嘴裡出來都不那麼中聽了。

「一對活雁而已，放在秋天也不過是幾兩銀子就能買到的，能值當妳用財大氣粗來說嘴嗎？」敏瑜輕輕地瞟了王蔓如一眼。

敏瑜原以為兩家結親之後，王蔓如多多少少會對自己表示一點親近，畢竟丁、王兩家已經是親家了，聯姻的一個是嫡長子，一個是嫡長孫女，更能代表兩家締結兩姓之好——她雖然不喜歡王蔓如，也因為對方是王蔓青而少了些歡欣鼓舞，但還是做好了和王蔓如親近的準備，不過看樣子，王蔓如似乎比自己更不喜歡這次聯姻。

「一對活雁而已？幾兩銀子的小事？」王蔓如撇撇嘴，她自然不知道丁夫人下定決心，決定在年前為兒子定下親事時就做足了準備，她在大雁最多也最便宜的時候買了幾十隻放到了莊子上，專門派了人飼養，等著定親時派上用場。這對活雁就是從那幾十隻中，揀著羽毛光亮又肥壯的挑出來的，也就是多花了些心思，費了些功夫，還真沒花多少錢。

「這對活雁代表的是耒陽侯府的誠意，是表示耒陽侯府對這門親事的重視，也是耒陽侯府對你們王家的尊重，可怎麼從妳嘴裡說出來就變味了呢？」一旁的馮英看著王蔓如那不討人喜歡的樣子，插了一句話，而後上下打量了王蔓如一遍，帶了些大發現地道：「不對，有個人渾身都在冒酸氣。我說，妳不會是嫉妒妳堂姊了吧？」

「我嫉妒她？我怎麼可能嫉妒她？」王蔓如尖叫一聲，矢口否認的同時頭也搖得像博浪鼓一樣。

其他三人都是熟知王蔓如脾氣性情的，都知道馮英戳中了她的心思，三人都不禁有些好奇，不明白王蔓如怎麼會在這種事情上嫉妒起自己的堂姊來了？她可才十一歲，談婚論嫁還早得很呢！

王蔓如是嫉妒了，當然不是嫉妒王蔓青的親事，而是嫉妒王蔓青因為親事出了一把風頭——王蔓青素來低調，大多數人提及王家姑娘的時候，只會想到被譽為才女的王蔓芯，以及在宮裡當公主侍讀的王蔓如，只有少數人才會想起王家還有一個只比王蔓芯大了不到一個月的大姑娘王蔓青。只有至親才知道，王家老大人和老夫人最疼愛、最重視的從來都是這個安靜得彷彿不存在的大姑娘。但是這一次，王蔓青因為婚事風光了一把，怎麼不讓慣愛掐尖出風頭的王蔓如嫉妒呢？

不過比起王蔓如，更嫉妒王蔓青的則是王蔓如的親姊姊王蔓芯。她和王蔓青一樣大，在外人面前倒是比王蔓青更風光，但在家中的地位卻大為不如，原以為憑著自己的好名聲，母親再運作一番，定然能比王蔓青早點定一門更好的親事——事實上她確實是早一步定了親事，定的是國子監學士李大人家的長子，李大人的祖父是一代大儒，李家大少爺頗有其曾祖之風，名聲極好，王蔓芯對這門親事原本是相當的中意，更在王蔓青面前顯耀過無數次。

但是，王蔓青和丁敏彥的親事卻給了她迎面一擊——她的母親萬氏一直和她說，別看王蔓青是嫡長孫女，也別看她的大伯比她的父親爭氣，王夫人嫁進王家多年無出，尋醫問藥好不容易卻只得了一個女兒的事情，在京城可不是什麼秘密，這件事情定然會影響王蔓青的親事，上門提親的若不是想要高攀王家，就是肖想王蔓青可能有的豐厚嫁妝。

可是現在，和王蔓青定親的卻是耒陽侯府的嫡長子，名聲不見得比李家大少爺更好，也不見得就比李家大少爺更出名，卻也是京城著名的勛貴子弟。而定親的那一對活雁，更讓世人知道耒陽侯府對王蔓青很中意、很重視——她和李家大少爺早半個月定親，李家送來的也只是一對分量相同的金雁。這一切的一切都讓王蔓芯嫉妒不已，萬夫人也耿耿於懷，王蔓如雖然和堂姊還算親近，但在母姊的影響下，也一樣心裡不舒坦，更怨起了耒陽侯府——要是他們不上門提親，不用那一對吸引人注意的活雁，就不會讓王蔓青出這樣的風頭了！

「聽起來好像真的是嫉妒了。」福安公主淡淡地下了注解，雖然嫻妃娘娘一直告訴她要用一樣的態度對待三個侍讀，尤其馮英和敏瑜關係極好，為了平衡，她應該對王蔓如更好一些，但她就是不喜歡王蔓如，她能做到的極限只是不要刻意的冷淡她而已。

這樣的話要是敏瑜或者馮英說的，王蔓如還能辯駁一番，但說話的人是福安公主，王蔓如心裡再怎麼不高興，也只能咬牙忍了，看她那副樣子，敏瑜和馮英都老實不客氣的笑了起來。

「敏瑜妹妹，什麼事情讓妳們這麼高興啊？」九皇子笑呵呵地進來，他比敏瑜大兩歲，按理來說早就應該避諱著點，但皇后從來不約束他，嫻妃娘娘也睜隻眼閉隻眼，所以他只要有時間定然會跑過來湊熱鬧。

「沒什麼。」敏瑜搖搖頭，沒有將剛剛發生的事情說出來，算是在九皇子面前給王蔓如留一點面子。

「肯定有好玩的事情卻還瞞著我……」九皇子不是很認真地嘟囔了一句，卻沒有追問下去，而是笑著道：「敏瑜妹妹，聽說妳大哥敏彥定親了，這是我給他準備的禮物，妳幫我帶回去給他吧！」九皇子一邊說著，一邊遞給敏瑜一個長長的匣子。

敏瑜好奇地接過來，順口問道：「這是什麼啊？看起來不小啊！」

就像敏瑜一樣，敏彥兄弟三人小的時候也經常跟著丁夫人進宮，他們比大皇子年幼，玩不到一起，但和年紀稍小一些的九皇子關係卻不錯，尤其是二哥敏惟，九皇子的那些調皮搗蛋倒有一半是跟著敏惟學的，每次敏惟跟著丁夫人進宮，總要帶著九皇子鬧出些讓大人們哭笑不得的事情來。敏惟剛剛離開京城的時候，九皇子還消沈了一段時間，直到發現捉弄敏瑜一樣很有趣才振作起來。

「是一柄寶劍！不知道是什麼人送給皇兄的，我央了好久才弄到手的。妳大哥學了好幾年的劍，給他比留在我手裡更合適。」九皇子笑呵呵的，他倒也跟著侍衛學了幾天功夫，但他沒有天賦，自己也不喜歡，也就是個花架子。這柄好不容易才從大皇子那裡要來的寶劍把玩了幾天之後，便失了興趣，聽到敏彥定親的消息就決定拿它送人當賀禮。

「寶劍？這樣的禮物送給二哥還差不多，大哥才不會喜歡呢！我看殿下還是收回，換個大哥會喜歡的吧！」敏瑜縮了縮鼻子，道：「再說，要是大殿下知道你拿他的東西借花獻佛的話，下次你再看上什麼，就沒有那麼好要了。」

「也是，妳大哥現在和以前不一樣了，整日除了讀書就是讀書，無趣得很，送他寶劍也是讓寶劍蒙塵，還不如送他一柄好扇子。唔，皇兄那裡好像也有不少好扇子，我晚點去討一把過來。這把劍啊，就留著，等敏惟回來，給他當接風的禮物。」九皇子一聽也是，從善如流地將劍匣又收了回去，而後道：「敏瑜妹妹，妳二哥什麼時候能藝成回家啊，他都去了六年多了，也快要十五歲了，也該回來了。」

「我也不知道，不過二哥信上透露，他師父說他已經可以出師了，或許一年也或許兩、三年就能回來。」敏瑜搖搖頭，二哥敏惟八歲那年拜了名師，去大平山莊學武，每隔三個月都會寫一封家書回來，每次也都不忘記給敏瑜捎一些小玩意兒，但是人卻從來沒有回來過，也沒有說歸期。

「或許一年，也或許兩、三年，這話聽著怎麼這麼敷衍啊！」九皇子不滿地嘟囔一句，沒有了和她們繼續說話的興趣，懶懶地說了兩句之後，就離開了。而敏瑜被九皇子這麼一提，想起了二哥，也沒有了和王蔓如鬥嘴的心情。

「蔓青姊姊，我們去看梅花吧！」敏瑜臉上帶著甜甜的笑，雖然她心裡對王蔓青有那麼一點點芥蒂，但她既然是母親千挑萬選才選定的長媳婦，是大哥未來的妻子，不用多久就要成為自己的大嫂，成為一家人，敏瑜只能放下心裡的不自在，努力地親近她。她可不希望因為自己，影響到家人對她的態度，進而使家庭不睦。

「好啊！」王蔓青自然不會拒絕敏瑜釋出的善意，她笑道：「昨兒剛下了一場雪，這會兒賞梅最合適不過了。妹妹，一起去吧！」

前幾日，敏瑜給王家的幾位姑娘下了帖子，以賞雪賞梅的名義邀請她們到耒陽侯府做客——王蔓青和敏彥的婚期定在了一年半之後，後年的四月，兩家就要成為兒女親家，兩家的姑娘也應該多走動，相互親近。

敏瑜的帖子到了王府，王夫人自然很是歡喜——對耒陽侯府這門親事她是滿意的，也希望女兒在嫁進門之前就和耒陽侯府的姑娘、未來的小姑們相處好了，誰都知道，討好了小姑子，尤其是討好了嫡親的小姑子，距離討好婆婆也就不遠了。她原本已經打算好了，等天氣稍微暖和一點就請耒陽侯府的姑娘們到王家做客，未料到耒陽侯府更快了一步，這讓她有備受重視的感覺。

王夫人高興，王蔓青也一樣歡喜，因為王蔓如的原因，敏瑜對她有些芥蒂，但是她對敏瑜的印象卻很好，尤其佩服敏瑜年紀比自己小，一手棋藝卻比自己略勝一籌，正想著什麼時候找機會跟敏瑜再下幾盤呢！敏瑜的帖子對她來說，無疑是瞌睡遇上了枕頭。

王老夫人也一樣，幾個媳婦中她最喜歡、最重視的便是長媳，王夫人嫁進王家那麼多年，除了子嗣艱難之外，再沒有什麼地方讓老夫人覺得不滿意的了。幾個孫子、孫女中，除了最小的孫子之外，老夫人最心疼的便是王蔓青這個長孫女，最擔心的也是這個孫女的親事，生怕因為王夫人的事情影響了孫女的親事。老夫人自己只生了兩個兒子，沒有女兒，王蔓青彌補了這一缺憾，她都想好了，將自己大部分私房給孫女當嫁妝，務必讓孫女嫁到夫家之後能夠挺起胸膛。

耒陽侯府這門親事，王老夫人其實並不怎麼滿意——王家是清流，幾代人都沒有和勛貴結親，王老大人也不樂意和勛貴結親，覺得大家道不同不相為謀。但兩家議婚，老倆口卻表示了歡喜——這是頭一次，有人家上門向王蔓青提親。

他們知道孫女是健康的，自孫女生下來之後就一直小心地為她調養，太醫也說了，她的身體很健康，子嗣無礙。可是這種事情別人不問，他們也不好到處宣揚啊！再說了，王夫人當年也一樣沒有檢查出任何的毛病來，可就是……唉，這只能說是命啊！

更令老倆口揪心的是，二孫女王蔓芯還沒有及笄，就已經有好些人家上門打聽了，剛剛及笄就定了一門大家都覺得滿意的親事，而大孫女卻連個打聽的人都沒影。他們甚至都以為這件事情被尖酸刻薄的三兒媳婦說中了——大孫女難覓良人了。

所以，當王夫人告訴他們，耒陽侯府有意結親的時候，他們只是沈吟了一下，說了一聲要打聽好敏彥的人品才德，其他的一句都沒有多說——

耒陽侯府在眾多的勛貴中不算顯貴，但也不差，尤其是現任耒陽侯丁培寧承爵之後，一洗曾經的壞名聲，耒陽侯夫人也是清流人家出身，這樣的婆婆也好相處。尤其彼此也算是門當戶對，不用擔心男方結親只是想借助王家往上爬，更不用擔心男方看上的只是王蔓青的嫁妝。

敏瑜的帖子到了王家之後，王夫人熱絡地讓王蔓青準備赴約，老夫人也讓家中另外的幾個孫女一起陪同，還放出話來，一定要好好地和丁家姑娘相處，不能出半點紕漏。

「我怕冷，懶得動，窩在這裡就好。」王蔓芯懶懶地搖了搖頭，而後抬眼對身邊的另外兩個妹妹，道：「妳們陪大姊姊去吧！」

「我也不想動。」王蔓如也一樣懶懶的，到耒陽侯府來已經讓她心裡不樂意了，再和敏瑜故作親近的去賞梅？哼，她才沒有那個雅興！她瞟了一眼眼中帶了幾分渴望的庶姊王蔓茉，冷冷地道：「三姊姊不怕冷的話，就跟著大姊姊去吧！我知道妳一貫都更親近大姊姊，不喜歡和我們在一起，我們不會怪妳把我們給丟下的。」

王蔓茉倒真的是很想跟著一起去，但王蔓如這麼說了，她哪裡還敢說自己想去啊？立刻吶吶地道：「外面這麼冷，我還是不去了。」

「三姊姊不想去嗎？我倒是很想去，三姊姊，妳陪著我去吧！」王蔓茉退縮，一旁王家最小的姑娘王蔓莉卻馬上跳出來和王蔓如唱反調，雖然都是庶出，但王蔓茉的生母是萬氏故作賢慧收房的，而她的生母卻是原本就在王家三爺身邊紅袖添香的，生母地位不同，她們在家中的地位也不一樣。

「我……」王蔓茉看看這個，看看那個，誰都不想得罪，也誰都不敢得罪，滿臉的為難。

一旁的敏瑜看了，朝著敏玥使了個眼色，素會來事的敏玥笑咪咪地上前，拉著王蔓茉，道：「蔓茉姊姊就跟我們一起去玩吧！」

「想去就去吧！」王蔓芯看著滿臉為難的王蔓茉，大發慈悲地說了一句。

王蔓如嘴巴嘟起來，還沒有來得及開口，就被王蔓芯一個眼神壓了下去，只能哼一聲，沒有出聲阻止。

「那我們就過去了。」敏瑜很看不慣王蔓如，對庶姊耍威風也該看看是什麼地方、什麼場合啊，她對一旁的敏心和敏柔道：「大姊姊，我陪著王家幾位姊姊妹妹去看梅花，這兩位王家姑娘，就煩勞大姊姊和三妹妹招呼了。」

「這裡有我招呼就是，大姊姊也去玩吧！」敏柔卻難得大方地道：「這些日子，功課緊得很，難得今天能夠鬆乏一下，大姊姊也一起去玩吧！」

敏心眉毛微微一挑，覺得眼前的敏柔有些陌生，自從那日靖王妃的木樨宴，因為裝扮過了頭被丁夫人丟下之後，敏柔看她們的眼神就帶了怨恨，今日能夠心平氣和地坐在一起已經不易，還說這麼一番聽起來似乎很通情達理的話……敏心怎麼想怎麼覺得不對勁。

「既然三妹妹都這麼說了，那大姊姊就和我們一起去吧！」敏瑜也覺得敏柔的表現和平常迴異，但是當著王家姊妹的面卻不能深究，免得讓人看笑話，她笑著道：「反正都不是什麼外人，蔓芯姊姊和蔓如一定不會覺得我們怠慢的。」

敏心微微一皺眉，本能地想要反對，但轉念一想，敏柔就算想背著她們做什麼也不用擔心，暖閣裡的侍候的丫鬟不少，想知道她們私底下做了什麼、說了什麼，也就一句話的事情，沒有必要留下來盯著。

想通了這一點，敏心就笑著道：「難得三妹妹自告奮勇一次，我怎麼能不領情呢？那我就真的去了啊！」

「去吧去吧！」敏柔恨不得她們馬上走，自己才能讓人通知秦嫣然過來，聽到敏心這麼說，立刻揮手讓她們放心過去。

出了暖閣，王蔓青放低聲音對身邊的敏瑜道：「讓妹妹見笑了！蔓茉素來膽小，對蔓芯、蔓如都有些畏懼害怕，我原以為在外面會稍好一些……唉！」

「家家都有本難唸的經，談不上見笑不見笑的。」敏瑜回頭看了看出了暖閣後臉上笑容就多了些的王蔓茉，輕聲道：「嫡庶有別可不是隨口說說的，嫡母要是和善一些尚好，要是嫡母嚴厲一些，生母得寵的庶女不會有什麼，生母不得寵的卻難免要受些欺負了。」

「妹妹說的也有道理。」王蔓青自然不會反駁敏瑜的話，她也回頭，看看和王蔓茉姊妹走在一起的敏心、敏玥道：「和蔓茉比起來，丁大姑娘和四姑娘要自在得多，那位看起來溫柔的三姑娘也很有主見的樣子，不用問也知道，伯母對她們很寬容，要不然她們就不會是現在這個樣子了。」

「寬容倒也不見得，娘只是從不做糟踐人的事情罷了！其實娘也不待見姨娘，只是長者賜不可辭……」敏瑜頓了頓，又笑道：「娘最會心疼人了，她自己受過的委屈是不會讓別人也受的。」

這話……王蔓青的心突突地跳了起來，敏瑜這是在暗示自己，自己嫁進門之後，不用擔心丁夫人往自己房裡塞通房丫頭嗎？

第二十章

敏瑜幾人出去之後，暖閣忽然陷入了沈寂，王蔓芯懶洋洋地靠在臨窗大炕上，手裡不知道什麼時候多了一本書，漫不經心地翻看著。

王蔓如湊了過去和她頭挨著頭一起看——敏柔將敏心也支走實是另有所圖，她們姊妹也看出來了，只是她們實在沒有心思和敏柔交往，便佯作什麼都沒有察覺了。

「那個……」雖然之前已經想了無數種和姊妹倆套近乎的方法，也想好了措辭，但是姊妹倆的冷淡還是讓敏柔有些不知道該怎麼開口，畢竟，她從來沒有和外人打過交道啊！

王蔓芯和王蔓如隱晦的交換了一個眼色，眼中都帶了嘲諷，卻都沒有吭聲，視線更沒有從書上挪動半點，似乎根本就沒有聽到敏柔帶了幾分難為情的開場白，又似乎那本書很有趣，將她們牢牢地吸引住一樣。

敏柔咬了咬下唇，她能夠肯定王蔓芯姊妹定然聽到了自己的聲音，也知道她們故意不理睬自己，這讓她有些難堪，很想不管不顧地走人，但是，想到秦嫣然之前的殷殷叮囑，她又忍了忍，輕輕地咳嗽一聲，道：「蔓芯姊姊，妳們在看什麼書呢？很有趣嗎？」

「不過是閒看了打發時間而已。」敏柔都叫了名字，王蔓芯也不好徹底忽視她的存在，她抬起頭，微微一笑，道：「我們姊妹都是怕冷又不愛動的人，無趣得很，妹妹沒有必要陪我們悶在這暖閣裡。」

「兩位都是貴客，怎能沒人作陪呢？」見王蔓芯搭話，敏柔精神微微一振，笑道：「看起來姊姊也是愛讀書的人，不知道姊姊平日裡喜歡讀些什麼書呢？我最喜歡讀遊記，身為女子不能出門，抬眼也只能看到巴掌大的天，對那些能夠四處遊歷的人最是羨慕，也最愛看遊記、傳記了。」

敏柔的話讓王蔓芯少了一分輕慢，她是愛讀書的人，她的才女之名雖然有些過了水，但也是有真本事的。因此就算看不上敏柔庶出的身分，但看在大家有共同愛好的分上，也就給了幾分面子。她淡淡地道：「我不是很喜歡看遊記，不過人物傳記卻還是很喜歡的，不知道妹妹讀了些什麼書？」

敏柔心裡大喜，笑著說了幾本她讀過的書，而後笑道：「我們姊妹平日功課緊，空閒時間不是很多，也就讀了這麼有數的幾本書而已，不過，家中有個表姊最是愛讀書，她讀的書可比我多得多。家中藏書樓裡，除了女兒家都不怎麼感興趣的兵書之外，表姊大多數都看過，說她學富五車也不為過。」

「哦？」被敏柔這麼一說，王蔓芯倒有了幾分興趣，雖然不知道耒陽侯府有多少藏書，但能有藏書樓，就算少也該有上千冊，能看完一半那就已經算是難得一見的博學之人了。

「能看過多少書啊？」王蔓如則不屑地嗤了一聲，而後帶了些傲然地道：「我姊姊自幼好學，看過的書起碼也有三、五百冊，可就算這樣也不敢說自己學富五車，不知道妳那個名不見經傳的表姊看過幾本書呢？」

「如兒！」王蔓芯輕輕地喝斥一聲，而後笑道：「不知道令表姊是哪家府上的姑娘，怎麼從來沒有聽說過京城還有這麼一位愛讀書、博聞廣記的姑娘呢？」

「我表姊姓秦，就住我們家。」敏柔立刻道：「表姊只比我和敏瑜大了一點點，但卻是我和敏瑜怎麼都比不上的。」

「敏柔妹妹，妳又在誇大其詞了！」早已經到了、卻在一旁等候時機的秦嫣然翩然出現，臉上帶了淡淡的嗔怪，道：「還好兩位王姑娘不算外人，要不然妳這些話還不讓人笑死。」

「妳就是那位秦姑娘？」王蔓芯審視著秦嫣然，唔，人長得很美，氣質更是獨特，看起來是有些與眾不同。

「小妹就是秦嫣然！」秦嫣然笑笑，帶了幾分矜持地道：「原本應該和表姊、表妹們一起出迎的，只是不巧老祖宗這幾日偶感風寒，便先去侍候老夫人吃藥了，怠慢之處還請見諒。」

王蔓芯和王蔓如交換了一個眼神，王蔓如刁蠻地道：「別說那些有的沒的，我問妳，妳讀過多少書？」

「不多，也就五、六百冊吧！」秦嫣然很謙虛地道，她覺得自己實在是太謙虛了，五、六百冊？她兩世加起來五、六千冊書也是讀過的，可惜若是那樣說只會讓人笑話，以為自己誇誇其談，要知道耒陽侯府的藏書樓也不過藏書兩千多冊而已！

「還真不少啊！」王蔓如臉色微微一沈，繼續問道：「那麼琴棋書畫呢？應該都有學過吧！」

「都跟著先生學過一些，不能說精通，只能說會一些而已。」秦嫣然說這話的時候臉上很自然地帶了傲然，她可沒有忘記先生們對她的評價，她們可都說她是天縱奇才，說她們會的已經全部教給自己了，已經沒有什麼可教的了。當然，先生們還有個備註，說她年紀尚幼，火候欠缺，需要多加練習，不過這些話卻被躊躇滿志的秦嫣然忽略了去，她想當然的認為，只要自己一出手，必然是驚豔全場的。

「表姊就會謙虛，先生們明明說妳很優秀，已經將她們所有的本事都學完了的。」敏柔努努嘴，雖然不甘於當人陪襯，但是她也明白，有秦嫣然在場的時候，她最好的選擇就是在一旁當陪襯。

「這麼說，秦姑娘琴棋書畫都很精通嘍？」王蔓芯有幾分不相信，秦嫣然看起來也就十二歲上下的樣子，就算她再是天才，也不可能在這個年紀精通那麼多，琴棋書畫不管是哪一樣，想要精通，都需要花費十數年甚至更多的時間去學習，她也只敢說自己的書畫出眾而已。

秦嫣然這一次沒有再謙虛，而是淺淺一笑，默認了這句話。

王蔓芯不大相信，而一旁的王蔓如更是嗤道：「這麼有能耐？怎麼從來都沒有聽敏瑜提起過？」

秦嫣然已經找人打聽過王家幾姊妹的大概情況，知道王蔓如也是福安公主的侍讀，但她卻裝作什麼都不知道，驚訝地道：「王姑娘和敏瑜妹妹很熟嗎？」

「我也是福安公主的伴讀，妳說我和她熟不熟？」王蔓如驕傲地仰著頭，看著秦嫣然，想看到她驚訝和豔羨的表情，可惜的是她只看到了秦嫣然臉上一片訝然。

「王姑娘也是福安公主的侍讀？」秦嫣然的語調高高揚起，道：「怎麼從來沒有聽敏瑜妹妹提起過呢？」

「我也沒有聽姊姊提起過。」敏柔憋著笑，看著王蔓如瞬間脹紅的臉，心裡一陣快意，又一次的在心裡佩服起了秦嫣然。

「想笑就笑，別那一副樣子。」王蔓如真的惱了，心裡除了惱恨故意說話讓她出醜的秦嫣然之外，更深深地怨恨起了原本就又恨又妒的敏瑜，要不是她的話，自己至於被秦嫣然這麼嘲笑嗎？

「敏柔……」秦嫣然朝著敏柔搖了搖頭，而後輕輕地嘆了一口氣，對王蔓如道：「不好意思，就算是事實我也不該這麼和妳說的。其實，說起來我們應該同病相憐才是，畢竟我們都被同一個人給無視了，不是嗎？」

秦嫣然這句話讓王蔓如心頭的惱意消失了泰半，她點點頭，有了同仇敵愾的感覺，她輕輕笑著道：「妳說的沒錯，我們是該同病相憐，或許，我們還能做個朋友呢！」

秦嫣然笑了起來。或許是有了同一個怨恨的人，她們三個有志一同的放下對彼此的不待見，熱絡起來，不過一盞茶的工夫，三個年齡相近的人已經互稱名字了。

王蔓芯皺眉，她雖然沒有聽說過秦嫣然的名字，但卻也聽說耒陽侯府有個孤苦無依、投靠來的小孤女，對寄人籬下卻沒有自覺的秦嫣然，她真的無法生出什麼好感來，但看著妹妹發亮的眼睛，她終究什麼都沒有說，選擇了袖手旁觀。

等到天色漸晚，王蔓青帶領著妹妹們離開的時候，秦嫣然和王蔓如都是一副依依不捨的樣子，兩個人手拉著手站在馬車邊說了一句又一句，最後在王蔓芯不耐煩地催促下，王蔓如才萬般不捨地放開秦嫣然的手，上了馬車。

不等馬車開動，王蔓如卻又伸出頭來，道：「嫣然，等過幾天我休沐，再請妳到我們家玩，到時候妳可不能推辭，一定要賞光啊！」

秦嫣然這麼刻意的和王蔓如結交，除了相信那句敵人的敵人就是朋友的老話之外，更主要的還是想找一個能夠幫助她看到外面世界的人，這句話落到她耳朵裡時，比天籟之聲還要動聽，她立刻笑著道：「就算妳不請我我也會去找妳玩的，怎麼可能推辭呢？」

「那就說定了！」王蔓如再揮揮手，這才捨得乖乖地坐了回去，看著馬車駛出去，秦嫣然和敏柔相視一眼，都看到彼此眼中的喜悅，她們的謀劃總算是成功一小步。

「妳就這麼喜歡那個秦嫣然？」馬車駛到路上，王蔓芯淡淡地看著妹妹，臉上閃著不贊同，道：「這秦嫣然寄人籬下卻沒有自覺，明知道妳和丁敏瑜不對盤，卻和妳刻意結交，完全沒有感恩之心，可不見得是什麼好的。」

「我知道她！姊姊，妳放心吧，我又沒有打算和她當什麼推心置腹的朋友，偶爾來往一下也沒什麼打緊的。」王蔓如撇撇嘴，道：「妳不覺得這秦嫣然是個不安分的嗎？能夠給她一點點助力，讓她在耒陽侯府鬧出點事情來，不是很有趣嗎？」

「如兒？」王蔓芯皺眉，不認為妹妹有那種攪得人家不安寧自己卻全身而退的本事。

「還有，她可是丁敏彥的表妹啊，她長得又這麼漂亮，比大姊姊可美多了。妳說，等到大姊姊嫁過來，她會不會給大姊姊添些麻煩呢？」王蔓如才不怕王蔓芯呢，她眼中閃著惡意的光芒，她留意過了，她提及丁敏彥的時候，秦嫣然的眼神可不一樣啊，他們之間定然不是單純的表兄妹。

「妳自己多個心，不要算計別人不成卻被人利用算計了！」王蔓芯聽了這話，淡淡地警告一聲，便靠在一旁閉目養神，不再多說什麼。

成了！王蔓如心裡歡呼一聲，知道姊姊不會再干涉了，心裡開始算計著應該怎麼利用秦嫣然給敏瑜添堵了……

「馮英，明日敏瑜要到我們家來玩，妳也一起來吧！」課間休息的時候，王蔓如帶著笑對馮英道，一邊說著還一邊拿出一張帖子。「這是請柬，我專門為妳準備的。」

「敏瑜明天要去你們家玩？」馮英有幾分愕然，她們兩個什麼時候好到私下都有往來了？

「是啊，敏瑜沒有跟妳說嗎？」王蔓如臉上的愕然比她的還要多，她帶了幾分嗔怪地道：「敏瑜，到我們家玩有什麼不能見人的嗎？怎麼連馮英都不告訴呢？」

看著王蔓如在那裡表演，敏瑜暗自嗤了一聲，同樣的滿臉不解，詫異地道：「我要去你們家？妳什麼時候邀請我了？我又什麼時候應諾了？我怎麼一點印象都沒有？」

王蔓如微微一滯，道：「不是我邀請妳，是大姊姊邀請妳們姊妹一起過府玩耍的，難道妳沒有看到請柬？」

「沒有！」敏瑜理直氣壯地道：「不知道妳是什麼時候知道這件事情的？這請柬又是什麼時候送到我們家的？」

「我是昨天回家時聽說的……」王蔓如話沒有說完就頓住了，她忽然想起一件事情，昨晚才商定好了要請丁家姊妹過府玩耍，而請柬最快也是今天早上才會送過去的。敏瑜一早要進宮，她出門時，送請柬的人還沒有出門，自然見不到請柬，也不知道這件事情了。

「想通了？」見王蔓如頓住，敏瑜便知道她意識到自己犯了錯，哼，只想著挑撥自己和馮英之間的關係，卻不好好的動動腦子。她繼續道：「就連妳都是昨晚上才知道這件事情的，我又怎麼可能更早知道呢？下帖子的人是蔓青姊姊吧！」

「是大姊姊！」想借事生非卻鬧了笑話的王蔓如老實了不少，點點頭，道：「大姊姊那日回去之後，一再地在祖母面前誇妳們，說敏心大方有禮，頗有長姊風範；說妳精通棋藝，她自嘆不如；說敏柔美麗動人，堪稱絕色；敏玥聰慧伶俐，活潑可愛。祖母聽了很是好奇，所以就讓大姊姊擇一天合適的日子，請妳們過去玩。」

「原來是這樣啊！」馮英恍然，而後帶了些為難地道：「敏瑜的大哥和妳堂姊定了親事，雖然還沒有成親，但也能算得上是兒女親家，明天是你們兩家姑娘的集會，我一個外人摻合進去算怎麼一回事？我還是不去了，免得去了我不自在，大家也覺得尷尬。」

馮英的話讓王蔓如心裡有些不痛快，但是卻不得不打起微笑道：「妳可是我和敏瑜的同窗好友，哪裡就是什麼外人了？再說，明天除了我們兩家的姑娘之外，還有別的客人呢！」

別的客人？說是兩家的姑娘相聚，怎麼又有了別的客人？敏瑜微微一怔，卻發現王蔓如的視線一直停留在自己臉上，似乎在等自己問話一般。

敏瑜的心微微一動，腦子裡忽然冒出來一個人名，她暗自嗤了一聲，卻沒有如王蔓如所願的問話，而是看著馮英，笑道：「馮英，明天要是沒有什麼重要的事情就一起去吧，我正想找個時間把我姊姊妹妹介紹給妳認識呢！」

「這個……」馮英有些遲疑，她雖想去，一來是可以多認識幾個人，二來也不用留在家裡，她真的不願意留在家中，看祖母對母親百般挑剔。她有時真不明白，祖母既然對母親樣樣都不中意，當年為什麼還要讓父親娶了母親進門？難道就是為了找個人好生挑剔嗎？

敏瑜沒有順著自己的意詢問，卻和馮英說上了話，讓王蔓如心裡越發的不痛快，不過她也沒有發作，而是笑吟吟地道：「馮英，妳就一起來吧！說是祖母想見敏瑜姊妹，但祖母最多見了她們，隨便說幾句，就會讓我們自己玩，不會把我們拘在身邊的，妳不用擔心有什麼不自在。」

「我回去和母親說一聲吧，要是母親同意的話我就去。」王蔓如都把話說到這個地步了，馮英便沒有再拒絕，而是打起了太極，不過她也在心裡下了決定，還是不去了，留在家裡不自在也比去別人家摻和要好。

「妳不是說威遠侯夫人一向鼓勵妳多交朋友的嗎，她一定不會反對妳去的。」相處兩年，彼此都很瞭解，一聽這話，王蔓如就知道馮英沒有去的意思，她有些著急，要是馮英不去，明天到王家的就只有丁家的姑娘和那一位了，有什麼精彩的事情發生也不能往外傳了，那該有多無趣啊！

王蔓如微微頓了頓，臉上帶了一絲神秘地道：「除了妳之外，明天可還有一位神秘的貴客呢！妳要是不去的話，一定會後悔的！」

「什麼貴客？」馮英脫口就問。

一旁的敏瑜看著眼睛亮晶晶的、似乎辦成了什麼大事的王蔓如，縮了縮鼻子，卻終究什麼都沒有說。

「這貴客啊……」王蔓如卻在這個當口賣起了關子，她神秘兮兮地道：「這位貴客和我們一般年紀，但是長得卻……唔，該怎麼說呢？人是絕色佳人，氣質也極不尋常，還有那舉手投足間流露出的風姿，嘖嘖，看了就讓人自慚形穢。」

王蔓如誇張的話讓敏瑜暗自搖頭，秦嫣然長得是很好，身上也確實是帶了一種十七、八歲甚至更年長的女子才有的風情，但那種風情，配上她稚氣未消的俏臉和沒有長開的身量，真沒有多稀奇。

「真有妳說的這麼好？」這下不光是馮英，就連一旁一直沒有吭聲，靜靜地聽她們說話的福安公主都好奇起來了，她在宮裡見慣了絕色女子，對絕色女子真沒有多少好奇心——

事實上，皇家的人對所謂的絕色女子都沒有多少好奇心，這宮裡最不缺的就是絕色，但真正得寵、身居高位的都不會是什麼絕色佳人，她們不過是讓人圖個新鮮的玩意兒而已。不過，才十一、二歲，就一身風情的絕色女子，福安公主還真的沒有見過。

「當著公主的面，蔓如不敢妄言。」王蔓如沒有想到自己的話會勾起福安公主的興趣，她壓下心頭的興奮，笑著道：「事實上，這位貴客比蔓如說的還要出色得多！」

「哦？」福安公主的語調表明了她不怎麼相信王蔓如的話，但心裡卻也沒有完全否定，畢竟這世上出色的女子雖然不多，但也不是沒有。

「真的！」王蔓如有些急了，道：「她啊，和我們一般年紀，也一樣請了先生教習琴棋書畫，樣樣都學得很好，先生也誇她好，說已經教無可教了。」

「也就是說琴棋書畫都很精通了？」福安公主眉毛輕輕一挑，心裡卻認定王蔓如誇張其詞，再怎麼天資絕豔的人，時間和精力也都是有限的，十一、二歲的年紀能夠精通一樣就已經是不得了了，像敏瑜精通棋藝、王蔓如精通繪畫，而她們還是在棋藝國手和宮廷畫師的教導下才有這樣的成績。王蔓如口中的那位貴客，顯然沒有這樣好的條件，她又怎麼可能樣樣精通呢？應該是樣樣都通，但樣樣都稀鬆尋常吧！

「呃……」王蔓如微微一滯，事實上她也很質疑敏柔的話，但到了這會兒她卻不能說自己人云亦云了，想了想，她笑著道：「是不是樣樣精通我倒不敢說，但能讓先生們誇天資過人、是天縱奇才的人，就算不是樣樣精通的全才，也差不到哪裡去。更難得的是她博學多才，看過的書起碼也有五、六百冊……嘖嘖，光是這個，就讓人佩服了。」

「還是個學富五車的啊！」福安公主有幾分不以為然，剛被挑起的興趣忽然沒有了。

「公主，我真的沒有亂說！」當了兩年的侍讀，王蔓如自然知道福安公主不相信自己的話了，她有些著急，慌道：「公主要是不相信的話，可以問敏瑜。」

「妳請的貴客，公主問我做什麼？」敏瑜明知故問地反問一聲，而後又笑道：「蔓如，妳說得也太誇張了些，別說公主不相信，我也一樣不敢相信同齡人中還有這麼色色出眾的。」

「我說的是妳表姊秦嫣然，妳怎麼可能不知道呢！」王蔓如氣惱地道，而後又帶了些惡意的猜度道：「敏瑜是不是覺得有這麼一個出眾的表姊會把自己給比下去，所以不想人知道她的存在？」

「原來蔓如說的是秦家表姊啊！」敏瑜「恍然大悟」，而後道：「表姊長得倒真是很漂亮，但要說學富五車、精通琴棋書畫，倒是有些誇大其實。」

「敏瑜的意思是秦姑娘什麼都不通嘍？」敏瑜的話王蔓如可聽不進去，雖然秦嫣然沒有直說，但是她和敏瑜不和卻很明顯，敏瑜可能說她的好話嗎？

「那倒也不至於。」敏瑜搖搖頭，道：「其實表姊到底懂些什麼我也不大知道，我未進宮陪公主之前就沒有和她一起學習。妳們不知道，我家老夫人特別心疼她，就因為原來的先生一視同仁，對她的要求一樣嚴格，就讓我母親給她另外聘請了先生，專門教導她，還讓敏柔妹妹與她做伴……」

「妳是想說先生們的話當不得真，她其實沒什麼本事，對吧？」王蔓如哼了一聲，把敏瑜的實話當成了嫉妒之言。

「妳們也別爭執了，到底是虛有其表，還是確有本事，見識一下不就好了。」知道王蔓如那般誇獎的人是秦嫣然，福安公主還真有了興趣，她笑著道：「明日我也去好了！」

「啊？」王蔓如驚詫地看著福安公主，嫻妃娘娘對福安公主十分的寵溺，有的時候挨不過她的一再懇求，也會讓人陪著她們出宮逛逛，但卻從未去哪一家做客。

「怎麼，不歡迎？」王蔓如的反應讓福安公主不高興了，她去王家那是給她面子好不好！

「公主到寒舍做客，那是求都求不來的好事，當然歡迎！」王蔓如連忙道，心裡卻已經算計著是不是應該給秦嫣然送個信了，唔，敏瑜說耒陽侯府的老夫人很喜歡她，那麼往老夫人那裡送信，應該不會被敏瑜使手段把信給截了下來吧……

——未完，待續，請看文創風216《貴女》2

看膩了穿越女總是贏的套路嗎？

繼**貴妻**之後，**油燈**又一新鮮好評代表作

流浪貓狗介紹所

為流浪貓狗加油

和貓寶貝　狗寶貝　廝守終生(一定要終生喔！)的幸福機會

對人來說，貓寶貝狗寶貝只是生活的一部分，但妳（你）對牠們來說，卻是生活的全部，領養前請一定要考慮清楚——

黑黑

白白

▲ 黑黑白白的下站幸福

性　　別：男生
品　　種：米克斯
年　　紀：黑黑１～２歲、白白８～９歲
個　　性：黑黑調皮逗趣、白白穩重溫和
健康狀況：已結紮，注射過狂犬病疫苗，
　　　　　體內外皆已除蚤，吃防心絲蟲的藥。
目前住所：新北市三重區

本期資料來源：愛貓中途媽媽

『黑黑／白白』的故事：

一般的傳統菜市場裡，總會有流浪動物棲身，在某處有一黑一白的兩隻流浪貓，似乎特別親人、不怕生，牠們總是巴巴望著來買菜的歐巴桑、歐吉桑，像是想跟著他們的腳步回家，可是總被無情地揮趕到一旁，好幾次都不放棄，牠們落寞身影徘徊在菜市場內，等待著愛牠們的家人。

我就是在逛菜市場時，看到牠們在菜堆旁逗留，瘦弱的身軀卻互相照看著，彼此相依為命。擔心牠們這般流浪又無人照料會有危險，我先在菜市場內找到一處暫時可以安置的地方，買貓飼料餵食牠們，又帶牠們去給獸醫做初步的健康檢查，確定沒有大毛病後，才讓我懸著的心稍稍放了下來。

因為我本身住的地方，實在沒有多餘的空間可以安置牠們，只能趁空閒時候到菜市場去照看一下牠們。晚上黑黑、白白總是窩在一起，會相互舔拭著彼此，而白白就像穩重的大哥一樣，總是扮演著避風港的角色，會為黑黑顧前顧後，黑黑比較調皮，像是宮崎駿「魔女宅急便」裡的kiki一樣惹人憐愛，模樣逗趣。

牠們常和人撒嬌，與人親近，並且會自己找樂趣玩，所以照顧起牠們不會費力，很適合第一次養貓的人喔。但最近天氣炎熱，菜市場的環境很難給牠們良好的生活品質，所以真切地希望能有人去認養牠們。歡迎來信至a5454571@yahoo.com.tw，給牠們一個溫暖，真正永久的家。

認養資格：

1. 認養者須年滿20歲，有獨立經濟能力，並獲得家人與同住室友的同意。
2. 非學生情侶或單獨在外租屋的學生，須能提出絕不棄養的保證。
3. 須同意送養人日後之追蹤採訪。
4. 領養者需有自信對牠們不離不棄，愛護牠們一輩子。

來信請說明：

a. 個人基本資料：姓名、性別、年齡、家庭狀況、職業與經濟來源等。
b. 想認養「黑黑和白白」的理由。
c. 過去養寵物的經驗，及簡介一下您的飼養環境。
d. 若未來有當兵、結婚、懷孕、畢業、出國或搬家等計劃，
　將如何安置「黑黑和白白」？

文創風 215

貴女 1

國家圖書館出版品預行編目資料

貴妻 / 油燈著. --
初版. -- 臺北市 ： 狗屋, 2014.08
冊 ； 公分. --（文創風）
ISBN 978-986-328-342-3（第1冊：平裝）. --

857.7　　103013317

著作者　油燈
編輯　王佳薇
校對　張詠琳　黃亭蓁
發行所　狗屋出版社有限公司
地址　台北市104中山區龍江路71巷15號1樓
電話　02-2776-5889～0
發行字號　局版台業字845號
法律顧問　蕭雄淋律師
總經銷　知遠文化事業有限公司
電話　02-2664-8800
初版　103年8月
國際書碼　ISBN-13　978-986-328-342-3
原著書名　《贵女》，由起點女生網（www.qdmm.com）授權出版

定價250元
狗屋劃撥帳號：19001626
網址：love.doghouse.com.tw　E-mail：love@doghouse.com.tw